CHRISTIAN BOURGOIS ÉDITEUR
12, avenue d'Italie - Paris XIIIe

Du même auteur
dans la collection 10/18

A TOUS LES RÂTELIERS, n° 1605
LES ENFANTS DU MASSACRE, n° 1604
LES MILANAIS TUENT LE SAMEDI, n° 1645
LES NYMPHETTES MEURENT AUSSI, n° 1742
VÉNUS PRIVÉE, n° 1603
MILAN CALIBRE 9, n° 1671
N'ÉTRANGLEZ PAS TROP, n° 1672

LA NUIT DU TIGRE

PAR

GIORGIO SCERBANENCO

Traduit de l'italien
par Guillaume Chpaltine

10|18

INÉDIT

Série « Grands Détectives »
dirigée par Jean-Claude Zylberstein

Titre original :
La notte della Tigre

ISBN 2-264-01407-5

INTERVIEW D'UNE ESCLAVE BLANCHE

« Mademoiselle, je suis un journaliste italien, vous êtes italienne et j'aimerais vous interviewer. Comme je vous l'ai déjà expliqué, tout ce que vous direz sera enregistré sur ce magnétophone, puis retranscrit dans mon journal. Si vous ne le voulez pas, vous pouvez encore refuser. Je poserai des questions, vous devrez répondre avec sincérité. Je peux y aller ? »

« Oui, vous pouvez y aller. » La jeune fille portait une tenue militaire camouflée, se tenait près d'un grand camion rempli d'autres jeunes filles, quelques-unes noires, elles aussi en tenues camouflées, toutes aussi jolies que l'était l'interviewée. Le camion était le dernier d'une file arrêtée sur la route sablonneuse du désert et le seul avec des femmes. Les autres étaient chargés de soldats casqués, en treillis également et une mitraillette Tunderson à l'épaule. Tout autour, ce n'était que sable, soleil, désert et un étrange silence. La jeune fille était blonde, ses longs cheveux lui tombaient jusqu'à la chute des reins, par-dessus la tenue camouflée, ondoyant légèrement au souffle du vent qui traversait le désert. Des sous-officiers parachutistes faisaient les cent pas le long de la colonne de camions, l'un d'entre eux était immobile auprès de la jeune fille, c'était un sergent, petit et costaud, qui fixait avec un sourire inquiétant le camion des filles. Le journaliste régla mieux le volume de son magnétophone.

« Mademoiselle, je sais que vous ne voulez pas me dire votre nom, pour des raisons évidentes, mais dites-moi au moins de quelle région d'Italie vous êtes. »

« De la Lombardie. »

« De Milan ? »

« Non, d'un petit village. »

« Quel travail faisiez-vous en Italie ? »

« Je travaillais à la maison, mes parents ont un petit lopin de terre, ça ne rapportait rien. »

Le journaliste demanda carrément : « Vous êtes paysanne ? »

« Oui, j'aidais mon père et mes deux frères à travailler la terre, mais j'ai fait des études, après l'école primaire j'ai suivi des cours du soir, je voulais avoir un diplôme, devenir employée. »

« Quel âge avez-vous ? »

« Vingt-quatre ans. »

« Excusez-moi, mademoiselle, vous viviez dans une campagne de Lombardie : comment êtes-vous arrivée en Afrique, dans ce milieu ? »

Les jeunes filles du haut du camion (elles étaient plus d'une vingtaine) se mirent à rire alors toutes ensemble, le journaliste baissa le volume du son. Le sergent cria aux femmes : « Silence. » La jeune fille répondit : « Comment je suis arrivée en Afrique ? » Elle libéra son visage des mèches que le vent du désert, quoique léger, dérangeait. « C'est long à raconter. »

« Mademoiselle, dit le journaliste, cette colonne militaire ne partira pas avant deux heures, vous avez tout le temps de raconter votre histoire. Vous me l'avez promis. Je voudrais tout savoir, depuis le début. »

Le sergent au casque en liège, dont les petites courroies pendaient des deux côtés du visage, hurla en agitant la mitraillette Tunderson : « Allez, vas-y, raconte-la ton histoire, t'es payée pour et six cents mecs, toute la colonne, la ferment pour qu'il enregistre ton histoire, allez, idiote, parle. »

La jeune fille, qui regardait droit devant le ciel blanc du désert, sursauta au braillement du sergent, puis se ressaisit.

« Oui, oui, dit-elle humblement au sergent. Mais c'est une longue histoire. »

Une longue histoire. « Pas d'importance si c'est long, racontez-la », dit le journaliste, qui plaça le micro devant la bouche violemment maquillée de la jeune fille.

« J'avais seize ans et j'avais rencontré un garçon qui n'était pas du pays, il s'appelait Sandro et il avait une moto rouge, la plus belle moto qui soit... », articula la jeune fille devant le micro que lui tendait le journaliste. C'était vraiment la plus grande moto qui soit. Une Dumprey qui pouvait faire du deux cents à l'heure. La jeune fille montait souvent sur la moto de ce jeune homme brun, musclé, sympathique, pour se balader dans le village, dans les champs, ou sur la rive du fleuve. Mais un après-midi, il l'emmena beaucoup plus loin : en ville.

« A l'hôtel ? » demanda le journaliste, ramenant le micro près de sa bouche, avant de le rapprocher aussitôt du visage de la jeune fille, aux yeux bleu clair et doux.

« A l'hôtel », dit-elle, et les filles du camion, toutes très maquillées, les yeux comme la bouche, provocantes et sexy dans leurs tenues camouflées, leurs cheveux dénoués, l'uniforme étroitement serré, moulant, toutes ces filles rirent au mot hôtel. « Puis il me ramena à la maison », ajouta-t-elle. « Je me suis sentie mal deux jours, parce qu'il m'avait fait boire ou il m'avait donné de la drogue, je ne sais plus, puis... »

« Puis ? » enchaîna le journaliste.

« Puis, presque un an s'est écoulé », reprit la jeune fille blonde, la bouche près du magnétophone, la voix chaude, profonde, intensément féminine. « On ne le voyait plus, le garçon à la moto, et moi j'étais malheureuse, parce que j'avais honte de ce qui s'était passé entre nous. Au village on le savait, les gens parlaient, les garçons venaient vers moi, mais seulement pour se moquer, ils me traitaient comme une... »

Les filles du camion, en treillis militaire, se mirent à rire. Alors le sergent hurla : « Silence, salopes, ou je vous expédie toutes au camp de punition. »

Le journaliste tendit le micro à la jeune fille : « Comment vous traitaient-ils, mademoiselle ? »

La jeune fille rougit. « Ils me traitaient comme une traînée, voilà. » Elle releva la tête, nerveusement : « Maintenant je suis une traînée et je m'en fous. Mais avant je ne l'étais pas et j'en souffrais. » Elle sortit une cigarette d'une poche de sa tenue camouflée, l'alluma avec un briquet voyant en or, toussa à la première bouffée.

« Et puis ? » demanda le journaliste.

« Puis quoi ? » dit la jeune fille, fumant rageusement, malheureuse sous le soleil brûlant du désert, ses longs cheveux agités par le vent léger, qui allait croissant.

« Puis j'ai connu un garçon... », elle hésita, jeta la cigarette à peine allumée dans le sable brûlant. « Mais je n'ai pas envie d'en parler. »

« Mademoiselle, je vous en prie, dit le journaliste, j'ai besoin d'une histoire, votre histoire, vous avez promis de me la raconter. »

Il fut interrompu par les cris du sergent qui s'adressait à la jeune fille. « Ne fais pas l'idiote, ils te donnent pas mal de fric pour raconter tes sales histoires, il faut que tu les racontes ! » Il agitait sa mitraillette avec colère et la jeune fille prit peur.

« Oui, monsieur », dit-elle, la peur la faisait saliver, « oui, monsieur... puis j'ai connu un brave garçon, je ne voulais pas lui dire, je ne voulais pas le compromettre... »

Le journaliste s'adressa au sergent : « Je vous en prie, sergent, ne traitez pas mademoiselle comme cela. »

« Comment voulez-vous traiter ces dames ? » fit le sergent avec mépris.

« Mademoiselle », fit le journaliste, « vous avez dit qu'après le jeune homme à la moto rouge vous avez connu un brave garçon. Pourquoi dites-vous que c'est un brave garçon ? »

« Parce qu'il ne me traitait pas comme une fille qui faisait le trottoir, comme les autres du village qui connaissaient l'histoire du type à la moto... »

« Ce garçon vous a dit qu'il vous épouserait ? » demanda le journaliste, réglant le volume du magnétophone. Il avait déjà réalisé pas mal d'interviews, des ministres, des gansters, des stars de cinéma, des drogués paranoïaques, mais là, pour le coup, il était vraiment frappé.

« Oui, il voulait m'épouser », dit la jeune fille qui prit un air distingué, malgré les signes évidents de la vie qu'elle menait. « Il m'aurait même épousée tout de suite, mais il voulait d'abord terminer ses études. »

« Ce garçon était donc étudiant ? »

« Oui. »

« Quelle faculté ? »

« Ecole d'ingénieur. »

« Ensuite ? » insista le journaliste.

De l'un des camions chargés de soldats casqués, s'éleva un chœur triste et fort, en langue anglaise, un vieux chant irlandais qui disait : « Ma petite amie est allée avec l'ennemi, et dès que je la retrouverai je la tuerai. »

« Nous avons été fiancés deux ans, j'étais vraiment heureuse avec lui, il m'aimait beaucoup. Au pays, on ne disait plus de mal de moi, sa famille était la meilleure du village, son père et sa mère me reçurent chez eux. Alors tout le monde me salua à nouveau, j'étais devenue la jeune fille la plus en vue mais je n'étais pas heureuse uniquement pour ça, j'étais heureuse parce qu'il m'aimait. »

« Comment s'appelait ce garçon qui faisait des études d'ingénieur et voulait vous épouser ? » demanda le journaliste. « Ce n'est pas son nom de famille qui m'intéresse, bien entendu vous ne pouvez pas me le dire, son prénom suffit. »

La jeune fille alluma une autre cigarette. « Il s'appelait Giorgio. »

« Et puis, qu'est-ce qui s'est passé ? Pourquoi ne vous êtes-vous pas mariés ? »

Le visage de la jeune fille se durcit. Elle fit une grimace, on aurait presque dit une souffrance physique. « Parce que l'autre garçon est revenu. »

« Comment ça, l'autre garçon ? »

« Celui à la moto rouge. »

« Ah, et alors ? »

« Un soir, la voiture s'est arrêtée devant la ferme », dit la jeune fille. Le vent se renforçait, les longs cheveux blonds, dénoués sur la tenue bariolée, ondoyaient en arrière, de plus en plus agités par les rafales.

« Qu'est-ce que ça veut dire " la voiture s'est arrêtée " ? » demanda le journaliste.

« Je voulais dire, une voiture s'est arrêtée, c'était celle de ce garçon. »

« Le garçon à la moto rouge, qui était venu deux ans plus tôt ? »

« Oui. »

« Ensuite ? »

« Il est entré à la maison, pour me parler », dit la jeune fille. « Il a dit à mon père qu'il avait du boulot pour moi en ville, très bien payé, tout à fait honnête. Pas faire du cinéma ou être mannequin, mais garder des enfants quand le soir les parents vont au cinéma. »

« Vous voulez dire baby-sitter ? »

« Oui », dit la jeune fille.

De la colonne des camions s'élevait, de plus en plus fort, le chant des soldats, qui répétait en anglais : « Ma petite amie est allée avec l'ennemi, et quand je la retrouverai je la tuerai. »

« La ferme ! » hurla le sergent aux soldats, de sa voix la plus forte. « Il y a l'interview ! Silence ! »

« Et qu'est-ce que vous avez répondu à ce garçon quand il vous a proposé de venir faire du baby-sitting en ville ? » demanda le journaliste.

« Je lui ai dit non, répondit-elle aussitôt. C'était un mauvais garçon, je l'avais compris, je ne voulais plus avoir affaire à lui. »

« Et lui ? » fit le journaliste.

« Lui, il m'a demandé de l'accompagner dehors un moment pour me parler. J'hésitais, mais il a réussi à me convaincre. On est allé vers la route, où sa voiture était garée. Il insistait encore pour que j'aille en ville avec lui et que je devienne baby-sitter. Je continuais à dire non. Il faisait sombre, alors il s'est fâché, et quand on a été près de la voiture, il m'a frappée à coups de poing et m'a dit : “ Monte, et viens avec moi, sinon je te casse la gueule pour de vrai, après je fais la même chose à cet enfoiré de Giorgio qui veut t'épouser. Tais-toi, pas un mot, ou je te fais ta fête. ” »

« Vous voulez donc dire que vous avez été enlevée ? Ce jeune homme est venu chez vous, a d'abord essayé gentiment de vous convaincre de le suivre en ville, puis voyant qu'il n'y arrivait pas de cette manière, il vous a forcée, vous a enlevée devant chez vous ? Ça s'est passé comme ça ? »

« Oui, ça s'est passé comme ça », dit-elle.

« En ville, qu'y a-t-il eu ? Attendez, pouvez-vous me dire de quelle ville il s'agit ? Milan ? Turin ? Bologne ? »

« Non, je ne vous dirai pas quelle ville », dit-elle d'un ton résolu, tandis qu'elle se masquait les yeux de sa main. Pas seulement pour se protéger du sable que le vent soulevait, mais aussi parce qu'elle avait envie de pleurer.

« Bien, la ville n'a pas d'importance, dit le journaliste, mais dites-moi au moins où il vous a emmenée dans cette ville. »

« Il m'emmena dans une maison en banlieue, un petit pavillon », dit-elle en relevant le col de la tenue camouflée pour empêcher le sable d'entrer dans son cou, « et j'ai dû rester là. »

« Excusez-moi, mais pourquoi avez-vous dû rester là ? demanda le journaliste. Vous ne pouviez pas téléphoner à la police ? Vous ne pouviez pas crier, tenter de fuir ? Pourquoi ne l'avez-vous pas fait ? »

« Parce qu'il me battait et me soûlait. »

« Comment ça, il vous soûlait ? »

« Il m'obligeait à boire des liqueurs fortes et il devait y mettre des médicaments... »

« Vous voulez dire de la drogue ? » dit le journaliste, qui toussa à cause du sable tourbillonnant et du vent qui lui entraient dans la gorge.

« Oui... il mettait toujours quelque chose dans mon verre avec les liqueurs, après je ne comprenais rien et faisais tout ce qu'il voulait. »

« Que voulait-il ? »

La jeune fille, dans sa tenue camouflée et ses bottines en plastique vert foncé enfoncées dans le sable, haussa les épaules. « Qu'est-ce que vous pensez qu'il voulait ? dit-elle. Des hommes venaient dans ce pavillon, c'est ainsi que j'ai commencé. »

« Excusez-moi, mais votre père ? Cet homme vous enlève devant sa porte, vous emmène en ville, vous exploite et votre père et votre mère ne disent rien, ne s'inquiètent pas ? Soyez sincère avec moi. »

« Je suis sincère. » La jeune fille se protégeait le front et les yeux du sable soulevé par le vent de plus en plus violent.

« Il m'a obligée à écrire à mon père une lettre où je lui disais que j'avais trouvé un bon travail de baby-sitter, ou de gouvernante, et chaque mois il s'arrangeait pour que j'envoie cinquante mille lires à la maison. Mes parents et mes frères croyaient comme ça que je travaillais honnêtement et ne se sont pas inquiétés. »

« Mais l'autre garçon, le bon, celui qui vous aimait, qui faisait des études d'ingénieur et qui voulait vous épouser, il n'a rien fait pour vous retrouver quand vous avez disparu à l'improviste ? »

« Non, parce que j'ai été obligée de lui écrire aussi, si je ne le faisais pas l'autre m'aurait défigurée à coups de couteau. Il en avait toujours un dans la poche et j'ai dû écrire cette lettre à Giorgio. »

« Qu'est-ce que vous avez dû écrire ? »

« J'ai dû écrire que j'étais allée en ville pour travailler, que j'avais compris beaucoup de choses, c'est-à-dire que je ne l'aimais pas et qu'il ne devait plus penser à moi. »

Le journaliste se frotta les yeux, piqués par une rafale de sable. « Et puis ? »

« Et puis, toujours la même histoire, dit la jeune fille.

Notre histoire à nous. Regardez mes copines », elle leva une main pour désigner ses compagnes sur le camion, enveloppées par un petit brouillard de sable soulevé par le vent. « On passe d'un proxénète à l'autre, puis ça se termine ici, en Afrique, avec des mercenaires. » Elle semblait résignée, avec son visage enfantin, mais elle voulait paraître sceptique, cynique.

« Que voulez-vous dire par " ça se termine ici en Afrique, avec des mercenaires " ? », et le journaliste régla le magnétophone. « Vous savez, les piles sont en train de flancher, il faut se dépêcher », dit-il à la jeune fille.

Mais elle ne répondit pas. Par contre, le sergent fit ondoyer sa mitraillette. « Ah, cher ami », dit-il avec ironie au journaliste, « qu'est-ce que vous voulez que ça signifie : ça se termine en Afrique avec des mercenaires ? Ça signifie qu'il y a ici une colonne de camions chargés de mecs qui vont aller combattre et se faire tuer : vous savez, dans ce coin il y a toujours une guerre. Ils doivent rester parfois des mois dans le désert, bombardés par l'aviation, se battre contre des gens sans pitié qui vont même jusqu'à les bouffer et voyager pendant des centaines de kilomètres dans ce paysage merdique, et alors derrière eux il y a le camion des filles, parce que, voyez-vous, après quelques semaines les hommes deviennent nerveux sans femmes, et elles sont là, dans leurs tenues camouflées comme les hommes, parce que si on les laissait faire, elles s'habilleraient l'une en rouge, l'autre en jaune, ou encore en bleu, les avions ennemis nous repéreraient de loin et nous réduiraient en purée. Voilà ce que ça veut dire, monsieur le journaliste, ça se termine en Afrique avec des mercenaires. »

Les filles, debout dans le camion, applaudirent avec

ironie le sergent, pour le féliciter de ses explications, ce qui le mit en colère. « La ferme, connasses ! »

Mais une des filles ne la ferma pas, au contraire, elle cria en rigolant : « Monsieur le journaliste, les hommes sur les camions font la guerre, mais nous, par contre, on fait l'amour. »

Le journaliste arrêta le magnétophone, pas à cause du chahut que faisaient toutes les femmes ni à cause des cris du sergent qui voulait les faire taire, mais parce que les piles du magnétophone étaient à plat.

« Merci, mademoiselle », il tendit la main à la jeune fille qu'il avait interviewée. Elle lui donna la main et se mit tout à coup à pleurer. Elle sanglotait, et le sable tourbillonnant s'incrustait sur ses grosses larmes.

« Journaliste, s'il vous plaît », dit-elle à travers ses larmes, « dites à Giorgio que je l'ai toujours aimé, que je l'aime encore, dites-le-lui, dites-le-lui, dites-le-lui... »

Elle se jeta contre sa poitrine, l'étreignit. Le journaliste comprit : Giorgio était le jeune homme qui faisait des études d'ingénieur et qui voulait l'épouser. Elle ne l'avait jamais oublié, elle, même dans son malheur, elle l'avait toujours aimé. Il serra la jeune fille dans ses bras et lui dit : « Oui, je le lui dirai, mais vous devez me dire son nom et son adresse complète pour que je puisse aller le lui dire. »

Elle haleta contre sa poitrine : « Je vous dirai qui c'est, mais il ne faut pas publier son nom dans le journal, il aurait honte que l'on sache qu'il a aimé une femme comme moi. »

« Non, je ne l'écrirai pas dans mon journal, soyez-en sûre. » Le journaliste écrivit sur un feuillet le nom et l'adresse de ce jeune homme qui, il y a des années, voulait épouser la jeune fille.

« Ne lui dites pas que vous m'avez vue ici, dites-lui seulement que Paola se souvient de lui et l'aime », continuait-elle, avec des sanglots convulsifs, « dites-lui seulement que Paola l'aime et se souvient de lui, que Paola l'aime et se souvient de lui, que Paola l'aime et se souvient de lui... »

On aurait dit une crise d'hystérie. Une des femmes qui étaient sur le camion, plutôt âgée, quoique maquillée comme une gamine, sauta à bas du camion et prit la jeune fille dans ses bras. « Monte, mon chou », lui dit-elle, maternelle, « monte, mon petit, on va partir, monte, ne pleure pas comme ça. »

Paola se laissa entraîner vers le camion, mais continuait de crier, en pleurant, au journaliste : « Dites-lui que Paola l'aime et se souvient de lui, ne lui dites pas ce que je suis devenue, dites-lui seulement que Paola l'aime et se souvient de lui... »

Ses pleurs désespérés et ses cris furent couverts par le hurlement d'un mégaphone du camion qui se trouvait en tête de la colonne.

« Alerte ! Raid aérien ! Hors du camion, dispersez-vous le plus loin possible. Alerte, alerte, alerte ! » Le mégaphone hurlait encore quand à l'horizon apparut l'escadrille de chasse. Ils volaient très bas, et filaient droit sur la colonne. Les soldats sautaient ou plutôt jaillissaient hors des camions avant de se coucher à plat ventre dans le sable.

Les femmes aussi se ruèrent hors du camion. Le journaliste se jeta à terre, s'enfonçant le plus possible dans le sable. Il se retrouva près d'elle, Paola, qui pleurait toujours, allongée à côté de lui. Elle continuait de pleurer sans plus rien dire et le journaliste lui couvrit la tête de ses bras.

« Enfoncez la tête dans le sable, cria-t-il, ils nous tirent dessus. » Il se mit presque sur elle pour la protéger davantage. Mais ce fut inutile. Les avions piquèrent quatre fois sur la colonne de mercenaires. Un camion brûla, un autre explosa tandis qu'un des avions s'acharnait à mitrailler les soldats cachés dans le sable. Bien entendu, il ne pouvait distinguer les hommes des femmes, ils avaient tous des tenues camouflées. Les éclats d'une balle explosive touchèrent en plein la femme que le journaliste tentait en vain de protéger et lui déchirèrent le dos et les poumons. Les avions s'éloignèrent, le raid était fini. Le journaliste prit le pouls de la jeune fille. Il écouta longuement, mais comprit qu'il n'y avait plus rien à faire. Il se leva.

« Elle est morte », dit-il au sergent qui accourait.

« La pauvre », dit le sergent, ému.

Le raid terminé, tout le monde se releva, sauf le journaliste qui, agenouillé auprès du corps de la jeune fille, pencha la tête vers son oreille. Comme si elle était encore en vie, il lui chuchota : « Paola, tu peux dormir tranquille, j'irai dire à Giorgio que tu l'aimes et que tu te souviens toujours de lui. »

« Mais elle est morte ! » cria le sergent quand il le vit parler à l'oreille de la jeune fille. « Pourquoi parlez-vous à une morte ? »

« Je ne sais pas », dit le journaliste. Il se couvrit le visage d'une main. « Je ne sais pas. » Mais il savait qu'il irait dire à un homme, qui s'appelait Giorgio, qu'une femme qui s'appelait Paola l'avait toujours aimé et ne l'avait jamais oublié.

WARUM, POURQUOI

La *Mouette* se mit en devoir de fermer à la mi-octobre. Ce vaste local donnait directement sur la plage, sur le sable. A présent, le soleil était si froid, quand il y en avait, que personne ne venait plus s'allonger en maillot de bain sur les chaises rouges, vertes et jaunes ; les derniers Allemands arrivés à Lignano portaient des chandails et les petites serveuses du dernier hôtel encore ouvert avaient enfilé des demi-bas de laine. Monsieur Vincenzo avait déjà fait retirer toutes les bouteilles du bar et de la cave. Le vent glacial soulevait et jetait le sable contre les trois baies vitrées de la *Mouette*, provoquant comme un picotement sur les carreaux et enveloppant la plage d'une espèce de brouillard bas, obstiné, quand il vit arriver le camion venu charger le juke-box, deux jeunes gens en salopette descendre et se courber avant d'entrer sous les rafales de vent provenant de la mer. Il fallut presque une heure pour hisser sur le camion cette armoire à glace retentissante, qui avait martelé l'été durant les mêmes chansons, ce sacré bon Dieu de twist qui l'empêchait de trouver le sommeil, résonnant dans ses oreilles jusqu'à deux heures du matin, alors qu'il savait en se couchant qu'il devait se lever à cinq heures. Une fois seul, il ne lui restait plus qu'à fermer jusqu'à la prochaine saison, au printemps ; adieu. Et ainsi, il se mit à tourner en rond dans un local vide, inutilement balayé la veille au soir parce que le sable s'infiltrait partout, crissait sous les chaussures, dans ce local tellement vide, avec le comptoir débarrassé de ses piles d'amandes, de ses bonbons, de ses sachets de pop-corn dont les gens s'empiffraient pendant tout l'été. Le vide l'impressionnait. Ça lui fit presque peur, même en plein jour, il pensa s'en aller sur-le-champ quand il décida de jeter un dernier coup d'œil dans les tiroirs du comptoir pour s'assurer qu'il n'avait rien oublié, que tout était en ordre. Pour plus de sûreté, il les sortit complètement de leur tasseau et, ce faisant, il trouva au fond du premier tiroir justement une lettre qu'il n'avait jamais remarquée auparavant. Sans doute était-elle là depuis longtemps car elle était fripée, tachée, presque jaunie ; on avait écrit sur l'enveloppe MONSIEUR RENATO, avec une pointe Bic qui avait bavé à cause d'une goutte de quelque chose qui était tombée sur le R de Renato, Dieu sait depuis combien de temps. Il la tint d'une main, la regardant, tandis que de l'autre il tenait le tiroir sorti du comptoir, se demandant ce que ça pouvait être. Puis il se souvint d'une jeune fille, grande, maigrichonne, pas de seins, dans un maillot deux-pièces, qui lui tendait la lettre, mais il y avait bien longtemps, début juin, ou peut-être même l'année dernière ?, non, maintenant il se rappelait, c'était une Allemande, oui, en maillot bleu, qui lui avait donné la lettre. Je vous en prie, dès que monsieur Renato sera là, lui avait-elle dit. *Ja, ja*, avait-il répondu, il se rappelait même monsieur Renato maintenant, le Romain, monsieur « Que-la-mort-t'emporte », c'était son surnom, petit mais costaud, au bras de fer il avait battu un Allemand catégorie poids lourd, deux fois plus grand que lui ; mais il avait été battu par un Noir de la base militaire de Vicence, aussi petit que lui, tout maigre, osseux, on aurait dit un tubard, mais monsieur Que-la-Mort-t'emporte était resté la langue pendante, le bras honteusement plié.

Bien sûr, monsieur Renato venait tous les jours à *la Mouette* et lui, monsieur Vincenzo, lui donnerait la lettre, avait-il dit en rassurant l'Allemande, *Ja, ja,* et la jeune fille avait dit, *Heute, bitte,* bien sûr qu'il allait la lui donner aujourd'hui, la rassura-t-il, *Heute, ja, ja*, mais ensuite il n'avait pas dû la lui remettre puisque la lettre était encore là après si longtemps ; bien sûr monsieur Renato était venu souvent faire le bras de fer, mais il ne s'était pas souvenu de la lettre dans le tiroir et quand il voyait la lettre et se rappelait, alors c'était monsieur Renato qui n'était plus là ; bref maintenant la lettre était toujours là et Dieu sait où était monsieur Renato et où était la jeune fille. Alors, il posa le tiroir par terre, ouvrit l'enveloppe et se mit à lire, VIENS CE SOIR SINON JE ME TUER MOI ALLEMANDE TENIR PROMESSE, il relut encore une fois, pour bien comprendre et lut aussi la signature mais il n'y avait pas grand-chose à lire, juste un H, écrit grand, haut, majuscule ; il reposa la lettre sur le comptoir et, bien que les portes fussent toutes fermées, le vent glacial et rapide s'infiltrait avec ses grains de sable, le feuillet palpita sur le comptoir comme quelque chose de vivant encore depuis le temps immémorial où l'Allemande le lui avait remis, mais lui, monsieur Vicenzo, ne pouvait rien y faire parce qu'il ne savait même pas qui ils étaient tous les deux, celle qui avait écrit la lettre et celui qui ne l'avait pas reçue, ni où ils étaient, même s'il pouvait imaginer leur histoire, semblable à celle de tant d'autres là à Lignano ou sur n'importe quelle autre plage, sous le soleil, à la mer, entre les pins, toujours à moitié nus, pensez-vous si elle s'était tuée, c'était ce qu'elles disaient toutes mais ne faisaient presque jamais , elles rentraient au pays dévorer des saucisses et de la choucroute, puis elles oubliaient. Il déchira donc la lettre, jeta les morceaux dans la caisse de poubelles qu'il devait emporter et, en la traînant pour la sortir dehors, la caisse crissait sur le sable qui recouvrait le sol ; il eut froid dans le dos, obscurément, comme s'il traînait le cercueil de ces petits morceaux de lettre déchirée sur un tas de vieux papiers, de bouteilles cassées, de cartons abîmés avec écrit dessus GLACES EIS. Cela ne dura qu'un instant, puis il ouvrit la porte, poussa la caisse dehors et un coup de vent glacial le fit presque tomber à la renverse, il ne pensa plus qu'à rentrer tout de suite chez lui et à s'installer au coin du feu.

Deux jours plus tard, *Le débarquement des Pirates* ferma lui aussi, en fait, il était déjà fermé depuis trois jours, mais il fallait contrôler les lumières, emporter deux gros cartons pleins de chiffons qu'Emilietta avait oubliés, et prendre un briquet que le type qui avait emporté la machine à café espresso prétendait avoir oublié là, puis donner un dernier coup d'œil en s'assurant que tout était en ordre, verrouillé, et c'est elle, bien entendu, Marcella qu'on avait envoyée, avec le gamin de la camionnette, parce qu'elle était toujours disponible à n'importe quelle heure, affublée de sa grosse veste peluchée en tricot rouge, ses longs cheveux noirs, qui avaient eu tant de succès cet été auprès de la clientèle masculine, tombant sur ses épaules ; elle tourna en rond doucement dans la vaste salle ronde et vide, à l'exception du comptoir du coin et des tables dégarnies empilées l'une sur l'autre, et elle s'arrêta un instant pour regarder à travers les vitres l'eau bleu foncé de la lagune de Marano, cravachée par le vent qui soulevait de petites vagues rageuses, puis elle appela tout de suite le gamin de la camionnette, lui montra les grosses boîtes, alla derrière le comptoir débarrassé de tout, alluma la lumière pour voir si on n'avait rien oublié et si elle trouverait par hasard le briquet du petit brun de la machine à café ; mais le briquet n'y était pas, en revanche par terre, sous les pieds des étagères pour les bouteilles du bar, elle vit pointer un bout d'enveloppe, un petit triangle de papier clair qu'elle ramassa avec deux doigts. Si on pouvait appeler ça une lettre, elle devait être là depuis Dieu sait quand et, avec la serpillière, s'était imprégnée d'eau sale, puis séchée, puis remouillée et maintenant elle était encore imprégnée du dernier lavage effectué après la fermeture du local ; l'encre grasse de l'en-tête de l'enveloppe avait résisté, bien que coulante et poisseuse, et on déchiffrait avec difficulté MONSIEUR RENATO. « Il y a autre chose, comtesse ? » demanda le gamin de la camionnette qui, à trente-deux ans, ressemblait à un élève de troisième à qui il ne manquait que la blouse noire, et qui pinçait toutes les filles à la portée de sa main, de la lagune de Marano au Tagliamento et à Latisana. Elle lui dit en vénitien d'aller se faire foutre et de la laisser en paix et il retourna à sa camionnette, maugréant : « Pourquoi pas, comtesse », parce qu'elle s'était énervée en lisant ce nom : *Signor Renato* et, comme on n'a qu'une mère, il n'y eut qu'un seul Renato cet été-là à Lignano, le Romain, l'un des deux types qui lui avaient posé un lapin ; au souvenir de ce monsieur Que-la-mort-t'emporte, elle eut envie de mordre, puis envie de lire ce qu'on lui avait écrit, il y a des siècles, mais le bouillon des rinçages successifs du sol avait comme dissous les deux lignes écrites VIENS CE SOIR, après il y avait de quoi se crever les yeux, ah oui, SINON, et sa vue se brouilla de nouveau, on ne voyait bien que le grand H de la signature, mais persévérante elle put déchiffrer JE TUER, puis, MOI ALLEMANDE, et puis, TENIR PAROLE, et comme elle pensait lentement elle comprit enfin ce que cela signifiait, justement parce que lente, obstinée, elle retrouva patiemment le fil de l'histoire ainsi que le nom entier de la jeune fille, Herta ; elle la revit un soir, soûle et seule, debout au comptoir, une fiasque d'orvieto près d'elle, souriante, et comme il faut, répétant : « Le débarquement des birates, Renato dit comme ça, le débarquement des birates », la fixant de ses yeux encore clairs malgré les rasades d'orvieto qu'elle se tapait depuis le matin, et elle, Marcella, ne comprit pas tout de suite, parce qu'elle réfléchissait lentement, mais Herta lui expliqua que le local appartenant à un fabricant de bière, au lieu de Débarquement des pirates, monsieur Que-la-mort-t'emporte disait le Débarquement des birates et ça la faisait rire aux éclats à la petite terrasse devant la lagune, tellement que Marcella, pendant qu'elle servait au comptoir, était bien forcée de les voir à la dérobée, en tête à tête, joue contre joue, genou contre genou ; et il s'en fallut de peu qu'elle lui tirât, à lui, un siphon de Seltz à la figure avant de les voir monter là-haut danser, Herta toujours habillée de sa petite veste en tissu-éponge, même le soir, les jambes nues, des jambes de Nordique qui n'en finissaient plus.

A vrai dire, la première fois qu'il avait dit le débarquement des birates, elle n'avait pas compris, là, à la terrasse devant la lagune, avec la lune et de la musique qui tombait de l'étage, comme venant du ciel. « Allez, choucroute », lui avait-il dit, « tête de choucroute, ma parole, mais qu'est-ce qu'il faut pour te faire rire ? Tu piges pas, birates comme bir comme disent les choucroutes comme toi pour dire bière, enfin *birren* au lieu de *piraten* », et quand elle comprit son mélange de dialecte romain et d'allemand, elle rit beaucoup et ne cessa plus de venir le relancer ici, à *la Mouette*, ou au *Hollywood bar* de Lignano Pineta, les lieux qu'il fréquentait au moins une fois par jour, monsieur Renato ; et quand il n'était pas là, elle s'arrêtait pour boire un coup en l'attendant.

Mais, se dit Marcella lentement, il s'était comporté avec elle comme Dieu sait combien d'autres filles, et une fois son coup accompli, il s'était défilé et avant d'entrer à *la Mouette* ou au *Débarquement des Pirates* ou au *Hollywood bar*, caché derrière une voiture, un arbre ou une maison, il regardait si ses ex-proies l'attendaient et si oui, s'éloignait comme un Indien comanche à la vue d'un bataillon fédéral. Alors la choucroute lui avait laissé une lettre pour qu'il sache que s'il ne venait pas ce soir — mais de quelle lointaine soirée s'agissait-il ? — elle se tuerait, mais personne ne s'était souvenu de cette lettre, la caissière qui l'avait reçue de l'Allemande l'avait passée au barman qui avait une meilleure mémoire. Le barman l'avait mise sur une étagère du bar, d'où elle avait glissé sous l'étagère, et un soir, monsieur Renato était venu. « Il y a une lettre pour vous », avait dit le barman.

« Mais je n'habite pas ici », répondit monsieur Renato, clignant de l'œil à Marcella. « Qu'est-ce que t'es mignonne ce soir, on les boufferait tes cheveux noirs. » Le barman chercha la lettre, mais elle n'y était plus, par contre un tas de jeunes gens et de jeunes filles réclamaient à boire, la bouche ouverte comme des moineaux. « Dès que je la trouve, je vous l'envoie à l'hôtel, monsieur Renato », avait dit le barman. « Te fatigue pas, je sais pas lire », avait dit monsieur Que-la-mort-t'emporte, et il s'était planté devant elle, Marcella : « Fais-moi la grâce, Marcelli', laisse-moi juste toucher tes cheveux », il avait tendu la main, saisissant la mèche la plus longue, « Ah ! quel frisson », avait fait l'idiot et elle, encore plus idiote, était tombée dans le panneau comme cette malheureuse Allemande qui s'était peut-être tuée, qui devait avoir dans les dix-neuf ans, et avec ce que les filles ont dans la tête à cet âge-là, il est fort possible qu'elle l'ait vraiment fait ; espérons que non, se dit-elle. Marcella ne savait que faire de cette lettre si sale, en lambeaux, dégueulasse, mouillée, mais elle se décida, en fit une boule et la jeta par la dernière fenêtre encore ouverte, dans l'eau de la lagune où elle ne flotta que quelques secondes, puis coula avec son appel lointain, inutile, désespéré.

Au *Hollywood bar*, on trouva la troisième lettre dans un cahier aux feuillets quadrillés où l'on tenait les comptes du mois de juin, entre les registres, des lettres de fournisseurs, un vieux numéro de *Stralignano*, un journal local en papier jaune et un long cornet de plastique rouge, que le propriétaire du *Hollywood bar* tenait toujours près de la caisse.

Le *Hollywood bar* était le dernier à fermer, comme il avait été le premier à ouvrir, dès la fin mars, quand il n'y avait encore personne, pas même les gardiens des hôtels, rien que la ronde des carabiniers et maintenant, au moment de la fermeture, en novembre, il n'y avait plus personne à Lignano Pineta, pas même les carabiniers, il n'y avait que lui, le propriétaire ; dehors la pluie tombait à verse, le vent tordait les arbres les plus jeunes et pendant un temps, il se demanda s'il allait également emporter cette pile de cahiers, de lettres commerciales et de journaux sous la caisse, et comme il avait tout son temps et qu'il était méthodique, il commença à trier le tas de papiers, seul homme vivant entre l'Arco dell'Ostro, il Raggio dello Scirocco et Piazza del Sole, comme on appelait avec lyrisme les trois splendides ouvertures sur lesquelles donnait son local. Il déchira méticuleusement tous les tracts publicitaires, les cartes postales et mit le gros cornet dans sa poche ; il mit aussi de côté le journal jaune, le numéro de *Stralignano*, bien qu'il ne se souvînt pas pourquoi il l'avait gardé et il feuilleta les uns après les autres tous les cahiers, les petits registres, et ce faisant, il trouva la lettre à monsieur Renato parfaitement conservée et se demanda ce que cela pouvait bien être, la retournant dans tous les sens, puis il regarda dehors il Raggio dello Scirocco vide, déserté, inondé par la pluie et la seule auto encore présente, la sienne, et le panneau rouge, inutile, du sens unique, puisque peu de voitures, du moins jusqu'à mars-avril, parcoureraient cette route. Mais il ne se souvenait d'aucun nom, parce que monsieur Renato ne venait que pour boire un bitter et jamais il ne demandait leur nom aux clients, simplement il se douta que quelqu'un lui avait donné cette lettre pour la remettre à quelqu'un d'autre, qu'il ne l'avait pas fait et comme elle se trouvait dans le livre des comptes de juin, cela devait être bien vieux et il l'ouvrit en pensant qu'elle contenait peut-être de l'argent ou un document et il lut trois fois, très lentement, VIENS CE SOIR SINON JE TUER MOI ALLEMANDE TENIR PAROLES, puis il fixa longuement le grand H mais sans rien se rappeler du tout si ce n'est qu'il imaginait ce que pouvaient être un Renato et une Allemande dont le nom commençait par un H, au moment où lui ne voulait plus d'elle et où elle lui disait « je tuer » ; mais espérons qu'elle ne l'a pas fait parce que si toutes les jeunes filles qui ont des amourettes l'été se tuaient, les cimetières seraient pleins. Finalement, il se préoccupa de bien verrouiller son local sinon, avec ce temps, il retrouverait le *Hollywood bar* plein de sable, de coquillages et de poissons frétillants en mars, à son retour.

De ses mains avides et un peu sales, il déchira le papier blanc et mou qui enveloppait la boîte et avant de l'ouvrir, il pensa que c'était peut-être un portefeuille, mais il ne se l'était pas imaginé en crocodile, avec des initiales en or, R.B., Renato Bargone, tudieu, elle devait en avoir des thunes cette gamine, dans la trentaine, qui lui envoyait un cadeau pareil, et à l'intérieur, dans une poche, il y avait même un billet de cinq cents neuf, bon, là elle ne s'était pas trop foulée parce qu'elle aurait pu en mettre un de dix mille, même vieux, mais il était clair qu'une petite coupure cela faisait plus distingué, qu'importe, il portait des caleçons de laine longs, il faisait un sacré froid qui vous bouffait la peau, même avec les fenêtres fermées, il avait froid aux chevilles, aux genoux et aux fesses, pour le reste il ne craignait pas de rester torse nu, comme il était de fait, et traversa la chambre à coucher, décrocha son pantalon de la poignée de la fenêtre, en retira son vieux portefeuille, une vieille loque, dont il rangea le contenu, une misère, dans le nouveau : trois billets de mille chiffonnés, un permis de conduire graisseux, une image pieuse que sa mère l'obligeait à porter sur lui, une carte d'identité périmée qu'il aurait pu jeter, un feuillet d'il y a un siècle avec des adresses dessus, ça il le jeta, un petit calendrier d'un coiffeur, qui datait de 1960 mais il le garda quand même, et un morceau de papier journal jaune, plié en quatre pour pouvoir le faire entrer, qu'il déplia puis il se rappela tout d'un coup, bien sûr, Herta, quel morceau de choix, la plage de Lignano, son copain bêtasse, homme du Nord, qui lui montrait le journal jaune, l'hebdomadaire local avec tous les potins de la plage, les nouvelles arrivées, les beautés qui plongeaient, les prix des hôtels, les adresses utiles.

« Hé, toi, disait le connard du Nord, rince-toi l'œil avec celle-là » en lui montrant une photo du journal, pas mal, il avait lu la légende sous la photo : Herta Hammer, la fille d'un gros commerçant de Berlin-Ouest, arrivée à Lignano ; les admirateurs quand ils la virent sur le sable — mais pourquoi nom de Dieu disaient-ils tous sable au lieu de plage ? — l'avaient déjà baptisée HH, la double bombe à hydrogène ; ah, quels coquins ces Nordistes, mais il avait quand même découpé la photo et l'avait gardée pour bien étudier la question. « Celle-là, j'en fais mon affaire », avait-il dit à son copain pas très futé, lui rendant le journal, et il y était parvenu ; en chair et en os, HH était dix fois mieux que sur la photo du journal, même si la devanture était peu généreuse, mais sacré Dieu quelle raseuse, collante, elle ne voulait pas le lâcher de toute la journée collée à lui et lui disait DE VENIR A BERLIN ET TOI TRAVAILLER LA, peut-être que ça n'aurait pas été une mauvaise affaire ; mais il n'aimait pas l'Allemagne, ni un collier au cou et ne s'imaginait pas du tout à Berlin avec une choucroute collée au cul, même avec tout son fric ET COMME TOI ETRE BIEN DANS LA CHAINE DES MAGASINS DE MON PERE, tu parles ! une vraie chaîne, ça c'est sûr, avec un boulet au bout et ein, zwei, en avant marsch au milieu de toutes ces choucroutes, là on ne l'attraperait pas, peut-être s'était-il gouré, mais lui les filles qui s'accrochaient il n'en voulait pas.

Cela n'avait pas été facile de la larguer, ah là là, elle arrivait à l'aube devant la porte de sa pension et n'en bougeait plus, de temps en temps elle faisait le tour du petit immeuble pour qu'il ne s'enfuie pas mais il avait appris à la guetter par la fenêtre et lorsqu'elle se mettait en faction devant l'entrée principale, il sortait par-derrière ou vice versa. Quand il se baladait dans

Lignano, surtout en compagnie d'une jolie fille, il humait l'air comme le renard flaire le chasseur, et il repérait à un kilomètre à la ronde la petite tête blonde et folle, avec son idée fixe, il virait alors à 180 degrés, mais un jour, elle l'avait coincé en mer et filant comme une torpille elle avait nagé droit sur lui; il était bon nageur et avait cru pouvoir s'enfuir au large, sous l'eau, mais au bout de trois secondes en apnée il l'avait vue arriver comme un harpon et alors, résigné, il était remonté à la surface pour respirer et les jérémiades avaient déferlé sur les flots, à deux kilomètres du rivage, les scènes allemandes, TOI PAS M'AIMER, POURQUOI DIRE AVANT AIMER ET MAINTENANT PAS AIMER ?, mais bien sûr que je t'aime, ma petite chérie, mais maintenant rentrons à la plage, allons, sois mignonne, NON SI TOI PAS M'AIMER MOI JE VAIS DESSOUS, elle voulait dire sous l'eau, qu'elle se noierait et elle avait l'air sérieux, merde, il ne manquait plus que ça, non, non Herta, mais moi je t'adore, on se voit ce soir, je te jure, NON, NON, TOI MENSONGE, bon mais rentrons maintenant parce que sinon c'est moi qui me noie vraiment, elle au contraire elle serait restée une semaine là dans l'eau pour discuter, NON, NON, TOI MENSONGE, quelle façon d'apprendre l'italien.

Mais elle avait raison, la pauvre, parce que — lui mensonge — ne s'était pas montré ce soir-là ni les autres soirs de son séjour à Lignano ; il était devenu si rusé dans sa façon de l'éviter que Rommel en comparaison, qui tentait de semer les armées anglaises dans le désert, semblait un bleu.

Maintenant, cette coupure de journal avec la photo de HH ne servait plus à rien, il la jeta à terre, contempla le nouveau portefeuille, celle qui le lui avait offert n'était pas collante, elle, c'était quelqu'un qui savait vivre et laisser vivre ; il s'écroula sur le lit, posa le portefeuille ouvert sur son front, sur ses yeux, pour en sentir l'odeur car il aimait le parfum des choses distinguées.

La première qui prit place dans la voiture fut Marie Hammer, la mère de Herta, puis monsieur Hans Hammer, le père de Herta, puis monsieur Paul Weber, l'ex-fiancé de Herta, au volant ; la grosse auto atteignit presque aussitôt les faubourgs de Berlin-Est, les traversa, par cette journée de janvier, pleine de soleil mais tellement glaciale que les pneus crissaient sur des glaçons d'asphalte, glaçons presque invisibles, aussi durs que des aiguilles d'acier ; la voiture arriva devant une porte de Berlin-Ouest, à cent mètres du Mur, devant la barrière entourée de fil de fer barbelé et la mitraillette du Vopo, le policier qui observait d'un air sombre la voiture qui s'arrêtait, brilla tout de suite au soleil.

Monsieur Paul Weber, ex-fiancé de Herta, tendit les papiers au Vopo et, comme il s'y attendait, celui-ci ne les prit pas mais attendit qu'un autre Vopo vînt, un gradé, qui regarda longuement les papiers, éclairé par le pâle soleil : Hans Hammer, mais oui, c'était le type de la chaîne de magasins, le père de cette fille qui, en août... Il referma les documents qu'il tenait à la main. « Reste ici et qu'ils la ferment », dit-il au Vopo non gradé qui étreignait sa mitraillette, puis il entra dans la baraque et décrocha le téléphone. « Il y a ici Hammer, Hans Hammer », dit-il, dans le combiné. « Bon, et après ? » « Il veut sortir. » « Il a quoi comme laissez-passer ? » « De première catégorie, obtenu il y a trois mois. » « Transportent-ils quelque chose d'illégal ? » « Je n'ai pas encore regardé. » « S'ils n'ont rien qui cloche, laisse-les passer ». « Mais c'est Hans Hammer, sa fille a buté un des nôtres », dit le Vopo, dans le combiné. « Justement », dit la voix, « il revient voir sa fille à Weissensee tous les mois, il a un laissez-passer spécial, regarde bien dans le coffre s'ils n'emportent pas le corps en Zone Occidentale, mais je ne crois pas. Puis, laisse-les passer. » L'officier Vopo revint près de la voiture, obligea madame Marie Hammer, monsieur Hans Hammer et monsieur Paul Weber, ex-fiancé de Herta, à sortir dans le froid polaire et ensoleillé de cette splendide journée, puis avec l'aide du Vopo non gradé, inspecta le coffre, sous les sièges, dit au Vopo non gradé de s'allonger pour regarder sous la voiture, mais il n'y avait rien qui clochait et pas de corps. « Vous pouvez y aller », dit-il.

La grosse voiture noire attendit que la barrière fût levée, roula cent mètres entre les barbelés, passa le Mur, ralentit devant le soldat américain qui s'approchait en se dandinant, et monsieur Paul Weber, ex-fiancé de Herta, sortit son bras avec les papiers à la main.

« Okay », dit le soldat en leur faisant signe de passer. La grosse voiture plongea lentement dans la circulation intense, se fraya un passage à travers les rues bordées d'immeubles neufs, et tout en conduisant, monsieur Weber dit, sans se retourner : « Vous voulez un chocolat ? » Chaque mois, depuis qu'ils se rendaient au cimetière de Weissensee, une fois dans la Zone Occidentale, il répétait la même phrase parce qu'il savait que madame Marie Hammer, sa future ex-belle-mère, aimait le chocolat, tandis qu'eux, les deux hommes, optaient pour une bière ou un kirsch, selon le temps qu'il faisait et ce matin-là, peut-être même un gin.

« Merci beaucoup, Paul », dit madame Marie Hammer, qui ne pleurait que lorsqu'elle était debout devant la tombe de sa fille, rien que deux larmes, quand elle se demandait *warum ?* pourquoi, et ce matin, à cause du froid, les larmes n'étaient pas venues.

La voiture s'arrêta devant la pâtisserie élégante où ils se rendaient pour l'occasion. Le directeur de l'établissement et un garçon en frac s'empressèrent. « Bonjour madame Hammer, bonjour monsieur Hammer, bonjour monsieur Weber », chuchotèrent-ils, en les conduisant dans le coin le plus confortable, déplaçant les gros fauteuils de velours cyclamen pour les faire asseoir.

« Ils reviennent de Weissensee », dit le barman du comptoir à la *Fraülein* qui vendait les cigarettes, vêtue d'une robe du soir, longue, noire, avec une orchidée toujours fraîche épinglée sur la poitrine, « regarde-moi ce visage, le pauvre. »

La *Fraülein* regarda le gros monsieur Hammer et jamais un homme gras ne lui avait donné pareille impression de maladie, de délabrement physique et moral ; sa femme aussi semblait agonisante et le jeune homme, monsieur Weber, tout le monde savait qu'il était le fiancé de Herta, n'avait pas l'air de se porter mieux, mais ils se tenaient comme il faut tous les trois, calmes dans leurs fauteuils, se regardant avec sérénité.

« Quelle saloperie ! » dit la *Fraülein*, « ils auraient pu le laisser ramener sa fille au cimetière de Berlin, au lieu de la garder là-bas, à Weissensee, par vengeance. » Le barman baissa encore plus la voix : « J'ai entendu dire qu'il paie cinquante mille marks les types de là-bas pour avoir le droit d'aller voir sa fille une fois par mois. » Non, ce n'était pas cinquante mille, la fantaisie populaire exagère toujours, mais bien dix mille marks que monsieur Hammer versait tous les mois, trois jours avant de se rendre au cimetière de Weissensee à Berlin-Est, à un petit homme dont il ignorait tout, ce qu'il faisait ou son importance, mais c'était grâce à lui, mystérieusement, que monsieur Hammer, madame Hammer et monsieur Weber étaient autorisés à passer le Mur et à se recueillir sur la tombe de Herta pour essayer d'y prier en se demandant *warum ?* pourquoi ? Pourquoi l'avait-elle fait ? Puis repartir, repasser le Mur, s'asseoir dans cette pâtisserie et se regarder sereins, maîtrisant avec dignité leur douleur, ou mieux, leur désespoir, de ne pas savoir pourquoi, *warum*, elle l'avait fait.

« Madame Hammer, voulez-vous un peu de confiture de myrtilles ? » demanda le directeur de la pâtisserie, avec à ses côtés le garçon en frac. « Non, merci monsieur, je vous remercie beaucoup », dit madame Hammer, en pensant *warum, warum*, pourquoi, pourquoi l'avait-elle fait ? « Un autre gin, monsieur Hammer, si ça ne vous ennuie pas ? » demanda monsieur Weber, ainsi l'estomac vide, il serait soûl, ce qui valait mieux que de continuer à se demander *warum* jusqu'à ce que sa tête éclate, pourquoi, pourquoi ? « Il faudra me ramener à la maison dans vos bras », dit monsieur Hammer, aimable, « mais je prendrais volontiers un autre gin », comme ça, il aura mal à l'estomac et pourra sangloter éperdument sur la poitrine de sa femme, ce qui était le cas chaque fois qu'il revenait de Weissensee, essayant de ne plus se demander pourquoi, afin de ne pas devenir fou. « Très bien, deux gins », dit le directeur, en s'inclinant. Il les servit, assisté par le garçon, puis les deux hommes soulevèrent leur verre, se regardèrent droit dans les yeux tandis que madame Marie Hammer terminait, appliquée et désolée, son chocolat, en ne pouvant s'empêcher de revoir sa fille, si bronzée, si heureuse, à son retour d'Italie.

« Ah, mami, ah, pappi, comme je suis heureuse d'être avec vous », parce qu'elle ne voulait absolument pas qu'ils soupçonnent la faute, cet enfant qu'elle craignait d'attendre, la façon dont elle s'était conduite loin d'eux avec le premier venu qui l'avait fait rire en battant ses adversaires au bras de fer, comme font les débardeurs, à Berlin, mais par-dessus tout, il fallait qu'elle cache ce qu'elle avait en tête, personne ne devait savoir, ni imaginer, ni jamais relier les deux faits, son voyage en Italie et sa mort, aller fouiller, découvrir son histoire : ça, jamais.

Elle y était arrivée, au fond, sans trop de problèmes, sortant avec Paul tous les soirs, choisissant avec lui des tapis pour leur nouvelle maison, téléphonant à Paris pour qu'on lui envoie des parfums de mariée qu'elle n'utiliserait qu'après son mariage, continuant d'inviter des amis et des amies, donnant des fêtes, afin que tout le monde fût convaincu de son bonheur, que personne ne pût se douter de l'abjection du matin où elle avait écrit trois lettres identiques, toutes pour la même personne, monsieur Renato, et était allée les remettre à *la Mouette*, au *Débarquement des Pirates* ou débarquement des birates et au *Hollywood bar* ; s'il vous plaît quand monsieur Renato vient donner, puis elle avait passé toute la journée à la petite terrasse de *l'Astoria*, la veste en tissu-éponge ouverte sur ses jambes gothiques bronzées, la fiasque d'orvieto à côté, elles se vidaient vite ces petites fiasques, mais qu'est-ce que c'est que ces fiasques ? avait-elle dit à la patronne, je l'ai à peine commencée et elle est déjà finie, puis là, à cette petite terrasse qui donnait sur la grand-route et la mer, la septième fiasque était arrivée, minuit avait sonné et la patronne lui avait maternellement conseillé d'aller se coucher, mais monsieur Renato ne s'était pas montré ; puis la honte, l'enfant qu'elle attendait peut-être, d'ailleurs Dieu sait pourquoi elle disait peut-être, à moins que ce ne fût parce que ses menstruations n'étaient pas régulières, ça personne ne devrait jamais le savoir, jamais faire de liaison entre sa mort et le voyage en Italie ; elle était rentrée à Berlin début juillet et attendit octobre avant d'aller en voiture à quatre cents mètres de l'entrée en Zone Orientale du mur, où elle s'arrêta, ce matin-là, seule, respirant à fond, et décidée, parce que je Allemande moi tenir parole, elle avait étudié tous les détails, savait ce qui allait se passer, cela ne devait pas ressembler à un suicide, elle ne voulait pas déshonorer le nom des Hammer par un suicide, et puis un suicide aurait fait penser à une histoire d'amour, pourquoi donc une jeune fille de dix-neuf ans se tue-t-elle sinon par amour, personne ne devait jamais, jamais penser à une histoire d'amour, parce qu'il n'y avait pas eu d'histoire d'amour, rien qu'une impardonnable honte qu'elle devait effacer comme une héroïne wagnérienne, parce qu'elle aimait Wagner, elle avait Wagner dans le sang, dans le cerveau, elle, que monsieur Renato disait collante, heureusement qu'elle ne le savait pas. Ainsi, en ce matin d'octobre, déjà si froid, elle stationna pile quarante secondes dans sa voiture, à quatre cents mètres exactement du Mur, de l'entrée de la Zone Orientale, comme elle l'avait prémédité, on peut le dire, depuis la longue journée où elle avait attendu monsieur Renato à la petite terrasse de l'*Astoria*, une fiasque, c'est-à-dire des fiasques d'orvieto à portée de la main, et soudain, elle passa en première, comme elle aurait donné un coup d'éperon sanglant à un destrier wagnérien, écrasa l'accélérateur, la puissante voiture se cabra en rugissant et au bout de dix mètres fonça comme un projectile, un missile impossible à freiner, et le soldat américain, quand il vit arriver la torpille, se jeta derrière le tank de service, mais elle visait les autres, au-delà du passage du Mur, ceux qui tenaient leur mitraillette, fixant la sentinelle de la tour, qui l'avait déjà repérée et visait, mais on ne peut pas stopper une bombe. Le Vopo près des barbelés la vit aussi mais alors qu'il tentait gauchement de pointer son arme sur le véhicule, celui-ci le renversa, faisant voler la barrière en éclats comme si elle était faite de brindilles. Tout autour, les Vopos tiraient, mitraillaient. La voiture finalement fit deux ou trois tonneaux et s'écrasa contre un réverbère qu'elle plia comme une bougie. Peut-être était-elle encore en vie dans la carcasse de la voiture, mais même si c'était le cas, les balles continuèrent à pleuvoir pendant une minute, puis un Vopo s'approcha, le canon de sa mitraillette aussi brûlant qu'un fer à repasser et ainsi, fredonnant dans sa tête un air peu connu de Wagner qu'elle chérissait, elle se débarrassa d'une existence qui n'avait plus de valeur à ses yeux.

Mais madame Marie Hammer ne pouvait rien savoir de tout cela, ni monsieur Hans Hammer ni même monsieur Weber et chaque fois qu'ils pensaient à elle, ils se demandaient seulement *warum?* et jamais, comme Herta l'avait souhaité, ils ne sauraient. Les journaux avaient parlé, dans l'autre secteur, de magouilles politiques du riche et gros Hans Hammer mais la version plus commune, quoique peu convaincante, était que mademoiselle Herta Hammer avait perdu le contrôle de sa voiture. Monsieur Hammer avait demandé la permission de ramener le corps de sa fille en Zone Occidentale, en vain, il n'avait pu obtenir que de se rendre une fois par mois à Weissensee, se recueillir sur la tombe ; cela tant qu'il y aurait le petit homme et que les choses ne changeraient pas, mais les choses changeaient sans cesse, tous les jours, là-bas à Berlin. Le deuxième gin étant terminé, monsieur Hammer dit : « Je crois, Paul, que maintenant nous devons nous dire adieu. » Il était inutile de se demander pourquoi, *warum, warum*, à toute heure du jour. « Vous êtes jeune, Paul, et vous devez vivre votre vie, fonder un foyer. Nous vous remercions, Paul, d'avoir beaucoup aimé notre fille mais maintenant elle n'est plus et nous devons nous quitter. » Avant que monsieur Weber pût répondre, monsieur Hammer se leva et lui tendit la main. « Monsieur Paul Weber, je vous prie de nous laisser ici, vous avez déjà couru trop de fois le risque d'être retenu dans la Zone Orientale, maintenant ça suffit. Herta n'est plus là, nous continuerons, nous, à courir ce risque. » « Monsieur Hammer », dit le jeune homme, qui ressemblait à un vieillard dans son pardessus noir, son chapeau noir à la main. « Non, je vous en prie, monsieur Weber, vous avez déjà fait plus que votre devoir, pour nous et pour Herta. Adieu. » « Adieu », répéta madame Marie Hammer, en tendant la main. L'ex-fiancé de Herta s'inclina pour la lui baiser. « Permettez-moi de venir vous voir de temps en temps, madame. » « Vous aurez bientôt une autre fiancée », dit madame Marie Hammer, d'un air digne, « cette fille ne serait pas contente de savoir que vous allez rendre visite à la mère d'une ex-fiancée. » Monsieur Hammer, au lieu de lui serrer la main, le prit dans ses bras. « Vas-y, Paul », puis il lui souffla à l'oreille, le tenant dans ses bras, « nous ne pouvons plus te voir, tu nous la rappellerais trop », il desserra son étreinte et se raidit. « Oui, monsieur Hammer », dit-il avant de s'en aller, encore jeune et déjà si vieux.

UN EXPERT-COMPTABLE, UNE ENQUÊTE, UN SUICIDE

La jeune fille devait avoir dix-huit ans depuis quelques semaines au plus, mais le manteau gris foncé et sa garniture de vison, qui n'était pas à proprement parler un col à revers, lui donnait plus que son âge. Elle sonna à la porte, une jeune fille plus ou moins du même âge, en mini-jupe et pull-over, un rouge à lèvres à la main, vint lui ouvrir.

La jeune fille dit : « Je suis de la Société Statistique, et j'aimerais vous poser quelques questions... » Elle ne rougissait pas, mais elle était pâle de froid et d'émotion. La tirade complète qui était prévue était la suivante : « Je viens de la part de la Société Statistique et j'aimerais vous poser quelques questions sur vos projets de vacances pour cet été. Cela ne vous prendra que quelques minutes. » Les questions étaient inscrites sur un petit carton qu'elle avait en quarante exemplaires dans son sac : 1) Vous préférez la mer ? 2) Vous préférez la montagne ? 3) Vous préférez la campagne ? 4) Vous préférez les croisières ? 5) Vous préférez les longues randonnées touristiques ? 6) Pour un séjour fixe d'au moins quinze jours, quelle station préférez-vous en Italie ? 7) Suivant votre budget pour les vacances, pensez-vous vous installer dans un hôtel de luxe, de première catégorie, de seconde, ou dans une pension ? 8) Ou bien dans un camping ? »

La jeune fille, son tube de rouge à la main, la lèvre supérieure maquillée, l'autre non, dit : « Quelles questions ? »

« Sur les vacances », dit la jeune fille avec sa petite garniture de vison au cou. « Les vacances de l'été prochain. »

On était en janvier, juste après la fête des Rois, le sac était un cadeau offert par son fiancé à Noël, il était grand, doux, moderne, Tomaso avait sûrement dépensé un tiers de ce qu'il avait gagné à Noël, salaire et treizième mois compris, ce qui prouvait à quel point il l'aimait.

La jeune fille la regarda avec sympathie et la fit entrer, le mot « vacances », durant ces journées glaciales de janvier, ravivait en elle les souvenirs de l'été passé, celui d'un jeune homme tellement bronzé qu'on aurait dit un Noir, et la main d'un autre garçon entre ses cheveux.

« Ma mère n'est pas là, dit-elle, c'est moi qui vais vous répondre. »

Elles s'assirent, comme deux amies, sur le minuscule divan du petit salon, et elle sortit le carton de son sac et lut les questions.

L'autre jeune fille acheva de passer du rouge à lèvres sans se regarder dans la glace, par cœur, et elle l'admira de ne pas déborder d'un millième de millimètre la ligne de ses lèvres. Aux premières questions, la jeune fille dit qu'elle préférait la mer, les croisières et les longues randonnées touristiques. La plage qu'elle préférait c'était Riccione. D'après le budget vacances de ses parents, ils iraient dans un hôtel de première catégorie. Ce n'était pas vrai. Ils allaient toujours, depuis des années, depuis qu'elle était toute petite, dans une pension de deuxième catégorie. La jeune fille à la garniture de vison lui demanda pour finir si elle aimait le camping. L'enquête avait été sollicitée par de grosses sociétés hôtelières, le camping étant l'ennemi juré de ces sociétés, qui voulaient toujours connaître le pourcentage de gens qui délaissaient les hôtels pour le camping.

« Ah non, moi, il faut que je prenne une douche au moins deux fois par jour, sinon je me sens mal », dit la jeune fille. Ce n'était pas vrai. A la mer, oui, mais à peine rentrée en ville ses rapports avec la baignoire ou la douche étaient très espacés. Puis, ça n'avait aucun sens puisqu'il y avait des douches dans les campings.

La jeune fille à la garniture de vison, que Tomaso appelait Meli, repartit avec le petit carton recouvert de croix et de notes. C'était le premier des petits cartons qu'elle devait remplir pour le grand sondage des puissantes sociétés hôtelières.

Elle avait une vingtaine d'adresses où se rendre, dans le même quartier. Ce premier essai avait si bien marché qu'elle monta, heureuse, l'escalier d'un immeuble de cinq étages jusqu'au dernier, parce que l'ascenseur était en panne. Un homme pas rasé depuis quatre ou cinq jours vint ouvrir la porte, écouta sans la regarder, les yeux rouges, puis lui dit non, qu'il n'allait jamais en vacances parce qu'il travaillait, même la nuit. Dans l'immeuble à côté, très élégant, la concierge ne la laissa même pas monter ; à onze heures, après une dizaine de visites, elle n'avait encore que ce premier petit carton. On l'avait prévenue qu'il lui fallait en remplir au moins une douzaine par jour. Des dizaines et des dizaines de jeunes filles sillonnaient, comme elle, les plus grandes villes d'Italie, on les avait choisies jeunes et jolies, de sorte qu'on les trouvât sympathiques, mais cela semblait ne servir à rien. A onze heures et demie, elle n'avait obtenu qu'un petit carton en plus : celui d'une femme de ménage, qui n'avait pas voulu déranger ses maîtres et lui avait répondu sur le pas de la porte. Elle préférait la mer et cherchait toujours, en été, du boulot chez des familles qui allaient à la mer, la localité ne comptait pas du moment que c'était à la mer. Au camping, non, elle n'y serait jamais allée. Dans le même immeuble, une vieille, un couteau de cuisine à la main et un tablier autrefois à fleurs, aujourd'hui parsemé de taches, lui ouvrit la porte, l'écouta, rien que les premiers mots, puis referma la porte sans rien dire, sans la claquer, mais résolument. Dans deux autres immeubles, quoiqu'elle continuât à sonner, personne ne répondit. Peu avant midi, elle sonna à la porte où il y avait une plaque de métal sur laquelle on pouvait lire : RAG. QUINTO ALPONE *.

L'homme devait avoir un peu plus de cinquante ans, petit, maigre, avec une masse de cheveux tout noirs.

« Entrez, entrez », dit-il, il regarda ses jambes, le mollet, la fit s'asseoir à la table ronde du petit salon, son manteau était court et il regarda ses genoux, il était si gentil qu'elle ne s'en rendit pas compte. Aux premières questions, il répondit qu'il aimait passer ses vacances en voyageant.

« Voyages organisés, croisières ? » demanda-t-elle, sortant le petit carton du sac que lui avait offert Tomaso.

« Tout est bon du moment qu'on peut voyager, l'auto, le train, le bateau, même le vélo », dit l'expert-comptable qui sourit, d'un sourire tremblant, un peu comme son visage et ses mains tandis qu'il regardait sa poitrine par le manteau entrouvert sur un tricot au

* RAG. : abréviation usuelle pour EXPERT-COMPTABLE.

crochet noir. Il ne préférait aucune localité en particulier, il aimait s'arrêter n'importe où pour un temps, puis repartir. Il n'aimait pas le camping, quelqu'un qui voyage n'aime pas le camping, disait-il, mais voyager seul c'est triste, lui dit-il, tout en fixant ses lèvres et soudain elle comprit mais trop tard, pendant un instant ce fut le noir autour d'elle, elle se sentit pressée, elle suffoquait, son sac tomba par terre, le sac de Tomaso pour Noël, elle était comme coincée dans un mur de ciment et afin d'éviter le contact horrible du visage aux yeux grand ouverts, tout près du sien, elle cria.

« Ne crie pas, ne crie pas, on va faire un long voyage ensemble, j'ai beaucoup d'argent », la voix sinistre s'éleva du cauchemar tourbillonnant autour d'elle, elle sentit une main sur sa bouche, elle la mordit, la main lâcha prise, elle entendit un juron, se démena avec désespoir dans l'étau d'acier qu'étaient les mains de cet homme et hurla sa terreur de toutes ses forces, de toute sa voix.

L'étau se desserra alors. « Ne crie pas, ne crie pas, idiote. » Elle courut vers la porte comme une folle, dévala les premières marches, se sentit mal, s'appuya au mur, son estomac se tordait, sa gorge la faisait souffrir à cause de l'étreinte sauvage de cet expert-comptable sauvage qui ne voulait pas qu'elle crie, les larmes coulaient sur son visage, sur le tricot crocheté, sur le manteau au petit col de vison, elle crut s'évanouir et enfonça la sonnette de la porte près du mur auquel elle était appuyée.

Madame Cate entendit le coup de sonnette et s'interrompit. Elle était en train de faire fondre un quatrième tube de somnifères dans un grand verre suédois à whisky, quarante comprimés n'étaient pas suffisants, il en fallait au moins soixante, mais lorsqu'une sonnette retentit on répond, même si on a décidé de mourir. Elle sortit de la pièce, traversa le long couloir. Quoique encore jeune, c'était une épouse abattue, séparée de son mari, cloîtrée au foyer conjugal déserté par un mari qui était allé vivre avec une jeune fille de vingt ans plus jeune qu'elle. Dans l'antichambre, elle se rendit compte que c'était absurde : pour quelqu'un qui a décidé de mourir, les coups de sonnette n'ont aucune importance. Mais comme la sonnette retentissait de nouveau, elle ouvrit.

La jeune fille au petit col en vison lui tomba presque dessus, en pleurs, défaite. « Le sac, le sac, le sac », disait-elle.

Madame Cate ne put même pas refermer la porte, elle dut traîner la jeune fille jusqu'à la cuisine, il fallait lui donner un verre d'eau, elle la prit presque dans ses bras, elle tremblait convulsivement entre ses mains. « Le sac, le sac », disait-elle. Elle lui donna un verre d'eau minérale glacée, sortie du réfrigérateur.

« Quel sac ? demanda-t-elle. Calmez-vous. » Elle n'avait jamais vu quelqu'un pleurer de cette façon. La jeune fille pensait au sac, au grand sac beau et doux, que lui avait offert Tomaso : il était resté chez cet homme. « Le sac, le sac », disait-elle.

« Qu'est-ce qui s'est passé ? » dit madame Cate s'asseyant près d'elle et découvrant à ce moment des marques rouges sur le cou de la jeune fille.

La jeune fille, que Tomaso appelait Meli, diminutif d'Amelia, continuait de pleurer, mais de façon moins convulsive. « Tomaso ne voulait pas que je fasse ce travail », dit-elle. Madame Cate plissa le front, marqué par ailleurs de quelques rides, puis se tranquillisa quand la jeune fille précisa qu'il s'agissait d'une enquête de marché pour les vacances. Tomaso ne voulait pas, disait la jeune fille, et il avait raison de ne pas vouloir puisqu'un homme, dans cet immeuble, l'avait agressée et qu'elle avait perdu le très beau sac, et quand elle dirait cela à Tomaso, elle le perdrait lui aussi. Madame Cate vit que la jeune fille avait également une égratignure sur la joue, près de l'oreille, elle n'aurait pas imaginé que son colocataire, l'expert-comptable Alpone, pût être aussi brutal. Elle ne connaissait pas les hommes, du reste, elle n'avait même pas connu son mari, durant ses nombreuses années de vie commune.

« Buvez encore un peu d'eau, dit madame Cate. C'est moi qui vais aller reprendre le sac. » Elle la laissa seule à la cuisine, revint presque tout de suite (ça n'avait pas traîné, elle avait simplement dit à l'expert-comptable Alpone : « Le sac de la jeune fille, et remerciez le Bon Dieu que je ne vous envoie pas en prison ») avec le précieux, l'inestimable sac. « Regardez si l'argent y est, peut-être qu'il est aussi voleur », dit-elle.

Meli, diminutif d'Amelia, sourit, le visage baigné de larmes. « Je n'ai que la carte de tram. » La jeune fille ne précisa rien, mais en l'écoutant, elle comprit, ou mieux, elle vit une existence, un intérieur pauvre, une mère malade, un père qui gagne mal sa vie, un fiancé qui s'appelle Tomaso, une carte de tram toute poinçonnée et chiffonnée ; mais surtout elle la voyait tenir le grand sac, presque l'embrasser, heureuse de l'avoir retrouvé.

« J'avais tellement besoin de ce boulot, dit la jeune fille, il pourrait me rapporter beaucoup, plus je remplis de fiches et plus je gagne, mais Tomaso me l'avait dit, j'aurais dû l'écouter. »

Madame Cate supportait mal la manière dont la jeune fille tenait le sac sur les genoux, le serrant dans ses bras, son visage, son histoire, elle aussi avait eu dix-huit ans et elle ressentait ce que l'autre éprouvait.

« Pourquoi ? lui dit-elle. C'est un bon travail. » Tout

à coup, en regardant le visage de la jeune fille, l'idée de se tuer lui sembla tordue, mesquine, misérable. « Attendez une minute, s'il vous plaît. » En se déplaçant, elle avait entendu tinter légèrement les quatre autres tubes de somnifères qu'elle avait dans la poche de sa robe de chambre. Elle alla dans sa chambre, le verre avec les comprimés dissous était encore là, entra dans la salle de bains, jeta le contenu dans le lavabo, puis elle ouvrit les quatre tubes et laissa tomber les comprimés dans la cuvette du water. Elle revint à la cuisine, la jeune fille se passait une main sur le visage, sentant brûler sa joue égratignée.

« Ce n'est rien, lui dit-elle, tous les hommes ne sont pas comme l'expert-comptable là-haut. »

Elle s'assit près d'elle, dans la blancheur paisible de la cuisine. « Je peux vous aider dans votre travail, j'ai beaucoup de relations, je peux vous aider à remplir beaucoup de fiches. » Elle allait lui donner l'adresse de tous ses amis, ils étaient nombreux, la jeune fille pourrait prouver à Tomaso qu'elle gagnait bien sa vie, comme ça ils pourraient se marier vite. Cela n'avait pas de sens de mourir quand on peut encore servir à quelqu'un, pensa-t-elle. « En attendant, lui dit-elle, vous pouvez remplir une fiche avec moi. »

Madame Cate regarda la jeune fille aux grands yeux, qui sortait en hésitant une fiche de son sac. Aux premières questions, elle répondit qu'elle préférait la mer. La localité qu'elle aimait était Fiascherino, elle y était allée avec son mari quand ils étaient encore fiancés, puis elle n'y était plus retournée, elle choisirait plutôt un hôtel de première catégorie, mais pourquoi pas un hôtel de seconde, s'il était propre et près de la mer. A la question numéro 8, madame Cate répondit : « Ah, le camping, j'aimerais beaucoup », elle avait toujours demandé à son mari de l'emmener en vacances dans un camping, en vain, comme elle lui avait demandé en vain tant d'autres choses, « mais je suis trop vieille pour faire du camping. »

DE BELLES ROSES POUR MOURIR

Pour une femme seule, les Champs-Elysées sont vraiment trop larges, trop vastes dans tous les sens du terme et le soir, trop sombres, même si Paris a la réputation d'être la Ville Lumière. Pour une étrangère, les Champs-Elysées deviennent encore plus vastes, hostiles. Et elle était étrangère, même si elle habitait Paris depuis onze ans, florentine de pure souche, depuis des générations et des générations, ayant toujours vécu à Florence jusque il y a onze ans, au Borgo Ognissanti, dans la maison où elle était née, où étaient nés ses parents, ses grands-parents, ses ancêtres ; et comme elle était une petite fille laide, les gamins se moquaient d'elle en lui criant derrière : « Ah, quelle jolie petite figue. »

Puis, elle avait dû suivre la fabrique de chaussures florentine où elle travaillait, qui avait décidé d'ouvrir à Paris un petit bureau d'exportation dont elle était, depuis onze ans, le chef absolu, la directrice, la secrétaire, la standardiste et la vendeuse. Tout. Sur un rayonnage, il y avait une vingtaine de paires de chaussures, des modèles originaux, scrupuleusement changés toutes les semaines si besoin était, qui suivaient les dernières lignes très sophistiquées de la mode de la chaussure italienne. On l'avait expédiée là-bas, à

Paris, parce qu'elle connaissait bien le français, qu'elle était vieille fille, qu'elle n'avait plus de liens familiaux, et qu'elle ne risquait pas de se marier puisqu'elle était plutôt laideron et sans un sou. C'était donc l'employée idéale qui, une fois nommée à un poste, ne se déplacerait plus et ne poserait pas de problème au chef du personnel obligé de changer ses employées tous les ans à cause de mariages ou de bébés. D'ailleurs, avec Alessandra Ursini, on ne courait pas ce risque puisqu'un gynécologue constata — la fois où elle avait consulté un spécialiste, croyant, espérant ardemment attendre un enfant — que cela lui était tout à fait impossible. Elle était donc, pour l'aristocratique fabrique de chaussures italienne, ce que les Anglais définissent comme *the right woman in the right place*, la femme qu'il fallait. Et de fait, cela faisait onze ans qu'elle était toujours à Paris, dans ce petit bureau d'exportation, sans fiancé ni mari ni enfants et sans avoir jamais causé à son employeur les désagréments que causent couramment les travailleurs de sexe féminin.

Depuis onze ans, elle parcourait tous les jours les Champs-Elysées du numéro 28 au numéro 90. Au numéro 28, elle occupait ce que la terminologie française définissait comme une chambre avec salle de bains, en réalité une cellule de prison avec une galerie que seule l'ingéniosité cartésienne des Français pouvait transformer en salle de bains, c'est en tout cas ainsi que l'appelait la vieille et très efficace madame Des Justines, qui la lui louait aimablement. Elle passait toutes ses heures libres de la journée dans cette soi-disant chambre avec salle de bains. Grâce à l'amour qu'éprouvent les Italiens pour leur foyer quel qu'il soit, elle était arrivée à transformer cette misérable pièce en un nid accueillant avec presque rien, une couverture orange sur le canapé-lit, une énorme photo en noir et blanc d'une rose, qui occupait presque tout un mur, cette rose avait presque deux mètres de haut, blanche sur fond sombre, le bouton aussi grand qu'un visage, de telle sorte que les proportions de cette fleur avaient quelque chose d'humain : ce n'était plus une fleur, c'était une amie. Toute la pièce enfin était remplie de petites poupées, de poupons disons-le, parce qu'elle aurait préféré avoir un garçon.

D'autre part, son bureau se trouvait au 90 des Champs-Elysées, c'était une petite pièce pas beaucoup plus grande que sa chambre, que ses employeurs appelaient « Agence Export France » et qu'elle désignait en revanche avec causticité du nom plus approprié de « petit cabinet à l'étranger ». Dans ces « toilettes », elle écoulait, depuis onze ans, des milliers et des milliers d'aristocratiques, impeccables chaussures florentines, aux grossistes de France, qui submergeraient de ces fabuleuses chaussures italiennes les vitrines de Paris, Lyon, Dijon, Nantes, Bordeaux. Le bureau était si exigu que plus de trois acheteurs à la fois ne pouvaient y tenir, et cela non à cause de l'avarice de l'entreprise florentine qui rechignait à payer un gros loyer mais parce que, à Paris, il est plus facile de tomber sur de grandes avenues, des places immenses et des jardins sans fin, que sur un grand salon, à moins de louer le Louvre. Dans cette petite pièce, elle passait bien dix heures par jour : de neuf heures du matin à une heure et de deux heures de l'après-midi à huit heures du soir. A une heure, elle fermait le bureau et allait au 11, rue Marbeuf, au restaurant *Rome*, géré par des Italiens. Comme femme, elle était tentée de manger un sandwich au bureau, économisant temps et argent, mais, comme elle était rationnelle, elle savait qu'elle ne devait pas trop s'isoler et pour cela, elle faisait tous les jours la promenade du bureau au restaurant, simplement pour faire un brin de causette en italien avec le patron du restaurant et s'amuser en commandant des tagliatelles au ragoût. Mais elle finit par manger à la française, succombant au steak-frites, parce qu'elle avait également un problème d'embonpoint. De temps en temps, elle se payait des huîtres et des coquillages, parce qu'une femme aussi seule n'avait guère d'autres distractions. Au début de son séjour à Paris, elle était allée déjeuner un peu au hasard. Mais elle n'avait pas eu de chance, il y avait toujours trop de monde, ou une clientèle discutable, et si elle ne craignait pas d'être au coude à coude avec une tapineuse elle avait peur d'être genou contre genou, à une table minuscule, avec un sergent noir de la Légion étrangère en grand uniforme bleu sombre aux énormes épaulettes rouges, qui la fixait de ses yeux tout ronds. Ce n'était pas qu'elle eût des préjugés racistes, au contraire, la taille, la puissance de certains Noirs, parmi tous ceux qu'elle rencontrait, troublaient souvent sa sensibilité de vieille fille qu'aucun homme ne désirait mais, justement, parce que vieille fille et pas par racisme, elle avait instinctivement peur de cette force virile déchaînée qu'elle devinait dans ces yeux ronds.

Dans ces restaurants choisis au hasard, elle avait fait quelques rencontres plutôt singulières. Plus d'une fois, elle s'était retrouvée attablée en compagnie de dames non pas âgées mais plutôt mûres, qui la serraient de près ou lui faisaient des propositions claires et nettes. C'était vraiment trop déprimant : elle avait un tempérament sain, naturel, elle s'était donc attachée au restaurant *Rome* où elle ne risquait pas de rencontrer des sergents de la Légion étrangère ou des dames de l'autre paroisse. Le soir, elle mangeait chez elle, c'est-à-dire dans sa chambre avec salle de bains, des sandwichs au saucisson, en buvant du soi-disant chianti.

Ce soir-là, après huit heures, elle descendait les Champs-Elysées, du numéro 90, où elle avait son bureau, au numéro 28 où elle avait son nid avec le poster géant de la grande rose. Elle était impressionnable et laide, et bien qu'elle descendît cette avenue depuis onze ans, du 90 au 28, ce soir-là les Champs-Elysées lui parurent trop grands, vastes et dangereux, pour une femme seule comme elle ; il n'y avait pas grand monde et peu de lumières. Il faisait froid, il y avait un léger brouillard, on ne voyait pas clairement l'Arc de Triomphe, et plus Alessandra Ursini s'approchait de chez elle, du numéro 28 des Champs-Elysées, plus elle avait peur, une peur sans raison, purement instinctive, émotionnelle — s'agissait-il de télépathie ? — de toute façon, elle la surmonta, monta dans sa chambre, s'y enferma, alluma toutes les lampes et vit tout de suite, parce qu'il était impossible de ne pas le voir, un grand bouquet de roses, enveloppé dans du papier nacré posé avec art en travers de la couverture orange du canapé-lit. C'était à n'en pas douter un hommage floral. Si elle avait été Brigitte Bardot, elle n'aurait pas été surprise par ces roses jaunes à la très longue tige, qu'on entrevoyait à travers le papier nacré, mais elle n'était pas Brigitte Bardot et c'était le premier hommage floral qu'elle recevait de sa vie.

Un billet était attaché au papier qui enveloppait les roses par un point en coton mercerisé. Avant de le détacher elle lut sur l'enveloppe du billet : Mlle Alessandra Ursini. Il lui sembla reconnaître l'écriture et elle détacha le billet, ou plutôt, posa les mains sur le billet pour le détacher du papier qui enveloppait toutes ces roses jaunes, le jaune était sa couleur préférée, « sa » couleur, se demandant qui pouvait bien lui avoir envoyé des fleurs. Ici, à Paris, elle n'avait pas d'amis ni de relations de haut niveau. Une fois, il y a trois ou quatre ans, un client de son petit bureau Export, pour la remercier du considérable rabais qu'elle lui avait consenti sur un stock de chaussures, lui avait envoyé trois roses, dont l'une avait le bouton lié à la tige par du fil de fer. Des adorateurs prêts à se ruiner en roses, elle n'en connaissait pas. Une de ses rares consolations était le robuste Breton qui venait nettoyer le bureau Export et fleurait le détersif, qui devait avoir vingt ans au plus et qui se permettait certaines privautés quand ils étaient seuls, qu'elle acceptait par faiblesse humaine, parce que quand on est aussi insipide, laide et asexuée qu'elle, on n'a pas vraiment le choix. Mais Jacquot, ce robuste jeune Breton, n'était certainement pas du genre à envoyer des bouquets de roses, en admettant qu'il sût écrire un billet pour accompagner les roses. Puis son autre péché secret, c'était un jeune serveur du restaurant *Rome*, qui la conduisait dans sa petite auto les soirs où il était libre, dans les allées les plus sombres de Paris, la nuit ; c'était un Parisien délicat, timide, il ne demandait rien, n'essayait absolument pas de lui faire croire qu'il l'aimait, même s'il avait essayé elle ne l'aurait pas cru. Bien qu'il n'attendît rien en retour, elle lui apportait de temps en temps un porte-clefs en peau de crocodile, un carnet de bons pour cent litres d'essence, une montre qui n'était pas en or mais qui avait une certaine valeur, et d'autres choses du même genre. Ah, elle lui avait aussi offert six paires de chaussures pour sa fiancée, qu'il était sur le point d'épouser, mais ce n'était pas ce jeune serveur, son timide Michel comme elle l'appelait, qui pouvait lui avoir envoyé un bouquet de roses aussi voyant. Curieuse, émue, heureuse, quelle que fût la provenance des roses, elle détacha le billet en défaisant le point de coton mercerisé qui le retenait.

Au même instant, toute la pièce fut envahie par une flambée blanche, comme si une bombe avait explosé sans faire beaucoup de bruit dans cette chambre avec salle de bains, un souffle de feu blanc l'enveloppa, d'abord son visage puis tout son corps, blanchâtre, argenté, enveloppa ensuite toute la petite pièce, du sol au plafond, jaillissant et tournoyant comme un feu d'artifice de tous les côtés et provoquant de hautes flammes partout où se posaient les étincelles argentées. Elle ne se débattit que quelques instants dans ces hautes flammes, incapable de crier, déjà étouffée par la terrible odeur de ce feu, puis elle tomba par terre en flammes, le bouquet de roses qui flambait à la main.

Au début, monsieur Joseph Morrand, chargé de l'enquête sur l'étrange incendie du numéro 28 des Champs-Elysées, dans lequel une femme avait péri, n'y comprit rien. Il n'y avait aucun appareil de chauffage dans cette pièce, on était d'ailleurs au début mai, et puis l'incendie avait été instantané, c'est-à-dire qu'en quelques minutes toute la chambre avait brûlé avec une violence et une rapidité telles qu'aucun appareil de chauffage ou court-circuit n'auraient pu en être la cause.

Alors n'y comprenant rien, mais tracassé par ce pépin, monsieur Joseph Morrand, en vieux flic parisien rationnel, fit appel au « labo » qui lui dévoila tout de suite le mystère : l'incendie était dû au phosphore. Il ne s'agissait pas d'une bouteille de gaz pour le chauffage ni d'un court-circuit, mais de phosphore. Le laboratoire des analyses arriva même à la conclusion qu'il s'agissait de napalm.

A ce point, les services spéciaux de la police française intervinrent parce qu'un incendie provoqué par du napalm, dans un paisible cagibi bourgeois du centre de Paris, laissait plutôt perplexe. D'abord, le napalm n'est pas en vente dans n'importe quelle droguerie. Deuxièmement, on ne comprenait pas pourquoi une aimable employée italienne, domiciliée à Paris depuis si longtemps, qui n'avait jamais dérangé personne, détenait du napalm à la maison. La vie d'Alessandra Ursini fut passée au peigne fin par les divers services de police parisiens. Aidés par leurs collègues italiens, ils connurent tout de sa vie, de la naissance à son dernier jour. Monsieur Joseph Morrand et les autres enquêteurs furent informés de toutes ses connaissances, de toutes ses habitudes, de toutes ses activités, de ses horaires et même de ses goûts en matière de cuisine (par le restaurant *Rome*). Ils comprirent vite et facilement qu'il s'agissait d'une femme seule, que les hommes ne remarquaient pas et qui s'accordait des distractions sexuelles anodines et limitées en compagnie de messieurs qui, faute de mieux, l'honoraient de leurs services. Ils identifièrent et interrogèrent, l'un après l'autre, tous ces aimables messieurs : le robuste Breton Jacquot, le jeune homme fleurant le détersif qui faisait le ménage dans le bureau d'exportation de la fabrique de chaussures de Florence. Et le garçon du restaurant *Rome*, le timide Michel. Et un homme marié aujourd'hui, qui après avoir été interrogé par la police sur ses tendres relations avec Alessandra, eut de vives discussions avec sa femme. Et deux autres encore qui, tous, constituaient le capital de tendresse dont avait joui l'employée modèle Italienne à Paris.

Mais aucun de ces hommes, cuisinés à fond par une demi-douzaine de flics parisiens teigneux, n'était susceptible de pouvoir se procurer du napalm. C'était précisément ça le problème : il devait y avoir un homme là-dedans, puisque en général ce sont des hommes qui s'intéressent au napalm ou à ce genre de choses. Et il devait y avoir un homme mêlé à tout cela parce que la victime était une femme. Joseph Morrand et ses hommes se basaient sur deux théories aussi improbables l'une que l'autre. La première, c'était que la jeune Italienne hébergeait des étudiants anarchistes, ou entretenait avec eux des relations amicales, et que ces derniers cachaient à son insu un dépôt de napalm dans sa chambre avec salle de bains. Cette hypothèse était peu vraisemblable, toutes les enquêtes ayant démontré que l'Italienne n'avait pas ce genre de connaissances « à risques ». L'autre hypothèse était encore plus improbable : quelqu'un se serait vengé de la pauvre fille, en la tuant avec du napalm. Avec tous les couteaux, les revolvers, les bas en nylon pour étrangler une femme qu'on peut trouver partout, utiliser du napalm pour la tuer n'avait aucun sens.

Les enquêteurs auraient volontiers laissé tomber cette affaire, qui n'était d'ailleurs pas très importante, mais il y avait le napalm. La police a l'habitude aujourd'hui de voir circuler clandestinement des revolvers, des mitraillettes, de petites bombes, mais pas du napalm. La brigade criminelle entendait bien découvrir comment le napalm avait échoué dans cette petite chambre des Champs-Elysées. On repartit donc de zéro. On reprit les interrogatoires. Entre autres, on questionna de nouveau soigneusement madame Des Justines, qui louait la chambre à Alessandra Ursini. La vieille dame très alerte répéta que la demoiselle italienne ne recevait pas d'hommes, d'ailleurs si elle en avait reçu elle l'aurait mise à la porte, et que durant toutes ces années elle avait eu la preuve que la jeune fille était honnête, calme et elle n'arrivait absolument pas à imaginer comment du napalm avait pu se trouver dans la chambre. Bien sûr, elle devait sans doute connaître quelqu'un, les femmes ne sont pas de pierre, justement, le soir où la chambre et sa malheureuse occupante avaient brûlé, un garçon avait apporté à l'Italienne un superbe bouquet de roses jaunes.

C'était un détail, mais la police ne devait laisser passer aucun détail.

« Qui était ce garçon qui a apporté des fleurs ? » demanda un peu bêtement Joseph Morrand, le chef de la brigade qui menait l'enquête.

« Comment voulez-vous que je le sache ? » dit madame Des Justines, « c'était un de ces livreurs qui portent des fleurs à domicile. »

Joseph Morrand posa une question plus intelligente. « Vous n'avez pas vu par hasard, sur le papier qui enveloppait les roses, le nom du fleuriste ? »

Comment imaginer que madame Des Justines n'eût pas vu. Elle avoua que oui, elle avait vu.

« Sauf que je ne me rappelle pas bien le nom du fleuriste, mais seulement un grand S, dessiné sur le papier nacré... »

Sans se faire trop d'illusions, Joseph Morrand, maigre, nerveux, fatigué, suivit la piste. Un homme avait envoyé des fleurs à Alessandra Ursini, précisément le soir où elle était morte et ces fleurs avaient été achetées chez un fleuriste dont le nom commençait par S. Il y a pas mal de fleuristes à Paris dont le nom commence par S mais les policiers les repérèrent tous et leur posèrent à tous la même question : « Le soir du douze mai, avez-vous vendu douze roses jaunes à quelqu'un ? A qui et comment était-il ? » Même dans une grande ville comme Paris, les roses jaunes restent un article particulier, les fleuristes n'en possèdent pas tous et quand ils en vendent une douzaine, ils s'en souviennent.

De tous les fleuristes dont le nom commençait par S,

un seul avait vendu douze roses jaunes, le douze mai. Il l'avait d'ailleurs inscrit dans son petit livre de comptes.

« Vous souvenez-vous à qui vous les avez vendues ? » demanda le policier, un des dix chargés de la fastidieuse enquête. Il était convaincu qu'il ne s'en souviendrait pas. Les gens ne se souviennent jamais de rien.

« Pensez-vous, si je m'en souviens », dit le fleuriste. « C'était un vilain Noir, un sergent de la Légion étrangère et l'uniforme lui allait bien, vous savez avec les épaulettes rouges, et puis c'est bien la première fois de ma vie que je vends douze roses à un légionnaire, d'habitude les légionnaires, surtout les Noirs, n'achètent pas de roses. »

Dès qu'il fut informé que les douze roses jaunes avaient été achetées par un légionnaire, Joseph Morrand déborda d'enthousiasme. Les légionnaires sont des militaires, les militaires ont des armes, ils les manipulent, ont la possibilité de s'en procurer, même du napalm. Il s'agissait maintenant de trouver un nègre, sergent de la Légion étrangère, qui avait acheté douze roses jaunes et les avait offertes à une demoiselle italienne.

Même s'ils ne sont pas nombreux, les sergents noirs de la Légion étrangère existent. Quoi qu'il en soit, Joseph Morrand se mit à ratisser rageusement Paris et toute la France, prêt également à les rechercher dans les territoires d'outre-mer ; il les confronta avec le fleuriste qui avait vendu les douze roses jaunes par groupe de trois. Il n'eut pas besoin d'aller les chercher outre-mer. Au quatrième trio de sergents noirs, le fleuriste le reconnut, indiqua celui de droite et dit : « C'est lui ! »

« Vous êtes sûr que c'est le légionnaire qui a acheté

les roses jaunes chez vous ? » demanda Morrand au fleuriste.

« Oui », répondit le légionnaire, « c'est moi qui les ai achetées, elle aimait la couleur jaune, alors j'ai pris des roses jaunes et dans le bouquet j'ai mis un bout de napalm incendiaire, à la caserne on en a beaucoup, et quand elle aurait essayé de détacher le billet du bouquet de roses, le napalm aurait pris feu. J'ai donné les roses à un garçon que j'ai croisé dans la rue pour qu'il les lui remette et j'ai écrit sur le billet, en italien : Chère Alessandra, moi je t'aime tellement. »

Le légionnaire était grand et son uniforme aux épaulettes rouges voyantes lui donnait un air encore plus solennel. Il était osseux et avait un visage déplaisant, asymétrique. Il s'exprimait d'une voix froide et rauque. Pas besoin d'être psychiatre pour voir que — comme beaucoup de légionnaires — il ne suivait pas une logique des plus évidentes.

« Tu veux dire que tu voulais la tuer ? » demanda Joseph Morrand.

« Oui, bien sûr », dit, presque avec hauteur, le légionnaire.

« Commençons par le commencement, sinon je n'y comprends rien », se dit Morrand et il demanda : « Depuis combien de temps la connaissais-tu ? »

« Une dizaine de jours. »

« Où vous rencontriez-vous ? »

« Nulle part. Je ne lui plaisais pas. »

Il était de plus en plus sombre et schizophrène, mais il faut être patient, songea Morrand, on ne peut pas toujours exiger une clarté absolue. « Mais dis-moi, si tu ne la fréquentais pas, pourquoi vouloir la tuer ? Qu'est-ce qu'elle t'a fait ? »

Le légionnaire haussa une épaule et regarda de ses yeux ronds, droit dans les yeux, Joseph Morrand. « J'ai fait sa connaissance à *la Brasserie Alsacienne*. C'était une jeune fille laide, très laide, vraiment, mais ses grands yeux pleins de tristesse m'ont touché. Nous étions à la même table parce qu'à *la Brasserie* il y a toujours du monde, et comme elle avait une robe jaune, je lui ai demandé en l'abordant si elle aimait le jaune, elle a répondu oui. Alors je lui ai dit que même si c'était la première fois que je la voyais, j'éprouvais pour elle du sentiment et que j'espérais la revoir. Je lui ai dit que j'étais un homme sérieux, que j'avais vraiment besoin d'une femme sensible et intelligente comme elle car à la fin de mon engagement, je voulais me marier. Entre-temps, je lui faisais du genou pour qu'elle comprenne bien que je parlais sérieusement, mais elle ne m'a même pas répondu. »

« Je veux bien le croire », pensa Morrand en l'écoutant. « Et après ? »

« Après, je lui ai demandé si je ne lui plaisais pas parce que j'étais noir ou parce que j'étais dans la Légion ou pour une autre raison et elle ne m'a pas répondu, mais j'ai compris que je ne lui plaisais pas parce que j'étais noir, parce que quand j'ai posé une main sur son bras elle a eu un geste de dégoût, puis elle a vite réglé l'addition et elle est partie. Moi, sans qu'elle s'en aperçoive, je l'ai suivie, j'ai vu où elle habitait, où elle travaillait, et par les concierges, j'ai su beaucoup de choses sur elle, je voulais lui écrire une lettre en italien pour lui dire que je l'aimais vraiment, que je voulais l'épouser, j'ai appris l'italien quand j'étais petit en Corse, mais à la fin j'ai compris que c'était inutile, qu'elle ne voudrait jamais de moi parce que j'étais noir, alors je l'ai détestée et je l'ai tuée. »

Ce n'était pas un discours très cohérent. Le visage, l'expression, les gestes du légionnaire ne donnaient pas une impression de grande cohésion. « Comme ça, tu vois une femme pour la première fois au restaurant, tu lui demandes de l'épouser et si elle ne te répond pas, tu la tues ? »

« Oui, car je la dégoûtais parce que je suis noir. »

Joseph Morrand se dit qu'au tribunal les juges l'expédieraient à l'asile, en le déclarant fou. Mais dans la Légion, il y a sûrement une place pour des types comme lui. Il y avait encore quelque chose cependant qui l'intriguait. « Mais pourquoi avoir employé du napalm pour la tuer ? »

La réponse le glaça et l'émut en même temps. Le Noir, osseux, schizophrène et légionnaire, dit : « Je n'aurais jamais eu le courage de tirer sur elle ou de l'étrangler, j'ai tué tellement de gens pendant la guerre, au couteau, à coups de poing, ou même avec les dents, mais elle je n'aurais pas pu la tuer comme ça, directement : en voyant ses yeux, je n'aurais pas eu le courage de tirer ou de l'étrangler. Alors, je lui ai envoyé des roses pour la tuer de loin, sans la voir, sans la toucher. Parce que je l'aimais. »

La conception de l'amour du légionnaire Robert Fortin était très personnelle, décidément hors du commun.

EMANUELA ET LA VIPÈRE

La vipère la mordit à la cheville, sans méchanceté, un peu plus haut que la cheville, la mordit parce que c'était une vipère et parce que le pied nu aux ongles rouge corail, dans sa sandale dorée, s'était un peu trop rapproché de son espace vital, niché entre les gros cailloux et les buissons épineux du terrain plat, caillouteux, avant la pinède. Mais elle, elle n'avait pas vu la vipère, elle marchait un peu au hasard, son bras tenu par sa main à lui, déjà plutôt pressante et elle fixa les deux gouttes de sang, en disant simplement : « Ces épines. » Elle portait un deux-pièces, un deux-pièces rose sur sa peau de blonde, restée pâle après quelques jours seulement à la mer, ses longs cheveux blonds dénoués sur les épaules de façon théâtrale. Il regarda les deux petites gouttes de sang à la cheville et comprit qu'elle n'avait pas été piquée par une épine mais mordue par une vipère.

« Oui », lui dit-il, « les épines », entre-temps il réfléchissait sous la chaleur extérieure, ressentant soudain un froid à l'intérieur ; ce n'était pas facile de réfléchir, d'ailleurs il n'y avait pas matière à réflexion. La seule chose sensée et urgente à faire était de se précipiter à l'hôpital. Il portait un petit costume de bain bleu marine, avec dans la poche imperméable de son maillot les clefs de la voiture et un billet de cinq mille lires plié ; il y a encore une minute, il regardait le corps blanc-rosâtre de Beatrice en songeant que dès qu'ils auraient traversé le terrain caillouteux et pénétré dans la pinède sauvage, ombreuse, ce corps serait à lui : il ne manquait qu'une cinquantaine de mètres pour atteindre la pinède, mais la vipère les avait arrêtés. Il ne savait pas combien de temps met le venin d'une vipère pour provoquer la mort d'un être humain, mais il pensait que ça ne devait pas être très long. « Viens, allons désinfecter la blessure », lui dit-il. L'auto était garée sur le chemin, caillouteux lui aussi, sous le soleil implacable de l'après-midi, mais il avait choisi cette heure-là, deux heures justement, parce qu'à cette heure il n'y avait personne pour les voir et les épier. « Mais ce n'est rien, ce n'est qu'une égratignure », dit-elle, souriante, gonflée de désir sans se douter de rien, ne voulant pas revenir sur ses pas mais courir tout de suite vers l'alcôve ombreuse de la pinède. Sereine, elle tenta de faire encore un pas en direction de la pinède mais, la tenant par le bras, il lui fit faire demi-tour.

« Je t'ai dit qu'on y va. » Dans la voiture, il fit ce qu'il avait lu dans les manuels habituels, il serra un mouchoir au-dessus des deux trous laissés par les dents de la vipère et, soudain, elle comprit, mais sans avoir peur : « Alors, c'est une vipère. »

Il ne répondit pas, mit en marche la voiture très lentement parce que sur ces pierres on pouvait capoter et, lentement, il se dirigea vers la grand-route. « On va où ? » demanda-t-elle.

« A l'hôpital. »

« Et mes vêtements ? » Elle pensait à ses vêtements. Quand on va à la mer avec un jeune homme entreprenant, la mer à trois minutes de voiture, on y va en deux-pièces, avec sur le dos une veste en tissu-éponge pour traverser l'agglomération, ensuite en l'enlève pour être plus libre, libre d'être regardée, désirée par son compagnon.

« On les prendra plus tard. »

La voiture tanguait dangereusement sur les cailloux, elle n'avait pas peur, ne pleurait pas, sa seule préoccupation c'était ses vêtements, se présenter à l'hôpital en deux-pièces la mettait mal à l'aise. Ils atteignirent enfin la grand-route, l'asphalte, mais l'hôpital était à une cinquantaine de kilomètres et ce n'était qu'à l'hôpital qu'on pourrait faire quelque chose pour elle, ils avaient sûrement du sérum antivenimeux.

« Ne va pas si vite, j'ai peur », dit-elle. Elle avait peur de la vitesse, pas de la vipère ; sans doute la fille d'un marchand de papiers peints n'était-elle pas censée tout savoir sur le venin des vipères et ses effets. Il écrasa encore plus l'accélérateur de son pied nu, parce qu'il était lui aussi sans vêtements et sans sandales.

« Ne t'inquiète pas. »

Les premières maisons de la riante petite ville apparurent, c'est ainsi que la nommaient l'office du tourisme, le syndicat d'initiative, le guide du Touring, et dans cette petite ville riante, il y avait un hôpital mais avant de trouver un hôpital dans une petite ville, même si elle est riante, il faut demander son chemin au moins deux fois et en attendant le poison de la vipère agissait et Beatrice, sous la chaleur suffocante, dit brusquement : « J'ai froid, Berto, j'ai froid », et elle frissonna.

A l'hôpital, ils n'avaient pas de sérum antivenimeux. Le médecin demanda : « Il y a combien de temps ? » Pendant un instant, avant qu'on ne lui dise qu'elle avait été mordue par une vipère, il avait regardé avec concupiscence ce qu'il définissait mentalement comme « une blonde du tonnerre », parce qu'il était romain mais de quelque région qu'il fût, les longues jambes roses, qui pointaient sous la veste en tissu-éponge, lui auraient suggéré le même genre de réflexion.

Quand il réalisa ce qui s'était passé, il redevint sur-le-champ médecin et prit peur.

« Il y a combien de temps ? » demanda-t-il.

« Trente minutes, peut-être moins », lui répondit-il. Elle avait été mordue il y avait trente minutes, peut-être moins, par la vipère.

Après une piqûre intraveineuse et deux hypodermiques, Beatrice cessa de frissonner, elle n'avait pas peur, elle ne s'était jamais intéressée aux vipères, peut-être ignorait-elle que Cléopâtre s'était fait mordre au sein par une commune *vipera aspis*, et sans doute ignorait-elle que la vipère qui l'avait mordue était une *vipera ammodytes*, caractérisée par une petite corne sur le front et par la singulière efficacité de son poison, oui, elle devait se dire que ce qui lui arrivait était à peine plus grave que la piqûre d'un insecte venimeux ou que la morsure d'un rat, maintenant que sous les couvertures, dans le beau lit bien chaud, elle n'avait même plus à se préoccuper de ses vêtements. Berto était à côté d'elle, il y avait un docteur, en train de préparer une autre piqûre, qui lui souriait, une jeune infirmière lui souriait aussi, elle ne pouvait pas avoir peur.

« Elle est en danger ? » demanda-t-il au médecin, dehors dans le couloir, ridicule dans son short de bain, les pieds nus.

« Sans le sérum antivenimeux, oui. Les piqûres que je lui ai faites ne seront pas suffisantes. A l'hôpital de Trieste, ils en ont sûrement, si vous y allez tout de suite et me l'apportez dans deux heures au maximum, c'est bon. »

Trieste était à quatre-vingt-dix kilomètres, il les parcourut en quarante minutes mais en perdit vingt pour arriver à l'hôpital et s'expliquer, toujours dans son maillot de bain, avec des bonnes sœurs qui l'écoutaient perplexes, puis avec le chef de service qui ne voulait pas lui délivrer du sérum sans ordonnance, mais qui finit par comprendre et le lui procura. Au retour, il roula encore plus vite et serait arrivé à temps s'il ne s'était aperçu tout à coup qu'il était à court d'essence, le moteur devint asthmatique, puis s'arrêta, à exactement deux mille mètres de la prochaine station-service, c'était écrit sur un voyant panneau jaune.

Il força la première voiture qu'il vit à s'arrêter. Elle n'en avait pas l'intention et se mit à klaxonner nerveusement pour continuer sa route, alors il se planta au milieu de la chaussée, agita les bras, se jeta presque sur l'avant de la voiture de ces deux salauds, parce que c'étaient deux imbéciles, un homme et une femme à bord d'une Taunus bleu clair et ils durent céder. Le salaud qui était au volant, après le coup de frein, bondit hors de la portière et aboya : « Mais vous êtes fou ? »

L'explication fut laborieuse. Torse nu avec une touffe de poils au milieu de la poitrine, la petite boîte du sérum antivenimeux dans une main, les clefs de la voiture dans l'autre, sous le soleil aveuglant, tout ça n'était pas très crédible.

« Il faut que j'amène le sérum, celui-ci, pour une personne qui a été mordue par une vipère, ma voiture est arrêtée là, je n'ai plus d'essence, il faut faire vite, sinon elle va mourir. » Les occupants de la Taunus, l'homme et la femme, le crurent, furent même très excités, c'était très cinématographique et l'homme glapit, tout heureux : « Montez, montez, je peux faire au moins du cent trente. » En effet, le pauvre, il poussa même jusqu'à cent quarante, mais ça ne servit pas à grand-chose. Quand il arriva à l'hôpital, on ne le laissa pas entrer dans la chambre de Beatrice. L'infirmière prit le petit flacon de sérum sans enthousiasme. Ce n'est qu'au bout d'une demi-heure qu'il put voir le docteur.

« Vous êtes de la famille ? » demanda le médecin. Non, il n'en était pas.

« Comment va-t-elle ? »

« Pas bien. » C'était un médecin jeune et sincère. « Espérons qu'avec le sérum..., mais il vaudrait mieux prévenir ses parents, quelqu'un de la famille, il faut me donner aussi des papiers d'identité. »

L'infirmière vint avec un formulaire à remplir, elle voulait connaître le nom, le prénom, l'âge, le lieu de naissance de Beatrice, mais lui ne connaissait que le nom, Beatrice Marelli, non, ce n'étaient pas ceux des postes de TSF mais du papier peint, alors l'infirmière renonça au formulaire, et il demanda : « C'est grave ? »

« Elle commence à avoir du mal à respirer », dit l'infirmière. Il n'y avait plus qu'à attendre. Elle l'installa dans une petite salle parce que, dans un hôpital de province, quelqu'un en costume de bain, pieds nus, avec tous ces poils sur les épaules, ça n'était pas comme il faut. Alors dans la petite salle, sur une chaise de fer peinte en blanc, devant une fenêtre qui donnait sur un potager où rien ne poussait, il se mit à attendre et à réfléchir. De temps en temps, il pensait aussi à Emanuela, mais il tenta tout de suite d'effacer son image, puis, comme il pensait aussi aux vipères, il se rappela la campagne de son enfance, quand il chassait les couleuvres et se revit avec une longue couleuvre de près d'un mètre à la main, dont il avait peur, horreur, mais il se dominait et la regardait se tordre entre ses mains, la montrant orgueilleusement à sa mère : « Regarde, maman, je l'ai prise », et sa mère, horrifiée, se couvrait les yeux d'une main.

« Berto, je t'en prie, jette cette chose répugnante. »

Puis, il se rappela que le soir même, à dix heures, il y avait un tournoi de bridge à la Villa Emanuela, il ne devait plus insister avec ses enchères, pensa-t-il, Emanuela ne les comprenait pas, ne les appréciait pas, mis à part le fait que sauter d'un deux de carreau à un trois de pique n'avait pas de sens si Emanuela n'avait rien à carreau ni à pique, parce qu'en plus elle n'avait pas de chance, Emanuela. Enfin, il se rappela qu'il était pratiquement nu, jusqu'à ce moment il ne s'en était pas soucié. Il se dit qu'il devait s'habiller et aussi prévenir les parents de Beatrice. Il sortit de la petite salle à la recherche d'un téléphone.

Gustavo, le grand copain Gustavo, répondit tout de suite à l'appel, comprit aussitôt et débarqua en un peu plus d'une demi-heure, avec des vêtements et un visage anglo-saxon made in Novara, plein de curiosité et de dévouement cancanier.

« Qu'est-ce qui s'est passé ? »

Pendant qu'il s'habillait dans la petite salle, assis sur la chaise en fer peinte en blanc, il lui donna les détails : il était arrivé à convaincre Beatrice Marelli de se rendre avec lui dans la pinède, mais à cinquante mètres de la pinède Beatrice s'était fait mordre par une vipère, et maintenant, elle était là, à l'hôpital, et elle n'allait pas bien du tout.

Gustavo dit : « Les parents de Beatrice sont-ils au courant ? »

« Je téléphone depuis une demi-heure mais personne ne répond, ils ont même dû emmener la bonne. »

Les parents de Beatrice étaient de jeunes vieux déchaînés, qui ne tenaient pas en place quelle que soit l'heure, de jour comme de nuit, sans doute étaient-ils en ce moment en train de faire une virée en voiture, avec le chauffeur et la bonne, Dieu sait où. A Trieste ou à Venise, ou même à la frontière autrichienne.

« Emanuela t'a vu prendre mes vêtements ? »

« Non, elle dormait, mais on le lui dira quand elle se réveillera. »

Emanuela dormait toujours l'après-midi, au moins deux heures, raison pour laquelle le soir elle avait un visage épanoui et pouvait rester debout jusqu'à trois ou quatre heures du matin ; il avait décidé de profiter de ces deux heures de sommeil pour sortir avec Beatrice.

« Il faut arranger ça, dit Gustavo, ne t'inquiète pas, j'ai déjà trouvé comment. Je dirai que c'est moi qui ai emmené Beatrice dans la pinède, que Beatrice était avec moi quand elle a été mordue par la vipère, et que de l'hôpital je t'ai appelé et tu es venu m'aider. »

Gustavo aussi avait peur d'Emanuela, pourtant, elle était si belle, comment se faisait-il qu'une entité esthétiquement aussi parfaite pût faire peur ? Sa première pensée avait été d'arranger les choses aux yeux d'Emanuela ; Beatrice, mordue par une vipère, c'était secondaire. Puis le docteur entra dans la petite pièce, vit Gustavo, le fixa : « Vous êtes un parent ? » Il avait absolument besoin d'un proche de Beatrice, mais ils étaient introuvables. « Je ne sais pas si nous allons nous en sortir », dit-il encore.

Ils ne s'en sortirent pas. A chaque seconde, Beatrice respirait de moins en moins, jusqu'à ce que le venin de la *vipera ammodytes* bloquât totalement, irréversiblement, les centres nerveux. Ses poumons s'arrêtèrent, comme gelés.

Ce n'était pas croyable. Berto et Gustavo fixèrent l'infirmière avec une stupéfaction polie, on ne meurt pas pour une morsure de vipère, n'est-ce pas ? D'ailleurs Beatrice ne pouvait pas mourir, elle avait dix-neuf ans, il était sept heures du soir, le soleil était encore haut, brûlant, étouffant, mais Beatrice était bel et bien morte.

« On vous demande au téléphone. »

C'était le père de Beatrice, finalement rentré avec sa femme, les amis, les domestiques.

« Monsieur Marelli, c'est Berto. »

« Ciao, Berto, comment allez-vous ? Beatrice est avec vous ? Comme nous ne l'avons pas trouvée en rentrant à la maison, nous avons pensé qu'elle était avec vous. »

« Monsieur Marelli, écoutez-moi s'il vous plaît, il y a eu un accident, je vous appelle de l'hôpital, Beatrice... »

« Un accident de voiture ? Mariola, la petite a eu un accident de voiture avec Berto. »

« Non, monsieur Marelli, écoutez-moi, ce n'était pas un accident de voiture. Beatrice a été mordue par une vipère, c'est plutôt grave, venez tout de suite. »

Evidemment, il ne pouvait pas lui dire au téléphone qu'elle était morte, il le lui dirait dès qu'ils seraient arrivés. Il les attendit, le père et la mère de Beatrice, monsieur Marelli et madame Mariola Marelli, dans la petite salle d'attente, sur la chaise de fer peinte en blanc, seul, parce que Gustavo était allé récupérer l'auto abandonnée sur la grand-route, en panne d'essence et il y avait encore du soleil dehors : les journées n'en finissaient pas à la fin juin, le coucher de soleil était encore loin. Il les attendit, mais pas tout à fait conscient de ce qui s'était passé, sentant toujours dans sa main la douce chaleur du bras de Beatrice qu'il avait serré pendant qu'il l'emmenait sur le terrain caillouteux vers la pinède ; il n'était pas possible que cette douce chaleur n'existât plus, c'était incroyable, encore plus incroyable pour monsieur Marelli et madame Marelli quand ils arrivèrent et qu'ils voulurent voir leur petite, et même après l'avoir vue, ils ne voulaient pas y croire, lui non plus, même en la voyant, ne pouvait y croire, n'arrivait pas à y croire, même s'il savait que c'était vrai.

Emanuela dit : « Je sais tout, tout le monde le sait, tout le haut Adriatique », elle plaça le double jeu de cartes sur la cinquième petite table ; il faisait encore jour, bien qu'il fût presque neuf heures du soir, par les grandes fenêtres qui donnaient sur la mer, vers l'occident, une poussière lumineuse éclairait encore les vitres, une lumière qui restait chaude, légèrement dorée. Pas besoin d'allumer les abat-jour ou les lustres, tant qu'il faisait aussi clair ; même si Emanuela ondoyait plutôt qu'elle ne se déplaçait dans cette lumière douce et ultraterrestre. « Ils m'ont tous appelée, ceux du bridge, pour savoir si le tournoi aurait bien lieu ce soir. J'ai dit oui parce que je ne savais pas encore ce qui était arrivé, même si je l'avais su j'aurais quand même dit oui. Ou bien dois-je porter le deuil pour la mort de Beatrice ? »

Deux valets du grand hôtel, dans leur livrée du XIXe siècle rouge bordée d'or, entrèrent poussant chacun un chariot plein de bouteilles, de verres, de petites assiettes, de couverts, et il les rejoignit tout de suite, se fit servir un gin nature, sans glace ni eau, en réaction contre la sauvage et insensible méchanceté d'Emanuela.

« Je te demande pardon », lui dit-il, après avoir bu la moitié du gin et inspiré à fond. La phrase n'avait pas beaucoup de sens, même avec Emanuela, mais un gentilhomme demande toujours pardon aux dames. Pardon, pourquoi ? Parce que Beatrice était morte il y avait trois heures à peine ? Les deux valets, fournis par le grand hôtel, s'en allèrent, après avoir installé les chariots. La voix d'Emanuela ondoya, elle aussi, à travers l'obscurité presque complète à présent. Le ciel était en train de s'assombrir tout à fait.

« Pardon, oui, bien sûr. Dans neuf jours, nous allons nous marier, les bans sont déjà affichés à la cathédrale du chef-lieu et toi, aujourd'hui, tu vas dans les pinèdes avec une fille, en costume de bain. J'aurais été beaucoup plus heureuse s'il ne s'était rien passé moi aussi, mais hélas ce fâcheux incident est arrivé, ce n'est pas de ma faute, ce n'est pas moi qui ai emmené Beatrice se faire mordre par une vipère. Maintenant que c'est arrivé, tout le monde le sait. Gustavo est un idiot, un bouffon, il a dit que c'était lui qui était dans la pinède avec Beatrice, mais il laissait entendre que c'était toi qu'il couvrait. Il a téléphoné, il est allé voir tous nos amis en leur débitant cet émouvant roman auquel il a participé et nous a exposés à la risée de tous. Si tu ne participes pas ce soir à ce tournoi, nous serons encore plus compromis aux yeux de tous. »

Emanuela s'approcha de l'interrupteur et la lumière se répandit tout autour, intense, la chaude lumière du grand lustre au milieu du salon-véranda. C'était enfin la fin du jour, la nuit était enfin tombée. Il protégea ses yeux d'une main, un moment, sans répondre. Il n'y avait rien à objecter. Les discours d'Emanuela sonnaient juste, toujours parfaits, il n'y avait rien à dire : cinq tables de bridge, cela voulait dire vingt joueurs, plus une trentaine d'invités, des amateurs, des observateurs qui suivaient le tournoi depuis le début de juin ; c'étaient les demi-finales, ce soir, qui départageraient les dix couples à cinq et le second lundi de juillet, la finale se jouerait entre les deux couples gagnants ; tout en n'étant pas un événement capital, c'était quand même plus qu'un simple événement mondain. Aucun professionnel ne participait à cette compétition d'amateurs, comme ils la nommaient entre eux, même si les journalistes parlaient de « tournoi », mais il y avait de méchants chats parmi les amateurs de bridge, jouant toutes griffes dehors, habiles et inquiétants comme des professionnels ; lui, il se considérait comme le chat le plus méchant d'entre les chats méchants. Emanuela et lui avaient gagné en couple toutes les parties jusqu'à aujourd'hui. Les pronostics les donnaient favoris du tournoi. Et ce, à l'avant-veille de leurs noces. Mais s'il ne jouait pas, si l'image, violacée et gonflée comme une prune trop mûre, de Beatrice étendue sur le petit lit, et les sanglots rauques de la mère de Beatrice, accrochée aux barreaux de fer du petit lit, l'empêchaient de se dédier aux subtilités des demandes, des calculs, s'il ne jouait pas, tout allait s'effondrer. Le tournoi, techniquement parlant, ne pourrait continuer, les cinquante personnes, joueurs et spectateurs confondus, sur le point d'arriver ici dans une demi-heure, n'auraient plus aucune raison de rester et rentreraient chez eux. Emanuela serait clouée au pilori : son fiancé ne pouvait pas jouer, n'avait ni le cœur ni la tête au jeu, parce qu'il était en deuil pour une autre.

« Tu ne seras la risée de personne », lui dit-il après avoir respiré encore une fois à fond. « Je t'ai demandé de ne pas jouer ce soir parce que je ne me sens pas bien, mais si tu penses que mon absence causerait un tort irréparable, je resterai et je jouerai, bien entendu. »

« Et pourquoi ne te sens-tu pas bien ? » dit Emanuela, au comble de sa méchanceté. Il se leva, alla se préparer un autre gin. « Parce que j'ai vu mourir Beatrice », répliqua-t-il, se demandant si Emanuela était capable ou désireuse de le comprendre, « et Beatrice, toute autre considération mise à part, était un être humain, elle est morte il y a quelques heures et c'était une amie commune. »

« Je ne dirais pas amie, en ce qui me concerne, mais voisine », dit Emanuela. « Elle avait simplement une villa près de la nôtre, rien de plus. »

Inutile de poursuivre, avec Emanuela on n'avait pas le choix : ou on obtempérait ou on était liquidé. « Bien, dit-il, ce n'était qu'une voisine. Maintenant, ça suffit. »

L'image de Beatrice, dans son deux-pièces, soulevant son pied pour lui montrer la morsure de la vipère, là-bas près de la pinède, ce n'était déjà plus qu'un souvenir lointain, fabuleux, incroyable et horrible.

« Si tu en étais amoureux, c'est pas pareil », dit Emanuela ; personne ne pouvait lui dire « ça suffit ». « Non, je n'en étais pas amoureux, si tu veux le savoir solennellement. » Il n'avait jamais été amoureux de personne. Beatrice n'était qu'une blonde, une espèce de Viking lombarde, une voisine, que pas mal de gens avaient tenté de séduire, mais que lui seul était parvenu à convaincre de se laisser emmener à la pinède. Si la vipère ne s'en était pas mêlée, tout serait allé pour le mieux.

« Je jouerai ce soir, ne t'inquiète pas, et je m'arrangerai pour qu'on gagne », il haussa un peu le ton, « personne ne pourra dire quoi que ce soit sur toi ou sur moi, on admirera notre self-control », il baissa la voix. « Seulement, je ne t'épouserai pas. Après la partie de ce soir, je te quitte. »

Il avait presque envie de rire : après avoir bataillé trois ans pour obtenir la dot d'Emanuela, alors qu'il touchait au but, il envoyait tout en l'air, il redeviendrait un représentant de commerce, se remettrait à courir les pharmacies pour vanter le nouveau tranquillisant, le nouvel antibiotique, le nouveau reconstituant.

« Très bien, dit Emanuela, du moment que tu joues. »

On peut être belle et inhumaine, elle était exactement cela, il le savait, obscurément, depuis longtemps mais ce soir, il en avait la confirmation. « Je jouerai », répéta-t-il, sauvagement.

La salle était merveilleuse, d'une simplicité fallacieuse. Il y avait cinq tables de jeu chacune différente des autres, sans ces abominables tapis verts, toutes avec des chaises dépareillées, aux dossiers hauts ou bas, rembourrées ou non, et les fenêtres laissaient déferler l'odeur puissante de la mer à la fin juin et cette odeur aigrelette et visqueuse des pins ; sur les tables, il y avait deux jeux de cartes, un minuscule carnet et un tout petit crayon de cuivre qu'on aurait dit en or, avec un petit pompon au bout. Parfait. Cristallin. Glacial. Comme tout ce qui concernait Emanuela, comme tout ce qu'elle faisait ou qui venait d'elle.

« Je jouerai », répétait-il, presque en grondant, jetant son verre vide sur l'une des cinq magnifiques petites tables, « et j'essayerai de te faire gagner, tu gagneras, et personne ne pourra dire que je souffre ou que je joue mal à cause de la mort de Beatrice, mais quand le dernier invité de la soirée sera parti, je m'en irai et je ne reviendrai plus, même si au chef-lieu de la province, selon ton expression, nos bans sont affichés dans la cathédrale. Je ne reviendrai plus, plus, plus, plus. » Il jeta aussi fort qu'il le put un autre verre contre la petite table, mais, malheureusement, celui-ci ne se brisa pas, comme il l'escomptait.

Elle s'assit finalement sur le petit fauteuil devant la terrasse après avoir tout arrangé, commandé, dirigé.

« Ils sont en retard, tes gladiateurs du bridge », dit-il, lui cria-t-il presque, de son coin. Quand, quand allait donc commencer cette farce, quand cela finirait-il, quand pourrait-il se cacher dans le lit de sa pension de famille et se souvenir librement de la défunte Beatrice ? « Ne devaient-ils pas venir à neuf heures et demie ? »

Du petit fauteuil au dossier élevé, Emanuela tourna légèrement son visage vers lui.

« Personne ne viendra », dit-elle.

« Pourquoi ? »

« Je les ai prévenus que la soirée était remise. » Emanuela fixait la mer, le ciel sombre, privé d'étoiles, une simple bâche sombre. « Je ne t'ai pas dit la vérité, tout à l'heure. »

« Tu veux dire que tu as annulé toutes les invitations ? Mais pourquoi avoir préparé toutes ces petites tables et cette mise en scène ? »

Emanuela avait réponse à tout : « Oui, j'ai annulé les invitations, j'ai tout renvoyé d'une semaine, j'ai pensé que tu n'étais pas en état de jouer ce soir. »

Il jeta de nouveau avec force son verre sur la table, mais le cristal ne se casse que si on le frappe au bon endroit, sinon il est aussi dur que le diamant.

« Alors pourquoi me faire croire qu'on jouerait quand même et exiger que je reste ? » Et tandis qu'il posait la question, il devina la réponse.

« Je voulais voir si tu allais craquer, si j'étais plus importante que Beatrice. » Le téléphone sonna, de manière étouffée, dans l'antichambre proche, mais elle ne bougea pas. « Tu n'as pas craqué, les morts sont toujours plus importants que les vivants pour un gentilhomme et si ce soir tu avais joué au bridge comme s'il n'était rien arrivé, je serais devenue folle de rage et d'humiliation. Maintenant, tu feras ce que tu veux. »

« Mademoiselle, monsieur Maslenghi au téléphone », dit la bonne, en pénétrant dans le salon. Oh ! Emanuela porta une main à son front, elle avait oublié de prévenir les Maslenghi, elle avait donné quarante-neuf coups de téléphone mais pas le cinquantième.

« Oui, mon cher Walter, on t'a bien informé », dit-elle dans le combiné. Lui, il l'entendait clairement du salon, « j'ai dû reporter la soirée d'une semaine... oui, cela a été quelque chose de dramatique, pauvre Beatrice, elle avait dix-neuf ans... excuse-moi de ne pas t'avoir prévenu à temps... ».

Emanuela revint dans la salle, ramassa les jeux de cartes sur les cinq petites tables et les rangea froidement dans leur boîtier. Puis elle ramassa, table après table, les crayons et les carnets. Ensuite, elle éteignit le lustre central et il n'y eut plus que les quatre abat-jour allumés dans les coins.

Il n'avait jamais été amoureux de personne, de rien, encore moins d'Emanuela, mais en la voyant déambuler entre les tables avec raideur et désespoir, il lui dit de son coin sombre : « Je peux rester ici encore un peu ? »

« Tant que tu voudras », dit-elle.

J'AI ÉPOUSÉ MISS FOLIE

Il y a trois ans, un soir de pluie, je garai ma petite cylindrée devant le Centre de Rééducation Mentale, gros immeuble de trois étages, perdu dans une campagne désolée de la plaine du Pô. Je descendis de voiture avec ma lourde valise et dus patienter quelques minutes sous la pluie devant un lourd portail, avant qu'un vieil ivrogne au visage rouge, en blouse plus très blanche, m'ouvrît dans le bruit fracassant de la serrure et demandât, sans me laisser entrer, d'une voix altérée de buveur : « Qu'est-ce que vous voulez ? »

Je dis : « Je suis le nouvel assistant du professeur Vittori. »

« Ah, c'est vous le nouvel assistant ? dit-il d'un ton bête et ironique. Au fait, vous ne deviez pas arriver ce matin ? »

« Oui, mais j'ai eu un empêchement imprévu », répondis-je. Je commençais à en avoir marre.

« Venez », me dit-il, d'un air suffisant.

Bien entendu, il ne porta pas ma valise. Il me conduisit dans de tristes couloirs, qui sentaient mauvais, et ouvrit une porte.

« Voici votre chambre, me dit-il d'un ton autoritaire, laissez votre valise ici et suivez-moi chez le professeur. »

Je songeai, pendant un instant, à ma chambre dans la vieille maison de campagne de mon père, où j'avais passé ma jeunesse. Je me repris et suivis cet ivrogne corpulent qui m'emmena chez le professeur, c'est-à-dire le directeur. A son bureau, un vieillard aux moustaches blanches, jaunies par la nicotine, me regarda et dit : « Ah, Bon Dieu, on recrute les assistants au berceau à présent. »

J'esquissai un sourire ; le vieux directeur me dit : « Excusez-moi, quel âge avez-vous ? »

« Vingt-huit ans », dis-je.

« Ah, Bon Dieu », dit-il en se levant. Il se mit à rire, le mégot entre les dents fumait à travers ses épaisses moustaches et menaçait à tout moment de les lui brûler. « Je vous mettrai dans le service des femmes. Il y a des jeunes patientes plutôt jolies, vous pourrez vous exercer... »

Je crus qu'il plaisantait et je souris, moi aussi, sans savoir que ce vieux cochon parlait sérieusement. C'est là que je connus Eleonora. Elle avait 23 ans. Elle était enfermée avec huit vieilles femmes dans ce qu'on appelait le Service Dépressifs. Il y avait une vieille qui n'arrêtait pas de pleurer toute la journée. Elles souffraient toutes d'une forme maniaco-dépressive, aboutissement de longues générations d'alcooliques, mais pas elle, je vis tout de suite qu'elle souffrait d'un tout autre mal.

« Comment vous appelez-vous ? » lui demandai-je, dans la petite pièce où depuis mon arrivée, je m'entretenais avec chacune de mes vingt-quatre patientes pour, en les connaissant une à une, pouvoir constituer avec l'aide d'une sœur infatigable et angélique, sœur Michela, un nouveau fichier de toutes les malades. Elle ne me répondit pas. Elle souffrait d'une forme que nous, les médecins, appelons négativisme : elle ne répondait pas aux questions qu'on lui posait, elle ne voulait pas s'alimenter, ne voulait pas s'asseoir si elle était debout, ni se lever si elle était assise. Il fallait la gronder pour qu'elle se lave, pour qu'elle se mette au lit, pour qu'elle mange, sinon elle ne faisait rien. Mais quand on la grondait, elle devenait timide, craintive et obéissait aussitôt à n'importe quel ordre.

« Comment vous appelez-vous ? répétai-je, quel est votre nom ? » Je savais qu'elle me comprenait très bien, elle était intelligente et lucide, mais elle ne voulait pas répondre. Je ne voulais pas crier ni lui faire peur. « Vous vous appelez Eleonora Martelli, dis-je, avec douceur, vous avez vingt-trois ans et vous êtes ici depuis trois ans. N'est-ce pas ? » Naturellement, elle ne dit rien. Je sortis de ma poche un paquet de cigarettes et lui en offris une. Sœur Michela m'avait prévenu qu'Eleonora fumait et qu'avec des cigarettes il était possible d'obtenir d'elle ce qu'on n'aurait pas obtenu avec des cris ou des médicaments.

Je lui donnai du feu et elle rougit. Elle n'était pas belle, je peux le dire maintenant, mais dès la première entrevue elle suscita chez moi une tendresse infinie. « Je dois vous examiner, lui dis-je. Fumez sans crainte, lorsque vous aurez terminé votre cigarette, allongez-vous sur le lit. Sœur Michela vous aidera. » Elle ne répondit pas. Elle n'avait pas bougé depuis qu'elle était entrée, assise près du petit lit d'auscultation. Elle avait honte de fumer mais le faisait avec avidité, en tournant la tête à chaque bouffée. Elle jetait la cendre dans une soucoupe que lui avait donnée Sœur Michela, puis avant même d'avoir terminé sa cigarette, elle se mit tout d'un coup à pleurer, sans gémir ni sangloter, son visage s'inonda tout bonnement de larmes.

« Pourquoi pleurez-vous, mademoiselle ? » lui demandai-je. Dans cet hôpital sinistre, tout le monde, médecins, infirmières et même quelques sœurs, traitait rudement ces pauvres malades, parfois même brutalement, les tutoyant tous ; moi, au contraire, je m'étais juré d'être aimable avec eux, même lorsqu'ils n'étaient pas en état de comprendre et souriaient d'un air hébété du fond de leur folie.

Eleonora continua à pleurer sans me répondre. Sœur Michela me dit : « Elle pleure parce que vous êtes bon avec elle et que vous la traitez gentiment. » Je devinai que la sœur avait raison et je dis à Eleonora : « Il ne faut pas pleurer pour ça. »

Aidé par sœur Michela, j'auscultai Eleonora. Je la soumis d'abord au test des ordres illogiques. Je lui disais : « S'il vous plaît, écrivez le mot " maison " », et dès qu'elle commençait à écrire, je lui disais : « Non, je me suis trompé, écrivez le mot " sac ". »

En cas de maladie mentale grave, le test de l'ordre illogique est très révélateur. Un individu sain d'esprit commence à écrire « maison » mais quand on lui dit d'écrire « sac », il se corrige instinctivement et écrit « sac ».

Si, en revanche, c'est un retardé mental, la personne se trouble, ne réussit plus à écrire ni « maison » ni « sac », et plus la maladie mentale est grave, plus la confusion provoquée par l'ordre illogique est voyante ; certains malades ont même des crises d'épilepsie.

Je la soumis aussi à un examen terrible, au test de l'instinct de défense de Kerouan. C'est un examen brutal, inhumain, mais nécessaire.

« Maintenant, écoutez-moi bien, mademoiselle, commençai-je par lui dire gentiment, ces deux verres sont identiques et je vais les remplir d'eau du robinet, regardez. Puis, dans un de ces verres, regardez, je vais mettre avec ce compte-gouttes six gouttes de cyanure », en réalité le compte-gouttes ne contenait pas de cyanure mais de l'eau courante. « Maintenant, s'il vous plaît, tournez-vous, et pendant que vous serez retournée, je changerai les verres de place. »

Aidée par la sœur, Eleonora se tourna et j'entrechoquai les verres dans son dos, comme si je les déplaçais.

« Maintenant, je vous ordonne de choisir un des deux verres et de boire son contenu. Si vous choisissez le verre avec du poison vous allez mourir tout de suite. Si vous choisissez l'autre, vous serez sauve. »

Une personne normale réagit à ce test de deux façons. Si elle est timide, elle répondra simplement : « Non, je ne veux pas », et si elle n'est pas timide, elle dira : « Vous n'avez mis du poison dans aucun des deux verres, seulement de l'eau, et il ne m'arrivera rien si je bois l'un d'eux. »

Au contraire, le malade mental atteint de « négativisme », ou maniaco-dépressif, finira par obéir, même au risque de sa vie, comme hypnotisé par l'ordre d'un médecin autoritaire et contraignant, convaincu que l'un des deux verres contient vraiment du poison. C'est un test inhumain, je l'ai dit, mais nécessaire. Au son impérieux de ma voix, son visage s'empourpra et la peur agrandit ses yeux.

« Je vous ordonne de choisir un des deux verres et de boire, criai-je, d'une voix forte. Vous devez obéir ! »

Le cœur serré (ce fut ce matin-là que je découvris que j'étais tombé amoureux d'Eleonora), je vis son expression terrifiée s'accentuer encore, puis elle tendit la main, prit un des deux verres et but rapidement toute l'eau. L'épreuve avait donc échoué. Eleonora était gravement malade, elle n'avait plus l'instinct de survie : un individu normal se serait laissé battre à mort plutôt que de boire un des deux verres d'eau.

Je me passai une main sur le visage et demandai d'une voix déçue et triste : « Pourquoi avez-vous bu ? »

Je dus lui répéter la question plusieurs fois et à la fin, elle se mit à pleurer silencieusement, pleurer mais pas sangloter, puis elle dit : « Il n'y a pas de poison dans les verres, ce n'était qu'un test. »

Elle n'avait donc pas bu parce qu'elle était folle, mais parce qu'elle se doutait qu'il n'y avait de poison dans aucun des verres. Grâce à ce test, je savais qu'Eleonora était une personne normale : j'en avais la certitude scientifique. Pourquoi était-elle enfermée dans cet endroit horrible, pourquoi y était-elle depuis trois ans ?

Il y avait une raison précise. Il y a trois ans, elle n'avait pas encore vingt ans, il s'était passé une tragédie dans sa famille : un soir son père, devant elle, avait tué sa mère à coups de couteau, avant de se tirer un coup de revolver dans la tempe.

En quelques secondes, même pas une demi-minute, Eleonora était orpheline, dans la pièce inondée du sang de ses parents. Le choc avait été tel qu'elle n'avait plus parlé ; au début, on l'avait soignée dans un hôpital normal, puis un médecin avait diagnostiqué une psychose maniaco-dépressive de type négativiste absolu, à la suite de quoi la loi imposa son internement dans un hôpital psychiatrique. Là non plus, Eleonora n'avait pas eu de chance, on l'avait enfermée au Centre de Rééducation Mentale, le pire des hôpitaux psychiatriques qui soit. Orpheline, n'ayant ni famille ni personne qui s'intéressât à elle, Eleonora y était restée trois ans, et plus elle y restait, plus elle empirait, au risque de devenir vraiment folle.

Un soir, je rassemblai les tests d'Eleonora, pris mon courage à deux mains et me rendis dans le bureau du professeur Vittori, le directeur de cet épouvantable hôpital.

« Comment pouvez-vous savoir que la petite Eleonora est guérie, si elle n'a jamais été malade ? dit, en se gaussant, le vieux professeur. En vous basant sur quatre tests ridicules ? L'examen de Von Kroneke ou celui de Kerouan ? »

« Cela fait six mois que je la suis, dis-je, pratiquement tous les jours. C'est le fait de rester avec six vieilles folles, pendant toute la journée, qui lui fait du mal et qui l'obsède... »

Le professeur Vittori ne me laissa guère parler. « Ecoutez, d'abord vous avez encore beaucoup de choses à apprendre en psychiatrie, me dit-il, d'un ton presque méprisant. Le négativisme, c'est la pire forme de psychose qui soit, vous devriez le savoir, et si on la laisse sortir d'ici, la première chose que fera cette jeune fille sera d'essayer de se tuer. Le souvenir de sa mère assassinée à coups de couteau et de son père suicidé devant elle, ne lui permet plus d'être une personne normale. Si elle venait à se supprimer, nous en serions responsables... »

J'eus la force de l'interrompre et de lui dire : « Mais cette jeune fille n'est pas malade, il ne s'agit que d'une dépression nerveuse, elle ne tentera pas de se tuer... »

« Elle a déjà essayé quatre fois depuis qu'elle est ici ! hurla, avec colère, ce vieillard qui puait la nicotine, et c'est par miracle que les sœurs l'ont sauvée... »

Je le savais, aussi haussai-je le ton : « Bien sûr ! N'importe quel individu sain d'esprit, qui se retrouverait dans un hôpital pareil, essayerait de se suicider ! »

Le visage du vieux devint cramoisi. « Qu'est-ce qui ne va pas dans notre hôpital ? Si ça ne vous plaît pas, vous êtes libre de partir... » Cette fois, je laissai tomber.

Il fallait attendre une occasion propice pour discuter avec le vieux et le convaincre de libérer la jeune fille. En effet, pour qu'un individu, reconnu malade mental, puisse sortir d'une maison de fous, il faut que le directeur de l'asile le déclare guéri et apte à reprendre une vie libre et normale.

Je laissai passer quelques semaines, puis retournai parler d'Eleonora au vieux professeur. Il persista à dire qu'Eleonora était incurable et que je ne devais plus l'importuner. Pendant tous ces mois, j'avais soigné Eleonora de mon mieux. D'abord, je l'avais sortie du service des dépressifs : je la gardais avec sœur Michela et moi, à l'infirmerie. Elle m'aidait à tenir en ordre les fiches des malades et à nettoyer le petit local minable, qui portait le nom pompeux de dispensaire psychiatrique. Je m'étais procuré à mes frais des injections spéciales, qui venaient de Suisse, de simples injections reconstituantes, mais des plus récentes et très efficaces. Je lui achetais des revues et des journaux, pour la distraire en lui permettant de lire et de ne pas oublier le monde extérieur et, peu à peu, je la vis renaître. Elle se mit à parler, alors qu'auparavant elle restait des semaines entières sans dire un mot, sans répondre aux questions. Elle se mit à sourire et demanda un jour, timidement, à sœur Michela si elle pouvait avoir du rouge à lèvres. Je lui en achetai un tout de suite, ainsi que du vernis à ongles. Tout cela à l'insu du professeur Vittori ; si le vieux l'avait su, il m'aurait chassé et une fois parti, je n'aurais pu continuer à aider Eleonora. Au cours des derniers mois, j'avais dit à Eleonora que je voulais la tirer de ce lieu abominable, ce qui sembla soudainement la guérir.

Ainsi, elle me demanda un matin, avec un sourire juvénile qui la rendait chaque jour plus belle : « La sœur m'a dit que vous alliez me faire sortir bientôt, peut-être avant la fin du mois... C'est vrai ? »

Nous étions seuls dans l'infirmerie, sœur Michela n'étant pas là à ce moment. Je me retournai, je fis semblant de lire un dossier dans le fichier. Je savais que sans le consentement du directeur, Eleonora n'aurait jamais retrouvé la liberté, et le vieux ne l'accorderait pas. Eleonora, par contre, espérait sortir avant la fin du mois. J'arrêtai de faire semblant de lire, me tournai et vis son petit visage, pas très beau, mais si doux et enfantin et je lui dis d'une voix extrêmement convaincante : « Nous sortirons ensemble demain soir, et tu seras libre pour toujours. »

Cette nuit-là, j'écrivis à mon père : « Cher papa, je rentre à la maison mardi, pour te voir. Une jeune fille m'accompagne, j'espère qu'elle te plaira, c'est une histoire très compliquée, mais je te raconterai tout de vive voix... »

Je ne sais pas pourquoi, peut-être sur un coup de tête, mais j'étais sûr que mon père comprendrait. Je m'enfuis avec Eleonora du Centre de Rééducation Mentale le lendemain, au soir. Il pleuvait, comme le jour de mon arrivée dans ce lieu si triste. Le vieux concierge alcoolique, me voyant sortir avec Eleonora que je tenais par le bras, me barra la route. « Hé ! où allez-vous ? » me dit-il.

Sœur Michela, qui était derrière nous et qui approuvait mon plan, lui dit : « Il accompagne la malade dans un autre hôpital. »

Le vulgaire concierge dit : « Moi, il me faut le consentement écrit du professeur, sinon je ne laisse pas sortir une folle comme celle-là. »

Il avait raison : aucun hospitalisé dans un institut pour malades mentaux ne peut quitter l'institut sans une permission écrite du directeur. Et, bien entendu, je ne l'avais pas, le vieux professeur Vittori, qui puait la nicotine, ne me l'aurait jamais accordée.

« Mais j'ai la permission, dis-je, la voici... » En mettant la main gauche dans la poche de mon imperméable blanc, je lui décochai de l'autre, en pleine mâchoire, un formidable coup de poing. Je le vis s'écrouler comme une masse, sans un gémissement.

« Oh ! docteur ! me cria sœur Michela, vous n'auriez pas dû faire ça ! »

« Je n'avais pas le choix, ma sœur », lui dis-je.

J'ouvris la grille à l'aide de la clef restée dans la serrure et sortis dans la nuit, sous la pluie.

« Merci, sœur Michela, merci pour tout. »

Je bondis dans ma petite auto, que j'avais garée devant, un peu plus tôt, et démarrai à toute vitesse. Je conduisais depuis un bon moment quand Eleonora, assise à côté de moi, la voix imprégnée de larmes, me dit : « Pourquoi faites-vous tout ça pour moi, docteur ? »

Je répondis : « Parce que je t'aime. »

Sans doute le savait-elle déjà. Elle ne pleura pas. Ses larmes lui restèrent dans la gorge à cause de l'émotion et elle se mit à trembler, comme s'il faisait très froid, elle ne cessa de trembler que lorsque j'arrêtai la voiture et la serrai contre moi, alors seulement elle éclata en sanglots sur mon épaule.

Une fois arrivés, vers deux heures du matin, mon père encore debout nous attendait, devant le feu ouvert, devant les flammes de la cheminée où j'avais passé tous mes hivers d'enfant. Je lui racontai toute l'histoire et lui dis qu'à présent, j'étais sûrement recherché par la police, parce que j'avais battu le vieil ivrogne du Centre de Rééducation Mentale, et que j'avais aidé une malade à s'enfuir de l'asile.

« La seule chose à faire pour que je ne sois pas inquiété et qu'Eleonora ne retourne pas dans cet endroit horrible, c'est que je l'épouse. Si je l'épouse, je pourrai me porter garant pour elle et personne ne pourra plus l'interner dans un asile. »

Mon père approuva de la tête.

« Bien entendu, tant que nous ne serons pas mari et femme, nous serons obligés de nous cacher tous les deux. »

Mon père acquiesça de nouveau. Il dit : « Vous êtes majeurs tous les deux, vous n'avez donc pas besoin de mon consentement, et puis cette jeune fille me plaît, ce que tu fais pour elle me plaît. Je vais essayer de vous aider. »

Il nous aida, et nous nous confiâmes à lui comme deux enfants. Il nous tint cachés pendant plus d'un mois. Le temps de convaincre le vieux curé du village de nous unir en secret, avec l'autorisation de l'évêque du diocèse.

Quand nous revînmes à la maison, le feu de la cheminée était éteint, mais un maréchal des carabiniers et deux agents nous attendaient. Ils nous avaient découverts et venaient nous arrêter.

« Le docteur Antonio Frassi ? » me fit le maréchal.

« Oui », dis-je, simplement, tenant Eleonora, effrayée, par la main.

« Mademoiselle Eleonora Martelli ? » me demanda-t-il encore.

« Non, dis-je, madame Eleonora Frassi, ma femme. »

Je me tournai vers mon père : « Papa, s'il te plaît, va chercher les certificats. »

Papa sourit et revint peu après avec trois feuilles. L'une était notre certificat de mariage à Eleonora et moi, l'autre un certificat d'un gynécologue de la ville voisine attestant que ma femme Eleonora attendait un bébé, et la troisième une déclaration sur papier avec timbre fiscal où je déclarais me porter garant de la santé mentale de ma femme et assumer toute responsabilité la concernant.

« Tenez, maréchal », lui dis-je.

Pour la rassurer, je continuais à serrer la main de ma femme (un journal écrivit par la suite que j'avais épousé Miss Folie, mais moi je l'appelle Miss Tendresse).

Puis, après les avoir lus longuement, le maréchal mit les certificats dans sa poche et prit congé avec un grand sourire.

TU ES DÉJA MORTE

« Commencez par le début et, s'il vous plaît, je suis un peu dur d'oreille, parlez lentement parce que j'ai l'habitude de transcrire ce que dit mon client, c'est moi qui vous défends, je ne suis plus tout jeune, mais j'userai de tous les moyens légaux pour vous défendre parce que je connaissais votre maman et je crois que vous êtes innocent, votre mère était une grande amie de ma femme, je ne vous ai vu qu'une ou deux fois quand vous étiez gamin, mais je me souviens qu'une fois nous sommes allés ensemble à Santa Margherita à Pâques, avec vos parents, ma femme et moi, oui, nous y sommes allés, ça me revient maintenant, je me rappelle même que vous lanciez des pierres dans l'eau de la plage caillouteuse, et quand j'ai lu dans les journaux ce qui était arrivé, je me suis souvenu de vous, du gamin qui lançait des cailloux dans la mer, et de votre mère, alors voilà, je vous défendrai, mais avant, je veux tout savoir, depuis le début. Et puis non, il faut me dire tout de suite la vérité, je ne pourrai vous défendre que si je connais la vérité. Je veux savoir si vous avez oui ou non violenté cette petite fille. Je vous défendrai même si vous êtes coupable, mais je dois savoir la vérité : avez-vous corrompu cette mineure ? Oui ou non ? Est-ce vrai ou faux ? »

Il regarda le vieil avocat, plutôt gros et grand, avec des mains énormes, et se souvint lui aussi de la mer à Santa Margherita, de la fête de Pâques, il y a bien longtemps, quand il était encore le gamin qui lançait des cailloux dans la mer, et des beaux cheveux noirs de sa mère, avec quelques fils blancs.

« C'est faux », dit-il, et il se mit à parler parce que le vieil avocat qui était accouru de son lointain petit village du Sud, avec son enthousiasme des Pouilles pour le défendre, nullement entravé par son grand âge, au contraire, l'émouvait.

« S'il vous plaît, parlez un peu plus fort. Vous dites que c'est faux ? Vous dites, n'est-ce pas, ne pas avoir commis d'actes de violence sur une mineure ? J'ai bien entendu ? C'est bien ce que vous avez dit ? »

« Oui, c'est bien ce que j'ai dit. » Il haussa la voix, touché par l'intérêt passionné que lui portait le vieil avocat. Pourquoi donc ? « Je n'ai rien fait à cette petite fille. »

L'avocat leva une main, comme s'il faisait le salut fasciste. « Un moment, dit-il, cette petite fille a dévalé les quatre étages de l'immeuble en hurlant, s'est enfuie dans la rue à moitié nue, appelant au secours, et vous accusant d'avoir tenté de la violer. C'est ce que les journaux rapportent, mais vous dites que c'est faux. J'ai bien compris ? »

« Oui. Vous avez bien compris. »

« Vous n'avez absolument rien fait à cette petite fille ? C'est ce que vous êtes en train de dire ? »

« Absolument rien. Je suis un homme normal. J'ai trente-cinq ans, je ne suis pas un vieux qui recherche des aventures perverses. »

Ils se fixèrent droit dans les yeux, longuement, puis l'avocat regarda le mur blanc de la petite pièce, regarda le gardien en uniforme près de la porte, regarda le revolver de celui-ci dans son étui, regarda la fenêtre dont provenait plutôt un sale brouillard que de la lumière, bref c'était Milan en décembre, puis il finit par dire : « Vous êtes innocent et je vous défendrai, si vous le voulez, mais vous allez tout me raconter, depuis le début. Ne vous pressez pas, le procureur m'a accordé deux bonnes heures d'entretien. Je veux tout savoir, du début à la fin. »

Le début ? Un matin pluvieux, voilà le début, il était entré dans un magasin du centre pour acheter un imperméable ; il n'avait pas trente ans à l'époque, la vendeuse, qui était seule dans le grand magasin, en avait trente-six, elle était mariée mais vivait séparée de son mari. Cela avait été un jeu d'enfant, il était ressorti du magasin sous la pluie avec l'imperméable sur le dos et, dans la poche de l'imperméable, un billet avec un numéro de téléphone.

Il l'avait appelée le soir même. On n'oublie pas certains visages de femmes, qui restent incrustés dans la tête d'un homme, spécialement par une journée monotone de pluie ininterrompue. Il téléphona, elle était chez elle et il s'y rendit avec un ridicule petit paquet de pâtisseries et une bouteille de whisky. C'était un modeste logement de deux pièces plus cuisine. Assis sur le canapé, à côté d'elle, buvant du whisky, il écoutait la pluie tomber à verse dans la cour et regardait ses genoux, parce qu'en ce temps la mini-jupe n'était pas encore à la mode et elle s'arrangeait pour découvrir un peu ses genoux, comme ça, comme par distraction. Voilà, cela avait commencé de cette façon, il réentendait encore dans sa tête l'écoulement de la pluie ce soir-là.

« Vous voulez dire que le jour même où vous l'avez connue, vous êtes allé chez cette dame », il lut le nom sur un des feuillets qu'il tenait à la main, « Serena, c'est ça, Serena Rossi ? Le même jour ? »

« Oui, le même jour, dit-il. C'est exactement ça : le même jour. A onze heures du matin, j'ai acheté l'imperméable et à dix heures du soir, nous étions ensemble. »

« C'est vous qui avez demandé le numéro de téléphone de cette dame ? » Le vieil avocat prononçait « dame », d'un ton pas très convaincu.

« Non, pas moi », dit-il. Il était plutôt réservé, la vendeuse lui plaisait, mais jamais il n'aurait eu le courage de lui demander son numéro de téléphone. « C'est elle qui me l'a donné. »

« Elle ? » L'avocat écrivit sur ses feuillets. « Mais en prétextant quoi ? Les vendeuses d'habitude ne donnent pas leur numéro de téléphone aux clients. » Il ajouta, pointilleux : « Si ce sont de vraies vendeuses. »

« Sans aucun prétexte, dit-il. Il pleuvait beaucoup ce jour-là, quand j'ai acheté l'imperméable, je l'ai mis tout de suite, j'ai payé et ensuite elle m'a dit, en m'accompagnant jusqu'à la porte : " Vous trouverez peut-être, dans une poche de l'imperméable, un billet avec mon numéro de téléphone. " Elle avait déjà ouvert la porte et je suis sorti sans rien dire. » Parce qu'il était timide, mais le soir en se souvenant d'elle, de sa féminité, de sa jeunesse, de ses cheveux blonds naturels, de ses yeux dorés et lumineux, il trouva le courage de l'appeler.

« Ecoutez-moi bien, dit l'avocat écrivant, cette dame est un des plus importants témoins à charge. Vous êtes en train de me dire, plutôt disons : de me présenter cette dame comme une personne peu recommandable. Je veux dire : vous avez l'impression que le jeu du billet avec le numéro de téléphone, cette dame le faisait avec d'autres clients ? »

« C'est tout à fait ça que je veux dire, dit-il, d'un ton

résolu. Que doit penser un homme qui se retrouve avec le numéro de téléphone d'une vendeuse dans la poche ? Simplement que ce numéro de téléphone a déjà été donné à de nombreux clients. Je ne pense pas être fascinant au point qu'une honnête vendeuse me glisse dans la poche, irrésistiblement, son numéro de téléphone. Si elle me l'a donné, c'est qu'elle avait l'habitude de le faire. »

L'avocat acquiesça, puis dit : « Si nous arrivons à prouver que la moralité de cette dame est discutable, nous pouvons amoindrir son témoignage. On ne peut guère accorder de crédit, et les jurés n'en accordent pas, à des dames qui, comment dire ? ne se comportent pas très bien. Surtout, si dans le jury il y a des femmes. Mais », l'avocat hocha la tête, « il y a trop de mais dans votre histoire. Le premier mais, le plus important, est que pendant cinq ans, je dis bien cinq, vous avez fréquenté cette femme, vous l'avez entretenue, vous avez promis de l'épouser, vous lui avez acheté un appartement, et, même sans cohabiter ouvertement avec elle, vous l'avez présentée à nombre de vos amis et de vos connaissances, disons comme votre fiancée. C'est exact ? »

« C'est exact, dit-il. J'en étais tombé amoureux. »

L'avocat hocha la tête : « Au procès, il faudra dire pourquoi, tout en sachant qu'il s'agissait d'une femme de mœurs légères, vous êtes resté cinq ans avec elle. »

C'était une question précise, le vieil avocat était sans doute un bon avocat, cartésien, et lui, il aimait les questions précises.

Il répondit : « Parce qu'après les premières rencontres, je ne croyais plus que c'était une femme malhonnête. Je me suis convaincu que c'était une femme honnête mais malheureuse. Son mari l'avait abandonnée, elle était seule, presque dans la misère, son salaire de vendeuse lui rapportant peu, elle était encore jeune et elle avait besoin de croire en un homme, de se confier à un homme. Bref, j'en suis tombé amoureux. »

« Il ne faut pas parler d'amour devant les juges », l'avocat hocha la tête. « Il vaut mieux le dire avec d'autres mots, par exemple que vous avez eu pitié de cette dame », l'avocat toussa, « que, ingénument, ayant presque six ans de moins qu'elle, vous avez voulu la sauver. Que vous êtes resté cinq ans avec cette femme, parce que — également en tant que professeur de pédagogie — vous éprouviez un intérêt humain pour elle, pour sa rééducation morale. Ne parlez pas d'amour au tribunal, on comprend qu'il y a de l'amour, il vaut mieux parler de rédemption, il vaut mieux justifier ces cinq années de relations avec une femme de mœurs aussi discutables, ces promesses de mariage, ces appartements offerts, en parlant d'idéal, ce qui serait digne de vous : vous vouliez la sauver, vous êtes un des plus jeunes, mais aussi un des plus brillants professeurs de pédagogie, cette vocation de sauver, de rééduquer, sera appréciée du jury. Le jury se dira : “ Oui, c'est vrai, voilà un homme et une femme, il voulait la sauver, il voulait rendre cette femme honnête, c'est le but idéal du moraliste, du pédagogue. ” Vous avez écrit un livre très connu sur les systèmes d'éducation pour mineurs désadaptés, c'est un texte pour moi très important. Nous arriverons sûrement à convaincre le jury sur ce point. Mais dites-moi maintenant ce qui s'est effectivement passé avec la mineure. J'ai lu les journaux, mais je veux connaître votre version. »

Comment les faits s'étaient-ils déroulés ? Très, très simplement. Il repensa à cet après-midi du premier décembre et dit, froidement : « Le premier décembre, à deux heures et demie de l'après-midi, je suis allé chez elle. Elle m'avait téléphoné et avait insisté pour que je lui rende visite, alors, j'y suis allé. Depuis presque un an j'allais rarement chez elle, même si je l'entretenais encore. »

« Pourquoi alliez-vous si rarement chez elle depuis presque un an ? » lui demanda l'avocat, pendant qu'il écrivait sur ses feuillets.

Difficile à expliquer, surtout à un vieil avocat pointilleux comme celui-ci. Mais il s'y essaya de la façon la plus claire possible. « Après l'avoir fréquentée pendant trois ans, j'ai fini par comprendre qu'il s'agissait, en termes de pédagogue, d'un cas irrécupérable. »

« Qu'est-ce, qui vous a suggéré, disons, qu'elle était irrécupérable ? »

« Plusieurs choses. Par exemple, dans l'appartement que je lui avais offert, elle recevait d'autres hommes. »

L'avocat tressaillit. « Vous en avez la preuve ? »

« J'ai le nom et le prénom de deux messieurs prêts à témoigner qu'ils ont été dans mon appartement. »

Il aimait cette femme, essayait de la sauver, récapitula l'avocat, mais elle en voyait d'autres. Alors, il a commencé à se détacher d'elle, à lui rendre visite moins souvent, tout en continuant à lui envoyer tous les mois une certaine somme, comme à une épouse dont on est légalement séparé. Il n'allait plus chez elle que lorsqu'elle insistait au téléphone ou l'attendait devant chez lui. « J'y allais par pitié. »

« Pitié ? » reprit l'avocat. Il écrivit : Il s'y rendait par pitié, puis il demanda : « Qu'entendez-vous par là ? »

« C'était vraiment par pitié », essaya-t-il d'expliquer. « C'était une femme perdue, sans morale, sans frein, sans aucune possibilité de s'en sortir, mais je l'avais aimée et en souvenir de cet amour, je continuais à l'entretenir. »

« Il faudra dire ça, fit l'avocat, le fait de le préciser

ennoblit votre relation avec cette dame et donnera un sens à ces cinq longues années de votre relation, un sens noble. » Il leva les yeux sur lui. « Mais soyez franc avec moi : pendant ces deux dernières années, avez-vous connu une autre femme ? Si c'est le cas, cela influencera les jurés et je devrai adopter un autre type de défense. Alors, autant me le dire tout de suite. »

« Je n'ai pas d'autre femme », dit-il, sèchement.

L'avocat le fixa, sceptique. « Comment est-ce possible, un homme si jeune. »

« C'est simple, dit-il, encore plus sèchement. Il y a des hommes qui sont bêtes et je représente assez bien cette discrète catégorie d'imbéciles. J'ai été déçu par celle que vous appelez une dame, déçu, attristé, dégoûté, mais je n'ai pas pu m'intéresser à une autre femme. Il n'y a pas d'autre femme, si c'est ce que vous voulez savoir pour assurer ma défense. »

« Cela m'importe beaucoup, je suis content qu'il n'y ait pas d'autre femme, la défense en sera d'autant plus convaincante. Mais entendez-vous, en disant cela, que vous l'aimez encore ? »

L'avocat lui sembla vraiment trop obsessionnel, et il dit : « Je vous ai déjà dit que j'étais déçu, dégoûté, attristé par cette femme, seule la pitié me poussait à aller chez elle quand elle insistait. En général, c'était pour signer des chèques, si vous voulez tout savoir. »

Chèques, écrivit l'avocat, puis il dit : « Pitié. Il faudra insister lourdement au tribunal sur la pitié que vous avez éprouvée pour cette dame. »

Ce fut alors qu'il dit : « Pitié et chantage. » Il haussa les épaules, à ce point il fallait bien qu'il lui dise toute la vérité.

« Chantage ? Ai-je bien entendu ? Vous avez dit pitié et chantage ? Rappelez-vous que je suis un peu dur d'oreille. »

« Vous avez très bien entendu. J'ai dit chantage. Pitié et chantage. »

« Quel genre de chantage ? »

« Rien de précis, dit-il, froidement, pas de chantage particulier. Quand elle a commencé à comprendre que je ne la croyais plus, que je ne l'aimais plus, alors de temps en temps, elle me disait : “ Si tu me quittes, je te ruinerai ! ” »

L'avocat écrivit la phrase.

« C'est un peu mince pour soutenir qu'il s'agit d'un chantage devant un jury, dit-il. C'est une menace trop imprécise, trop vague. C'était peut-être une menace due à un mouvement de colère. »

« Même si elle le faisait à chaque fois qu'elle voulait que je vienne lui signer un chèque ? » répliqua-t-il, avec irritation.

« Oui, même dans ce cas », précisa l'avocat, irrité lui aussi.

« Je ne sais pas si juridiquement parlant c'est du chantage, mais je sais qu'elle n'arrêtait pas de répéter qu'elle me ruinerait et ça me faisait peur. Vous savez, je suis plutôt timide. Et aussi, je risquais gros. »

« Oui, je comprends, vous êtes un des plus jeunes spécialistes en pédagogie de nos jours. Vous avez un nom, une position éminente comme professeur titulaire d'un cours libre. Je commence à comprendre pourquoi vous aviez peur. »

« J'avais peur d'elle, dit-il. Pitié et peur. Je connais les désadaptés, ils sont capables, dans leur infantilisme, même à quarante ans, de faire des choses incroyables. Si elle m'avait dit “ Je te tue ”, je n'aurais pas eu moins peur que de l'entendre dire : “ Essaie de me quitter et je te ruine. ” C'est pour ça, quand elle me téléphonait, que je finissais par aller chez elle. Comme la dernière fois où j'y suis allé. A deux heures et demie. »

Il était deux heures et demie, et il avait décidé de rompre. Totalement. Quelle que fût la menace. Il y a des limites. C'était encore une jolie femme, à plus de quarante ans, peut-être était-ce dû à la faible lumière qui entrait par les fenêtres pendant qu'elle lui servait du thé au citron, boisson qu'il aimait. Elle était aidée par une jeune fille qu'il voyait pour la première fois et qui ne devait pas avoir plus de quinze ans, avec une coiffe ridicule et habillée d'un petit tablier brodé, comme une servante dans un film.

« J'étais en train de boire le thé, racontait-il, plus calmement maintenant, quand elle m'a dit qu'elle avait besoin de trois cent mille lires. »

« Attendez, s'il vous plaît, combien dites-vous ? Six cent mille ? »

« Non. Trois cent mille, dit-il. Trois cents ». Le gardien s'était mis à faire les cent pas devant la porte, dans la pièce. « Je lui ai fait le chèque et le lui ai donné. »

« Vous lui avez donné un chèque de trois cent mille ? »

« Je lui ai donné un chèque de trois cent mille », dit-il, d'une voix encore plus forte.

« Et ensuite ? »

« Ensuite, je lui ai dit ceci. » Il continuait de s'exprimer d'une voix forte, pour être bien entendu. « Je lui ai dit que je ne lui donnerais plus un sou, que je ne viendrais plus jamais chez elle. Plus jamais. Je lui ai dit que c'était la dernière fois qu'on se voyait. »

« Que vous a-t-elle répondu ? »

« Elle m'a dit ce que je vous ai déjà dit, qu'elle m'avait répété des milliers de fois, c'est-à-dire : Essaie de me quitter et moi je te ruine. »

« Qu'avez-vous répondu ? »

« J'ai répondu : " Fais ce que tu veux, nous ne nous reverrons plus ", elle a compris que j'étais décidé à rompre pour de bon. »

« Ensuite ? »

« Eh bien, j'ai fini mon thé, ensuite elle est sortie du salon, j'attendais qu'elle revienne pour lui dire au revoir, parce que même quand on se quitte, quand on rompt pour toujours on peut le faire comme des gens de bonne compagnie, en se serrant la main, mais elle n'est pas revenue et tout d'un coup j'ai entendu des cris, c'était la petite boniche qui nous avait servi le thé : " Au secours ! Au secours ! Le lâche, non, non, au secours ! Laisse-moi tranquille ! " Je me suis précipité hors du salon et dans l'antichambre j'ai vu la jeune fille, les vêtements déchirés, qui s'enfuyait de l'appartement en criant " au secours ! au secours ! " et qui se ruait dans les escaliers et dévalait les quatre étages, en criant de toutes ses forces. Je l'ai suivie en courant — parce que je suis stupide — et je lui ai dit plusieurs fois : " Qu'est-ce qui s'est passé ? Qu'est-ce qui s'est passé ? " Pendant que je lui courais après pour savoir ce qui s'était passé et lui venir en aide, celle que vous appelez une dame me suivait en hurlant : " Salaud, laisse cette petite fille tranquille " et bien d'autres choses que vous pouvez facilement imaginer et je me suis retourné vers elle, mais j'étais alors dans la rue, devant l'immeuble et je lui ai dit : " Tu es folle ? " Pendant ce temps, la boniche s'était jetée dans les bras d'une vieille dame qui passait et lui a dit : " Cet homme m'a fait tellement mal ", des gens sont arrivés, dont deux jeunes qui me sont tombés dessus et m'ont frappé. A ce moment-là, au milieu de tous ces gens, de ces cris, j'ai compris ce qu'elle voulait dire quand elle disait : " Essaie de me quitter et je te ruine. " »

Ils se regardèrent tous les deux, silencieux, et se

comprirent. Puis le vieil avocat dit : « Vous n'avez donc rien fait à cette jeune fille. Pour vous ruiner, cette dame a fabriqué de toutes pièces un scandale. Elle a payé la petite fille pour qu'elle fasse croire qu'on avait tenté de la violer. Elle vous avait dit que si vous la quittiez elle vous ruinerait, c'est chose faite. »

« Oui », dit-il, plus calme maintenant, plus détendu, « vous comprenez qu'un professeur de pédagogie, auteur de travaux très poussés sur l'éducation des enfants normaux et des inadaptés, accusé de tentative de viol sur une fille de quinze ans, arrêté dans la rue, molesté par la foule, traîné dans la boue par les échotiers dans les journaux et les magazines, avec de grandes photos du " monstre ", et cet obsédé sexuel, ce monstre, c'est moi, vous comprenez, ma vie est ruinée, je suis fini, c'est ce que voulait celle que vous appelez une dame. Elle m'a eu sur tous les plans : professionnel, parce que plus aucun institut ne fera appel à mes services pour me confier l'éducation des fillettes de quinze, treize ou douze ans. Et puis cette expérience, personnellement, m'a détruit, je n'aurais jamais cru que la méchanceté pût aller aussi loin. Vous vous rendez compte de ce que m'a fait cette femme ? Elle a détruit ma vie, mon travail et mon cœur. » L'amertume brisa sa voix, il se reprit peu après, parlant plus lentement. « Je ne dirai rien de tout cela au tribunal, soyez tranquille, vous avez dit qu'il ne faut pas parler d'amour aux jurés et je n'en parlerai pas, mais c'est ainsi. Même si vous obtenez un non-lieu pour tentative de viol sur une mineure, l'infamie restera : je serai pour toujours le distingué professeur de pédagogie, qui agressait les petites servantes. »

« Non », dit le vieil avocat d'un air résolu, rangeant ses feuillets et son stylo à bille dans sa serviette de cuir noir. « Vous serez acquitté pour n'avoir pas commis le crime. »

« Comment ça ? demanda-t-il, moins amer. Une mineure m'accuse d'avoir voulu la violer, de lui avoir arraché ses vêtements et de l'avoir poursuivie dans les escaliers, jusque dans la rue, une dame, comme vous dites, madame Serena Rossi, déclare dans les journaux du soir m'avoir surpris alors que je tentais de violer sa bonne, sous ses yeux. Comment ferez-vous, maître, pour convaincre le jury que je n'ai pas commis le crime ? » Il ne souriait pas.

Le vieil avocat retira ses lunettes, vu qu'il ne devait plus écrire, les glissa dans l'étui qu'il sortit de la petite poche de son veston, et dit : « C'est simple : la petite fille a menti en vous accusant de viol ; elle a été corrompue, payée par cette dame, pour vous ruiner. Je le dirai à la police et je vous assure que la police les amènera, toutes les deux, à avouer que la gamine a joué la comédie et que c'est cette dame qui l'a incitée à le faire. »

Il écouta sans rien dire. Ce n'était pas son problème.

« Ce sont elles qui finiront en prison et vous vous en sortirez, dit le vieil avocat, calme et déterminé, et vous allez même sortir tout de suite, parce que je vais obtenir pour vous la liberté provisoire, en me basant sur ce que vous m'avez raconté. » Il se leva. « Vous serez libre peut-être mercredi. » Il lui tendit la main.

Il se leva lui aussi et tendit la main, plein de reconnaissance. Il avait du respect pour le vieil ami de sa mère, mais dit : « Je vous prie de n'en rien faire. »

« Que voulez-vous dire " de n'en rien faire ? " » demanda aussitôt le vieil avocat, soupçonneux et tendant l'oreille, de peur d'avoir mal entendu.

« Ne m'obtenez pas la liberté provisoire, lui dit-il. C'est ce que je voulais dire. »

« Ai-je bien entendu ? Vous ne voulez pas la liberté provisoire ? »

« Je n'en veux pas. »

« Pourquoi ? »

Il expliqua pourquoi, calmement. « Parce que dès que je serai sorti d'ici, j'irai la tuer. J'irai tuer celle que vous appelez une dame. »

Même le gardien de prison, en entendant ces mots, s'arrêta et le regarda.

L'avocat, en revanche, regarda par terre. Il dit, absorbé dans ses pensées : « Vous n'irez tuer personne, vous êtes quelqu'un de timide, un homme cultivé, un moraliste, un éducateur. Je ne crois pas que vous soyez capable de tuer, même si je vous voyais le faire devant moi. »

Alors il lui dit, presque en haletant : « Maître, si vous me faites sortir d'ici, je la tuerai. »

Même un vieil avocat aussi illustre que lui peut ne pas comprendre certaines choses, certaines vérités, certaines réactions instinctives de l'âme humaine, certains sentiments de vengeance, irrationnels, délictueux, qui existent cependant.

« Calmez-vous », dit l'avocat.

Il avait envie de crier, de hurler : « Il ne faut pas que je sorte d'ici, sinon je la tue », mais c'était dit et l'avocat ne voulait rien entendre. Il lui répétait de se calmer.

Il était très calme.

Le gardien de prison l'emmena dans le bureau du brigadier. Le brigadier lui dit : « Vous avez obtenu la liberté provisoire, signez ce formulaire et reprenez vos affaires. » On lui redonna la ceinture de son pantalon, sa cravate, les lacets de ses chaussures, son portefeuille avec l'argent, les pièces de monnaie et son stylo.

Il y a toujours des taxis qui stationnent devant les

prisons, parce qu'on va toujours chez quelqu'un ou quelque part, quand on en sort.

Ce quelque part, c'était chez lui, précisément, et très exactement le deuxième tiroir de la commode, où, sous les chemises bleues, il y avait un pistolet et une boîte de projectiles. Il n'était pas violent ni chasseur, d'ailleurs on ne va pas à la chasse avec un Smith & Wesson calibre 9, il avait ce pistolet simplement parce qu'un de ses amis, aux nerfs plutôt fragiles, malheureux en ménage, le lui avait donné en expliquant : « Ça vaut mieux que tu le gardes, sinon je m'en servirai pour me tuer ou tuer ma femme, ou je me mettrai à la fenêtre et je tirerai sur les passants. » En bon professeur de pédagogie, en rédempteur, il l'avait accompagné chez un confrère, un psychothérapeute, mais il avait gardé le Smith & Wesson avec ses cartouches, ici, dans le deuxième tiroir de la commode, sous les chemises bleues, au milieu il y avait des chemises blanches, et à droite les deux rayées.

Le concierge de son immeuble, en le voyant arriver, resta distant et mal à l'aise : voilà de retour l'homme qui a violé une mineure, qui a eu des relations illégitimes avec une femme séparée de son mari pendant des années, qui a fait de la prison et qui ne doit sans doute sa liberté provisoire qu'aux magouilles habituelles, c'est sûr. Mais il ne prêta aucune attention à ce concierge, il prit directement l'ascenseur, monta chez lui, ouvrit la porte, entra dans son appartement abandonné depuis trois semaines, sale, malodorant, sombre à cause des volets abaissés, alla dans la chambre à coucher, ouvrit le deuxième tiroir de la commode, prit le Smith & Wesson et la boîte de cartouches sous les chemises bleues, ouvrit le pistolet, chargea les six balles, referma la porte, mit le verrou, plaça le pistolet dans la poche de son pardessus et redescendit immédiatement dans la rue où le taxi l'attendait.

« Chez Motta, place de la Scala », dit-il au chauffeur. Quand un homme a été l'amant d'une femme pendant cinq ans, il sait tout d'elle. Il savait qu'après avoir essayé, à quarante ans passés, de devenir hôtesse de l'air, mannequin, photo-modèle, vu son âge, elle avait trouvé une place de caissière, chez Motta, place de la Scala où elle était de service le mardi, le mercredi et le jeudi. Quand on aime, on sait tout de la personne qu'on aime. Ou qu'on hait ? Qu'est-ce qu'il éprouvait pour elle ?

Le taxi s'arrêta devant le café : « Tu es déjà morte », songea-t-il, en réglant la course, c'est-à-dire qu'il pensa d'elle : « Tu es déjà morte », parce qu'une fois à la caisse de l'élégant local, il lui tirerait dessus sur-le-champ.

Il entra résolument dans le café, fonça sur la caisse où elle aurait dû se trouver et s'arrêta soudain, confus, car elle n'était pas devant la caisse enregistreuse. A sa place, il y avait une autre jeune femme blonde, souriante, pourtant à cette heure-là elle aurait dû y être, elle était de service.

« Un café », demanda-t-il à la jeune blonde, en posant l'argent de la main gauche tandis que sa main droite étreignait machinalement son Smith & Wesson dans la poche de son pardessus. « Serena n'est pas là ? » demanda-t-il, timidement, malgré l'arme qu'il serrait dans la poche de son pardessus. Puisque Serena n'était pas là, il irait la chercher chez elle.

La jeune caissière ne réussit même pas à taper le ticket, elle sursauta et dit, presque comme si elle était sur le point de s'évanouir : « Mais, Serena est morte... Vous la connaissiez ? »

« Oui, je la connaissais. »

« Vous n'avez pas lu les journaux ? On l'a tuée hier soir, pendant qu'elle venait ici, un de ses amis, qui était très jaloux, il a découvert qu'elle... »

« Une orangeade et un sherry », dit, d'un ton autoritaire, un petit monsieur à moustaches, accompagné par une femme plus grande que lui, encore plus grande dans son énorme manteau de vison.

La blonde enregistra rapidement l'orangeade et le sherry et donna le ticket aux deux clients impatients, puis elle continua avec excitation : « ... Il a découvert qu'elle en voyait d'autres que lui, alors il a attendu qu'elle vienne au boulot et lui a tiré dessus avant qu'elle entre, c'est écrit dans tous les journaux d'hier, vous ne les avez pas lus ? »

Non, en prison on ne lit pas de journaux. « Non », dit-il. Il pensa : « Un autre l'a tuée, sans doute un autre comme moi. »

La jeune fille enregistra le café et lui remit le ticket. Il lui donna cent lires et la jeune fille lui dit : « C'est impressionnant, vous savez, de penser qu'il y a deux jours, elle était là, à la place que j'occupe maintenant, et voilà qu'elle est morte. Vous la connaissiez bien ? »

Il répondit : « Un peu. » Mais la jeune fille comprit qu'il la connaissait bien. Il la connaissait suffisamment pour avoir eu le temps de l'aimer, de la haïr, d'en avoir pitié et de vouloir la tuer. Maintenant, elle n'était plus ; dans le monde entier, dans tout l'univers, elle n'était plus. Il était venu la tuer, la main dans la poche de son pardessus où il y avait le Smith & Wesson, et à ce moment il comprit qu'elle n'était plus là et c'était comme s'il n'y avait plus rien.

UNE FEMME DE RÉSERVE POUR JOE

Il ôta de sa tête le lourd casque et le jeta à terre. Il dénoua la grosse ceinture à laquelle était accroché un pistolet massif et tendit l'arme à l'enfant.

« Tiens-la un moment, François, et garde les yeux ouverts. »

Le chien, la langue pendue à cause de la chaleur, les regardait, les yeux pétillants de curiosité. Au-dessus d'eux, le soleil était en train de rôtir les arbres, l'ombre était ardente, il y avait une odeur de papier brûlé dans l'air.

« Sois tranquille, Joe », dit l'enfant. A travers le feuillage touffu du maquis il surveillait un sentier proche et, plus loin, la grand-route d'où provenait de temps en temps le vrombissement d'un moteur.

« Sont où, les Allemands ? » demanda Joe. Il tira la fermeture Éclair de la tenue léopard qu'il portait et resta en tricot de corps blanc et en short bleu. Son visage empourpré par la chaleur, rayé par la sueur, se figea tout à coup. « Qu'est-ce que c'est ? » demanda-t-il.

François agita le gros pistolet. « Rien, c'est Giuli qui arrive en Vespa, mais elle ne peut pas venir ici parce qu'il n'y a pas de sentier. »

Ils s'allongèrent tous les trois par terre et virent, à

travers les arbustes, un scooter avancer lentement sur le sentier, soulevant un long ruban de poussière blanche, et le pantalon bleu de la jeune femme qui conduisait. Le chien en les voyant se blottir ainsi essaya d'aboyer, mais il faisait trop chaud et il ne réussit qu'à émettre un glapissement en bâillant.

« Chut, Lassy », chuchota François.

Le chien se leva, remua la queue, vint près de lui en reniflant.

« Où sont les Allemands ? » demanda de nouveau Joe essuyant la sueur de sa main.

Le scooter passa sur le sentier à deux mètres du buisson où ils étaient cachés, la lueur bleue du pantalon de la jeune femme qui le conduisait disparut dans une courbe. Le vrombissement calme et somnolent du moteur s'éloigna progressivement.

« Au carrefour de la grand-route », dit François se relevant. « Ils ont réquisitionné l'hôtel, mais ils sont à peine une dizaine. »

« Encore trop pour moi », dit Joe souriant. A quelques mètres, il y avait un grand sac blanc et sale que Joe tira à lui pour y fourrer la tenue léopard et le casque.

« Cache bien tout ça, petit. En attendant, je vais communiquer par radio. » A terre, il y avait une grosse sacoche de cuir, il fouilla dedans, restant blotti, sans rien en sortir, jusqu'à ce qu'on entendît le grésillement d'une radio. Une petite boîte rouge pointait de la sacoche, Joe en rapprocha ses lèvres. « Les douze roses ont fleuri », dit-il, « les douzes roses ont fleuri », répéta-t-il. Il hocha la tête. « Elle a été drôlement secouée quand on a atterri, je ne sais pas si elle marche », dit-il.

Le petit était occupé à cacher sous le feuillage le parachute et la tenue, mais il avait entendu.

« Tu vas voir qu'elle marche, Joe », il transpirait lui

aussi, s'acharnant sur le gros paquet à cacher, le pistolet toujours à la main.

« Espérons-le », dit Joe.

« Merde, j'ai oublié les cigarettes dans mon treillis, donne, je vais les chercher. »

« Dépêche-toi, Joe, parce que ce n'est pas un endroit tranquille », dit François. « Si quelqu'un a vu descendre le parachute ce matin, ils finiront par venir ici aussi. »

« Oui, je sais », dit Joe. Il essuya un moment la sueur de son visage, se remit à fouiller nerveusement dans le paquet caché sous les arbustes. « Mais moi, petit, sans cigarettes, je suis foutu. » Finalement, il sortit un paquet de Camel et un briquet d'une grosse poche de la tenue léopard. Il alluma tout de suite une cigarette. « Voilà qui est mieux », dit-il, en se détendant.

Lassy s'était couché par terre, abruti par la chaleur ; sa langue pendait, comme quelque chose qui ne lui appartenait pas.

« Allons-y », dit François, agitant le pistolet. « Je vais prendre trois ou quatre mètres d'avance, quand on sera au bout du bois, tu t'arrêteras. J'irai parler à mademoiselle Lu, puis je reviendrai tout de suite. »

« Hé, un moment », dit Joe, ramassant la sacoche avec la radio. « Tu es sûr qu'on peut faire confiance à cette demoiselle Lu ? »

« Je te dis que oui, sinon je ne t'y amènerais pas », dit François.

« Tu es un enfant », dit Joe. « Elle pourrait être une espionne de la Gestapo. » Il fixait le petit avec attention, mais ses yeux souriaient. Le silence était plus lourd que durant la nuit, c'était le brûlant silence des heures de l'après-midi sur les dernières collines avant la plaine flambant sous le soleil.

« Viens, Joe, laisse-moi faire », dit François, « mademoiselle Lu n'est pas une espionne. »

Ils se mirent en marche, se frayant un chemin entre les arbustes épineux des fourrés, qui devenaient de plus en plus espacés, jusqu'à ce qu'ils découvrissent une vaste clairière au flanc d'une colline.

« Halte », dit François, levant le bras avec le pistolet. Sur la clairière se dressait un pavillon tout neuf d'un étage, aux murs chaulés de blanc, que les bois tout autour teintaient d'une douce nuance verdâtre. Le chien, qui les avait suivis sautillant avec difficulté entre les buissons pour ne pas être piqué par des épines, sortit en courant du bois vers le pavillon et disparut en aboyant dans l'entrée. « Attends-moi ici, Joe, et ne bouge pas jusqu'à mon retour. »

« Cette histoire ne me convainc pas tout à fait », dit Joe s'approchant de l'enfant, observant soupçonneux la villa et, au-delà du flanc de coteau sur laquelle elle se dressait, les maisons d'un petit village, dont le clocher s'élevait dans le ciel incandescent. « De toute façon donne-moi le pistolet, tu ne vas pas aller chez mademoiselle Lu avec ce machin en main. »

« Ah, oui », dit François souriant, et il lui tendit le pistolet. « Ne sors pas du bois, Joe, sous aucun prétexte », lui recommanda-t-il. « Si quelqu'un te voit, il comprendra tout de suite que tu es américain et te dénoncera. »

« Laisse-moi faire, petit », dit Joe, glissant le pistolet dans son short. François jeta un dernier coup d'œil circulaire soupçonneux, puis rejoignit le pavillon en courant.

Joe jeta sa cigarette et resta un moment à l'ombre, immobile, la sacoche à la main, aveuglé par la lumière éblouissante qui venait du ciel au-delà de la clairière. Puis il se déplaça un peu à l'intérieur du bois, mais la chaleur étouffante était plus lourde sous les arbres. Alors il se mit à côtoyer le terrain dégagé où se dressait le pavillon, franchit l'arête du modeste coteau et vit, au-delà des petits arbres espacés, la plaine jusqu'à l'horizon, voilé par une bande d'air brumeux bouillonnant de chaleur ; des champs jaunes entouraient le petit village, et après une ligne droite dans la plaine le ruban de la grand-route asphaltée se déroulait comme un serpentin sur la colline, jusqu'aux premiers pavillons. Il avança encore de quelques pas, vit à une dizaine de mètres sous lui la grand-route asphaltée et une tache d'un rouge vif l'aveugla.

C'était une voiture rouge, décapotable. L'avant de la voiture et la place du chauffeur étaient à l'ombre d'un grand hêtre, mais le reste de l'automobile au soleil ressemblait à un énorme charbon ardent. Un jeune homme, en chemisette blanche à manches courtes, était au volant. Il avait des cheveux blonds et délavés comme un Allemand, des culottes courtes et des jambes minces, brunies par le soleil. Le jeune homme, qui fumait, regarda en haut comme s'il avait senti son regard pendant un moment. Joe resta immobile, le fixant, les dents serrées, mais l'autre ne pouvait pas le voir et il rabaissa la tête vers la grand-route. Joe resta ainsi pendant quelques minutes. Le jeune homme était toujours là, immobile. Sa cigarette se consumait entre ses doigts appuyés au volant, dans le silence incandescent. Tout à coup, on entendit, dans le silence, des petits coups secs et précis. Le jeune homme les entendit aussi et tourna la tête : dans le virage de la grand-route, une jeune femme dans une robe verte sans manches, tenant une petite valise sombre à la main, s'approchait. Les talons de ses souliers donnaient des petits coups secs et précis, sur le bord en ciment de la grand-route, et ses hanches généreuses soulignaient le rythme, tandis que son corps d'Allemande, grand et fort, restait rigide. Alors le jeune homme sauta à bas de la voiture, alla à sa rencontre et prit sa valise. En haut, sur la crête, caché derrière un buisson, Joe vit la femme monter en voiture et prendre place à côté du volant tandis que le jeune homme mettait la valise dans le coffre. Le gros pistolet que Joe avait enfilé dans son short était depuis un moment déjà en train de glisser et au premier mouvement qu'il fit, tomba à terre. Compte tenu de l'inclinaison du terrain à cet endroit, il se mit à rouler rapidement vers le bas, vers la route. Joe fit un geste instinctif pour le retenir mais trop tard. Il allait tomber juste à côté de ces deux-là ; il se figea, comme dans l'attente du bruit que ferait l'arme en touchant terre. Mais il ne l'entendit pas, il entendit en revanche le son mécanique et sourd d'un moteur qu'on allume et, se penchant, il vit que le pistolet avait été arrêté par un buisson. Il vit aussi, du même coup, le jeune homme passer en première. La jeune femme blonde se tenait à ses côtés avec raideur, comme une Walkyrie, les yeux fixes devant elle. Puis la voiture démarra doucement, comme si elle glissait, le moteur éteint, elle descendit les brefs lacets qui conduisaient à la plaine et, après chaque virage, elle allait de plus en plus vite. Debout derrière un arbre, Joe la suivit des yeux jusqu'où la brume étouffante de l'horizon le lui permit.

Ensuite, il resta là un moment. Il ne transpirait plus. Dans les zones sans ombre, on ne transpirait pas : on cuisait. Il regarda le pistolet, quelques mètres plus bas, mais il resta encore immobile et ce n'est qu'au bout de quelques minutes qu'il descendit le prendre, s'accrochant aux derniers arbustes qui piquaient la crête terreuse de la colline. Mais il remonta tout de suite et s'enfonça dans le bois, d'un pas fatigué, la sacoche avec la radio dans une main et le pistolet dans l'autre, jusqu'à ce que les arbres devinssent si serrés qu'il n'eut plus sur lui la moindre tache de soleil, la moindre tache de plomb fondu. Alors seulement il s'arrêta, fixa sans intérêt un mince filet de sang, coagulé dans le duvet roux de sa jambe. Les épines étaient nombreuses, mais il ne les sentait même plus. Il alluma une cigarette, après avoir mis le pistolet dans la ceinture de son short, et resta là à fumer, à écouter le silence absolu, à regarder le feuillage absolument immobile qui l'entourait, comme si ce bois n'était que la toile de fond d'un théâtre. Tout était pétrifié par la chaleur. Sa cigarette était à moitié consumée quand il entendit au loin, mais assez nettement, des coups secs, métalliques. Il se retourna, attentif. Quelqu'un devait essayer de mettre en marche une moto. Il resta encore immobile. Il s'était remis à transpirer, son visage et son cou maintenant étaient en nage, son tricot de corps trempé laissait entrevoir le duvet roux qui recouvrait son torse. Il laissa passer beaucoup de temps, toujours immobile, ne tourna la tête que lorsqu'il entendit un bruissement de feuilles éloigné, mais qui semblait se rapprocher. Alors seulement, il parut se souvenir de quelque chose et se blottit promptement dans un buisson, regardant du côté d'où provenait le bruissement. Au bout d'un moment, dans l'atmosphère verte et brûlante du bois, il vit s'avancer sur un petit sentier à peine tracé la jeune fille en pantalon bleu clair, qui était passée tout à l'heure en scooter. Il resta blotti, baissant encore plus la tête. La jeune fille marchait doucement, son visage brillant de sueur. Il vit, à moins de deux mètres, à travers les branches de l'arbuste, ses socques de bois au talon haut, son pied brun et dodu. Elle s'éloignait. Il vit les taches bleu clair du pantalon entre le brun verdâtre des troncs d'arbres. Il la vit s'arrêter brusquement. Il entendit un glapissement joyeux et comprit que c'était Lassy. Il entendit la voix de la jeune fille.

« Mais où vas-tu avec ce paquet, Chicchi ? »

Il entendit la voix hésitante de l'enfant.

« C'est des affaires pour les paysans. »

La voix douce de la jeune fille lui parvint de nouveau.

« Qu'est-ce que tu es en train de fabriquer, Chicchi, ça c'est à ton papa, c'est le costume de toile qu'il avait ce matin. »

« Je vais chez les paysans », insista, obstinée et naïve, la voix enfantine.

Le chien se mit à aboyer.

Il entendit la jeune fille crier : « Viens ici, Chicchi ! »

Le gamin avait dû s'enfuir. L'aboiement de Lassy s'éloigna rapidement, et on ne l'entendit bientôt plus.

« Chicchi ! » cria encore la jeune fille. Alors, il sortit du buisson, alla lentement vers la jeune fille qui lui tournait le dos.

« Laisse-le tranquille, Giuli, on est en train de jouer », dit-il. Elle se retourna brusquement, effrayée d'abord, puis souriant aussitôt, elle se passa une main dans ses cheveux blonds et le regarda.

« Mais que fais-tu avec ce pistolet et cette sacoche dans le bois ? »

Alors seulement, il sembla se rendre compte qu'il tenait toujours machinalement à la main une sacoche. Il sourit et la posa par terre.

« Rien. On est dans un film de guerre, Chicchi et moi. »

On aurait dit que la chaleur l'avait épuisé et il s'assit à terre, au milieu du sentier, le dos appuyé à un tronc d'arbre. Giuli s'assit près de lui.

« Vous êtes un peu fous, père et fils. Que vient faire Chicchi ici avec ton costume de toile ? »

« Il vient me sauver », dit-il, les deux mains posées

sur ses genoux. « C'est comme dans le film qu'on a vu hier soir, au village. Tu l'as vu ? »

« Oh, moi je vis vraiment comme à la campagne », dit-elle, séchant l'humidité qui perlait sur son visage. « A neuf heures, je suis au lit. »

Il appuya sa tête également contre l'arbre, ferma les yeux un moment, il y avait des petites gouttes de sueur même sur ses paupières.

« Chicchi a beaucoup aimé ce film. Un Américain est parachuté en France, chargé d'une mission secrète. Les partisans qui doivent l'aider sont arrêtés... » Il racontait bien, posément, sans jamais regarder la jeune fille, mais toujours droit devant lui. « Quand il atterrit près d'une forêt, il ne trouve personne. Mais au petit matin, un enfant arrive et il devient son ami. Le petit aime les Américains et veut l'aider, l'amener chez lui, chez son institutrice qu'il appelle mademoiselle Lu. Mais l'Américain comprend, d'après certains indices, que cette demoiselle Lu est une espionne nazie, alors il ne suit pas l'enfant mais s'enfuit dans les bois. Le petit, qui était sur le point de demander à mademoiselle Lu d'aider le parachutiste américain, comprend lui aussi, grâce à un coup de téléphone qu'elle donne à la Gestapo, que c'est une espionne, alors il prend dans l'armoire, sans qu'elle s'en aperçoive, un costume de son père et revient dans le bois pour le donner à l'Américain, suivi par un petit chien fidèle... C'est une histoire un peu compliquée, je ne m'en souviens plus très bien. »

« Tu étais le parachutiste ? » demanda Giuli. Le silence torride était si profond que sa voix, basse et douce, sembla susciter un écho, comme s'ils étaient dans une caverne.

« Nous bougeons depuis ce matin », dit-il. « Je suis arrivé à dénicher un casque et une tenue léopard. Chicchi était plein d'admiration. Après, même si ma femme ne voulait pas, on a pris un drap de lit pour en faire un parachute. J'ai peint un pistolet à eau en noir. Chicchi y tenait beaucoup, parce qu'il disait, rouge comme ça on va voir que c'est un jouet. Et on a même une radio émettrice. » Il sourit calmement, des lèvres seulement, ses yeux restaient immobiles et clairs, presque de verre sur son visage bronzé. De la sacoche, il sortit un petit transistor rouge, l'alluma, tourna le bouton, s'arrêta sur un point où l'on n'entendait que de légers sifflements et des crépitements. « Les douze roses ont fleuri », dit-il portant la radio à son oreille. « Je m'appelle Joe, Chicchi est devenu français et s'appelle François. Quand on a fini de manger, on est allé dans le bois et on a commencé notre jeu, sinon Chicchi, qui n'en pouvait plus, aurait fait des caprices. On a caché le parachute, la tenue léopard et le casque. Après, il m'a conduit près de la maison et il est allé parler à sa maman, c'est-à-dire à mademoiselle Lu. Moi, j'ai flairé que cette Lu était une espionne nazie, et je me suis enfui dans le bois. Chicchi me cherche maintenant, comme dans le film, pour me donner le costume et de l'argent. Dans le film, c'est le petit chien qui retrouve la trace de l'Américain et Chicchi prétend que son Lassy aussi sera capable de me retrouver. Pauvre Lassy, ce n'est qu'un chiot. Tu as vu, il vient de passer à vingt mètres de moi sans même s'en rendre compte, mais ça amuse Chicchi d'errer dans les bois en me faisant chercher par Lassy... »

Il se tut tout d'un coup si brusquement qu'elle cessa petit à petit de sourire, son expression devint anxieuse et elle le regarda comme si elle voulait lui dire quelque chose d'important, mais n'en avait pas le courage. Elle garda le silence.

Ce n'est qu'au bout d'un long moment qu'ils entendirent, au loin, l'aboiement de Lassy. Il sourit alors, et ce coup-ci ses yeux aussi, comme toujours quand il pensait à son gamin.

« François est en train de me chercher », murmura-t-il. « Il se trompe de chemin. »

Il se leva lentement, le pistolet tomba de nouveau à terre, il le ramassa et le remit dans sa ceinture. « Viens, Marjolaine, tu as le temps de m'offrir quelque chose à boire chez toi, puis nous irons à la rencontre de François et nous nous arrangerons pour qu'il nous retrouve, on ne peut pas compter sur le flair de Lassy, sinon on en a pour une semaine. »

« Pourquoi m'appelles-tu Marjolaine ? » demanda Giuli, le suivant sur l'étroit sentier.

« A cause du film », dit-il. « Marjolaine, c'est l'autre jeune fille qui n'est pas une espionne nazie, comme mademoiselle Lu, mais qui sauve Joe, c'est-à-dire moi... » Il s'arrêta brusquement, se tourna pour la regarder et dit, avec une amertume inattendue : « Au cinéma, c'est toujours comme ça, non ? On reçoit un sale coup d'une mauvaise femme, mais il y en a toujours une autre, gentille, prête à vous consoler. Et celle-là, ce serait toi. »

De nouveau, elle sentit qu'il souffrait âprement, secrètement.

« Qu'est-ce qui ne va pas ? » lui dit-elle, posant une main sur son bras nu, trempé de sueur.

« Rien, Marjolaine », dit-il. Il reprit sa marche et ajouta, avec la voix désagréable et sarcastique de tout à l'heure : « Appelle-moi Joe. »

« Écoute... » Giuli marchait derrière lui, appréhensive. Sans doute, pensa-t-elle, était-il inquiet comme le sont souvent les hommes quand ils sont dans une mauvaise passe. Il fallait tenter de le distraire. « C'est bon, je te donnerai à boire, Joe, mais toi tu vas jeter un coup d'œil à ma Vespa, car je suis restée en panne sur la route, elle ne démarre plus, je passais par le bois pour aller chez le mécanicien quand j'ai croisé Chicchi avec ton costume. »

« Oui, j'ai entendu ton moteur qui crachotait », dit-il, « peut-être qu'il n'y a plus d'essence. »

Une fois sortis du bois, ils aboutirent à un large sentier poussiéreux, inondé de soleil. A une trentaine de mètres, dans un creux de la colline, se dressait un vieux pavillon de deux étages, aux murs roses tout craquelés. A quelques pas de là, il y avait le scooter.

« Peut-être », dit-elle. « Mon frère s'en est servi hier, il aura vidé le réservoir. »

« Bien, Marjolaine », dit-il. « Donne-moi d'abord à boire, puis je regarderai ce machin. »

A l'intérieur du vieux pavillon, tout était désuet, l'installation électrique dont les fils couraient le long des murs, les gros calorifères dans le coin des pièces et, surtout, les murs sombres, le mobilier de ville, lourd et triste, la grosse radio encombrante, qui devait dater d'avant 1930, avec le haut-parleur en forme de pavillon des vieux phonographes. Mais il y faisait frais, pensa-t-il, comme chaque fois qu'il y pénétrait. Frais et intime, et on avait l'impression d'avoir plus d'air, de voir plus de paysage ou mieux de le voir d'un autre œil, plus serein, qui le faisait apparaître plus vaste à travers les longues fenêtres étroites, si peu rationnelles comparées aux fenêtres modernes, larges et carrées.

« Je dois avoir une bouteille de bière », dit-elle, « si mon frère ne l'a pas bue. »

« Merci, Marjolaine. » Il posa sa sacoche sur le napperon qui recouvrait une grande table blanche et sur laquelle était posée une petite statue blanche d'un cheval qui se cabrait. Il prit le petit cheval et regarda une de ses pattes : il l'avait lui-même recollée, il y avait des siècles. On pouvait encore en voir la trace, la ligne noire d'une colle spéciale dont il s'était servi pour unir les deux morceaux.

« Dis, Marjolaine », dit-il posant le petit cheval, tandis que Giuli revenait avec un plateau sur lequel il y avait une bouteille de bière embuée par le froid du réfrigérateur et deux grands verres. « Quand ai-je réparé cette horreur ? »

« Il y a sept ans, Joe », dit Giuli souriante, en posant le plateau, mais en le regardant toujours avec appréhension. « D'ailleurs, c'est toi qui l'avais cassé et ce n'est pas très aimable d'en parler. » Peut-être qu'en plaisantant, elle arriverait à le distraire. Elle versa la bière, lui tendit un des verres. « C'est un miracle que mon frère ne l'ait pas éclusée. » Il but doucement son verre de bière. Il le posa sur le plateau. « Pourquoi continues-tu à venir en vacances ici, alors que tu pourrais aller ailleurs ? » dit-il.

« Eh bien, parce que j'ai une maison, non ? » dit Giuli.

Elle ne comprenait pas pourquoi il lui avait posé cette question.

« Excuse-moi, et toi alors pourquoi est-ce que tu es venu construire ta maison juste ici, tout près de la mienne ? »

Il tourna à moitié autour de la table. Les persiennes vertes étaient fermées et une lumière verte, paisible, reposante, entrait dans la pièce. Il se retourna pour regarder Giuli et dit d'une voix ferme, sans chaleur : « J'ai construit une maison ici pour isoler ma femme, la garder, la dompter peut-être. Je venais ici, dans cette maison, à l'âge de Chicchi, tu n'étais même pas née. Je pensais qu'ici elle allait devenir plus calme, guérir. Je pensais même qu'en te connaissant, elle serait devenue ton amie et qu'elle aurait fait comme toi, aller au lit à neuf heures même pendant les vacances, passer l'été à la campagne à laver les chemises de ton frère, à préparer ses repas, à lui et à sa fiancée, se contentant le samedi soir d'écouter la revue musicale sur cette radio déglinguée. »

Tout en parlant, il avait décroché de son clou un gros, vieux pistolet à tambour, qui décorait le mur avec deux petites peintures à l'huile, un calendrier retenu par un large ruban rose mangé par les mouches et un rameau d'olivier aux feuilles dorées. Il n'arrêtait pas de faire tourner le tambour, qui avait encore des déclics secs, comme un appareil en parfait ordre de marche.

« Ce matin, au lieu de peindre le pistolet en plastique », dit-il toujours de ce ton ferme et froid, « j'ai failli venir ici pour que tu me prêtes ce pistolet, Chicchi aurait été si content... Ton père s'y connaissait vraiment en armes, celui-ci ne rate pas un coup. » Il ouvrit un tiroir de la lourde commode appuyée au mur.

« Les projectiles sont toujours là, pas vrai ?... Non, ils n'y sont plus. Ça vaut mieux. Si j'avais eu un pistolet chargé, aujourd'hui... »

Plus que ses mots, ses gestes ou le maniement du pistolet, ce fut son regard, ses yeux fixes, des yeux de statue comme privés de pupille, qui effrayèrent Giuli. Elle vint soudain près de lui et s'empara brusquement du pistolet.

« S'il est arrivé quelque chose, il faut me le dire. »

« Rien d'extraordinaire, Marjolaine », dit-il. « Mademoiselle Lu est partie. »

« Arrête ton cinéma. Anna est partie ? »

« Oui, ma femme est partie. C'est la troisième fois », dit-il et il alla se verser un autre verre de bière. « D'ailleurs, depuis deux ans, elle n'arrête pas de me dire qu'elle ne tient pas le coup. Ça n'a rien d'extraordinaire qu'une femme prenne la fuite, Marjolaine, c'est tout simplement assez comique pour le mari qui se retrouve seul, spécialement quand c'est la troisième fois que sa femme décampe. Imagine Vianello dans le rôle de l'épouse de Tognazzi, toujours une petite valise à la main, prêt à s'enfuir, Tognazzi lui courant après... * »

« Je ne peux pas t'entendre parler comme ça, arrête ! » dit-elle, presque en criant, tandis que ses yeux se remplissaient de larmes. « Comment a-t-elle pu partir puisque à midi je l'ai vue au village ? »

Il s'assit, après avoir bu, et dit d'un ton moins amer, quoique la voix eût des grincements de douleur : « Elle est partie, comme les autres fois. Avec le même type, celui qui était venu la chercher il y a deux ans, et l'année dernière aussi. » Il reprit le petit cheval blanc qui se cabrait, regarda la crinière solidifiée, aux interstices striés de poussières accumulée et toute coagulée. « Il est blond et c'est un Allemand, elle est blonde et allemande elle aussi, ils se plaisent. Ils ont grandi ensemble, comme nous deux, mais là-bas, en Forêt Noire... », sa voix redevenait âpre, sans qu'il s'en rendît compte. « D'ailleurs, tu la connais, cette histoire. C'est la troisième fois que je viens pleurnicher chez toi, parce qu'Anna s'est enfuie. »

Il posa le petit cheval, se rappela le regard indifférent de sa femme quand elle était revenue après sa première fugue, quand il lui avait parlé de Chicchi, si seul, si petit, elle ne pouvait pas le laisser comme ça. Il s'était humilié, il avait rampé comme un ver de terre. Il ne savait même pas pourquoi il avait fait ça, ce n'était pas de l'amour qu'il éprouvait pour elle, peut-être était-ce un lien pervers et sensuel, mais aussi de l'inquiétude pour Chicchi qu'on allait priver de sa maman. Il parlait et la blonde descendante des Huns aux yeux clairs le

---

* Tognazzi et Vianello : deux acteurs comiques très populaires à la télévision et au cinéma.

regardait, indifférente. Elle n'était concernée ni par son chagrin, ni par Chicchi, elle s'était retrouvée mère par erreur, elle manquait de parfum comme les fleurs en papier. Elle était rentrée à la maison uniquement parce qu'elle s'était aperçue, juste après son départ, que son passeport était périmé et ne lui permettait pas de passer la frontière pour l'Allemagne avec son Hun blond. Pendant un moment, elle sembla accepter la vie de famille, fit semblant d'être une épouse comme une autre, et d'avoir oublié sa passion. Il la crut sincère et l'autorisa à renouveler son passeport, mais à peine l'eut-elle retiré, qu'elle partit. Il réussit à la faire arrêter à la frontière par la police, mais il n'eut pas le courage de porter plainte. Par contre, il avait roué de coups le Hun blond, jusqu'à ce que quelqu'un intervienne et les sépare. Il l'avait ramenée à la maison et avait déchiré son nouveau passeport. Elle avait dit, avec indifférence : « Tu ne peux pas me garder de force. Nous avons fait une erreur en nous mariant. Tu ne veux pas le reconnaître, moi si. Dès que je le pourrai, je partirai de nouveau. » Mais après avoir dit ça, elle était redevenue une femme normale, sereine, qui s'occupait scrupuleusement de Chicchi, lui racontait des histoires avant de le mettre au lit, le grondait quand il avait le nez sale et le mouchait, dosait avec une précision germanique les petites cuillères de vitamines qu'elle lui donnait, puis elle s'habillait pour dîner avec lui et le laissait embrasser ses épaules nues pendant qu'elle se parfumait.

« Quand est-elle partie ? »

Il émergea de la brume de ses souvenirs. Il revit Giuli devant lui.

Il dit, calmement : « Il y a une demi-heure. Elle sait qu'après manger, je fais toujours un jeu avec Chicchi et elle reste toute seule à la maison : c'est le seul moment où elle est libre. C'est encore lui qui est venu la chercher. Il avait caché sa voiture dans le virage, derrière la maison. Je les ai vus partir. Il n'y avait rien à faire. J'aurais pu le frapper à coups de poing ou la tuer, mais ça n'aurait servi à rien. Maintenant, elle va demander la séparation de corps et un nouveau passeport. Chicchi, elle s'en fout, c'est un enfant qui a des cheveux roux comme moi, un Latin sentimental comme moi, plein de fantaisie : ce matin, quand on était tous les deux en train de préparer le jeu du parachutiste, elle nous regardait comme si elle avait pitié de nous. Elle ne les comprend pas, ces fantaisies. » Il se leva. « Maintenant, il faut que j'y aille pour que Chicchi me retrouve. Avec cette chaleur, ce n'est pas bon pour lui de traîner trop longtemps dans les bois. »

« Je viens avec toi », dit-elle.

« Laisse tomber, Marjolaine », dit-il, « ce n'est pas un film et tu n'es pas une femme de réserve. Je te le dis tout de suite, pour que nous ne fassions pas d'erreurs tous les deux : je t'aime bien, mais comme une sœur. Pour moi, tu as toujours été comme une sœur, rien d'autre. »

Elle baissa lentement, douloureusement, les yeux et dit, au bout d'un moment : « Je sais, mais je viens quand même avec toi, Chicchi ne doit pas rester tout seul maintenant. »

« Je vais mettre Chicchi au collège, ne t'inquiète pas pour lui. Ciao. »

Mais tandis qu'il traversait l'espace brûlant de soleil, avant d'entrer dans le bois, un bruissement de sandales sur l'herbe lui fit comprendre qu'elle le suivait.

« Cherche, Lassy, cherche, cherche ! » répéta Chicchi.

Le chiot leva de nouveau le museau et le regarda, comme s'il voulait lui expliquer qu'il était fatigué, qu'il faisait trop chaud, mais les hommes ont la tête dure, pensa-t-il sans doute, ils ne comprennent jamais rien, alors il s'assit sur ses pattes postérieures, remuant un peu la queue pour faire entendre à ce chiot d'homme qu'il ne lui désobéissait pas par méchanceté, mais parce qu'il n'en pouvait plus de tourner comme ça dans le bois, avec les épines des arbustes qui lui faisaient mal.

« Quel chien bête ! » dit Chicchi. « On aura bonne mine avec papa. Je lui ai dit que tu allais le retrouver et toi, tu t'assieds. »

Mais il était fatigué lui aussi, alors il posa par terre le costume en toile de son papa, qui était devenu pesant, tout léger qu'il fût, à force de le trimbaler dans cette chaleur.

« Allez, Lassy, cherche, cherche, sinon les Allemands vont trouver Joe avant nous. Viens, Lassy, cherche ! »

Le chiot le suivit pour ne pas rester seul et chaque fois qu'il disait « cherche », il remuait son museau sans enthousiasme puis le fixait, avec l'air de dire « non, il n'y a rien ». Au bout de quelques minutes, ayant trouvé un coin où l'herbe était douce, il s'assit de nouveau, remuant la queue. Chicchi se retourna.

« Écoute, maintenant tu vas recevoir une raclée, tu entends ? » dit-il en revenant en arrière, fâché et levant sa petite main pour le frapper. Mais Lassy la lui lécha, alors il posa le costume de son papa à terre et le prit dans ses bras. « Tu es impossible, vilain », lui dit-il. « Il faut que je te prenne dans mes bras, comme un bébé... Vilain, vilain... », mais ce disant, il le caressait, l'embrassait sur le museau, se laissait laver le visage à coups de langue. « On va laisser le costume ici et on ira chercher Joe. Vilain qui ne m'aides pas du tout... » Avec le chiot dans ses bras, il avança dans la forêt torride et silencieuse. Il s'arrêtait toutes les deux ou trois minutes et tendait l'oreille. « Fais attention, toi aussi, Lassy... Le chien du film, hier soir, celui-là il était bien, pas comme toi... » Il parlait à voix basse, pour ne pas être entendu des Allemands qui tournaient eux aussi dans le bois à la recherche de Joe. Il alla de l'avant. « Le voilà ! » dit-il soudain d'une voix sourde, « mais restons cachés parce qu'il n'est pas seul... »

Il se mit à genoux, regarda à travers le feuillage, à une dizaine de mètres. Il voyait Joe assis par terre à l'endroit même où ils avaient laissé la tenue léopard, le casque et le parachute. En effet, papa était en train de sortir du buisson le paquet et l'enveloppait mieux. Papa avait une cigarette aux lèvres et quand la fumée montait sur son visage, il plissait les yeux. Mais il n'était pas seul. Giuli était debout, près de lui. Elle était appuyée à un arbre, tournant le dos à Joe et on entendait ses sanglots étouffés. Chicchi les écoutait et à chaque sanglot, son regard perdait un peu de sa gaieté, se faisait interrogateur et triste.

« Rentre chez toi, Giuli », dit Joe. « Sois tranquille, Chicchi n'a besoin de rien. »

« Que lui diras-tu de sa maman ? », Giuli se retourna, le visage baigné de larmes.

« Ce que je lui ai dit maintes fois », dit-il, faisant un autre nœud au paquet, fermant encore plus les yeux à cause de la fumée qui le dérangeait. « Maman est partie, elle est allée en Allemagne voir ses parents. »

« Écoute », dit-elle encore d'une voix implorante, « il est trop petit pour être mis au collège. Laisse-moi le garder un peu. »

Le visage tendu, Chicchi écoutait. Le chiot, qu'il tenait dans ses bras, semblait écouter lui aussi, avec des yeux tristes, les deux voix graves. « Pourquoi veux-tu être la nourrice de Chicchi ? » dit-il. « Tu as déjà gâché trop d'années pour moi. Tu es une brave fille, tu trouveras facilement quelqu'un qui t'épousera, tu n'as pas besoin de te mettre avec un type plaqué par sa femme, avec un enfant sur les bras. »

Chicchi ne comprenait pas bien, presque rien sans doute. Mais il comprenait que Giuli pleurait. Il l'avait toujours vue sourire, il avait souvent joué avec elle aussi. Parfois, elle le serrait dans ses bras à l'improviste et lui disait qu'il ressemblait tellement à son papa.

« Je n'arrive pas à supporter de te voir aussi malheureux, voilà. » Elle enfouit un moment son visage dans ses mains, pour étouffer ses sanglots, alors Chicchi se leva et sortit de sa cachette, les yeux pleins de larmes lui aussi, tenant le chien dans ses bras. Il arriva lentement devant eux et les fixa en silence, de sorte qu'eux aussi se turent un moment et regardèrent ses yeux tristes pleins de larmes. Le chiot en revanche se dégagea, sauta à terre et courut vers Giuli, lui léchant les pieds, glapissant, pour qu'elle ne pleure plus.

Il se leva, prit le paquet et dit : « Elle a mal aux dents. Viens, Chicchi, on y va. »

Il ne savait pas ce que le gamin avait entendu et compris. De toute façon, quoi qu'il eût compris, il oublierait, il était trop petit pour se souvenir.

« Ce n'est pas vrai, tu l'as fait pleurer », dit Chicchi et il se tint près de Giuli, s'appuya à sa jambe.

« Non, Chicchi », dit brusquement Giuli. Elle brûlait de tendresse, pendant toutes ces longues années l'espoir ne s'était jamais complètement évanoui, même quand il s'était marié, même quand il lui avait dit brutalement qu'il ne l'avait jamais aimée. Elle prit Chicchi dans ses bras, le serra de toutes ses forces. « On s'est disputés parce que papa ne veut pas que je joue avec vous dans le film, mais j'ai aussi un peu mal aux dents, regarde, celle-ci... »

Chicchi observa distraitement la dent qu'elle lui

montrait, les mots jouer et film l'avaient réveillé, enflammé. « Tu pourrais être la partisane », dit-il. « Quand Joe est pris par les nazis, tu viens le libérer... Pourquoi tu ne veux pas, papa ? »

Il réussit à sourire. Pour le moment, il fallait éviter à tout prix que Chicchi eût de la peine. « Tu sais, les femmes ne savent pas vraiment jouer », dit-il.

« Giuli, si », dit Chicchi, vexé, « elle joue très bien. »

Il détourna la tête pour ne pas voir le visage tiré de Giuli.

« Tu sais au moins comment s'appelait la partisane ? » demanda-t-il à Chicchi.

« Malgiolena », répliqua promptement Chicchi. « Viens chez nous, Malgiolena », lui dit-il, « on va mettre Joe en prison. »

Giuli ne bougea pas. Elle serrait l'enfant, mais restait immobile, regardant son profil, toujours raidi par la souffrance.

« Viens, Marjolaine », dit-il, enfin.

« Lassy ! debout, on y va ! » cria Chicchi tout joyeux au chiot qui s'était de nouveau couché dans l'herbe, la langue pendante. « Quel chien bête tu es. »

LA NUIT DU TIGRE

Je ne peux pas dire mon nom. Je peux simplement vous dire que je suis une femme-flic. Je ne vous dirai pas mon vrai nom, mais on m'appelle Soledad, c'est le nom que m'a donné un garçon qui me faisait la cour quand j'avais quatorze ans. J'étais toujours seule, j'évitais même mes camarades de classe et ce garçon se moquait gentiment de moi en me disant : « Ces longs cheveux blonds, c'est bizarre pour une Espagnole, et en plus le fait que tu n'aimes pas la compagnie. Tu t'appelles Soledad, pas vrai ? » et Soledad en espagnol, ça veut dire solitude.

Je suis blonde par ma mère, elle était suédoise, et ce garçon que j'avais aimé il y a longtemps s'appelait Felipe, peut-être nous serions-nous fiancés et puis mariés, je lui avais dit oui, mais je suis tombée malade, ce fut une longue, une étrange et vilaine maladie, une méchante forme d'hépatite virale, je suis restée au lit pendant de longs mois, cela n'aurait pas été grave si à la suite de cette infection, je n'avais atrocement maigri ; les traits de mon visage étaient fanés et même si Felipe répétait qu'il voulait quand même m'épouser, je refusai : on ne doit pas épouser une femme par pitié. J'abandonnai mon village, près de Madrid, pour m'installer à Madrid. Je fis des études de droit, je fus une des premières avocates d'Espagne mais en Espagne on n'apprécie pas beaucoup les femmes au tribunal, on préfère les voir danser le flamenco ou le zapateado, elles n'inspirent pas confiance, les délinquants ne voulaient pas que je les défende. Après quasiment deux ans de misère à la recherche d'affaires que personne ne voulait me confier, mon père étant mort, je me mis en quête d'un autre travail et j'en trouvai un qui me plaît énormément : celui de femme-policier. Dans la hiérarchie policière, je suis Jefe D, ça veut dire lieutenant. Et un lieutenant de police en voit de toutes les couleurs. Un journaliste m'a demandé de raconter les histoires les plus intéressantes de ma vie de femme-policier. Au début, je ne voulais pas, mais mon supérieur Jefe B, le major, m'a dit, avec sa voix basse que tout le monde a du mal à comprendre : « Soledad, si tu écris une de tes aventures, les bénéfices seront versés aux orphelins des policiers morts en service. » Alors je lui ai raconté une histoire, la dernière qui m'est arrivée.

Un samedi après-midi, le major Miguel Anderra me convoque à la Centrale et me dit : « Dans une demi-heure vous partirez pour la France avec une jeune détenue française, la comtesse Françoise Rodan. Vous devrez la remettre à la Sûreté, à Paris. » Puis il me donne quelques précisions.

La jeune comtesse Rodan a, il y a bientôt un an, tué sa sœur à Paris. Celle-ci était sur le point de lui souffler son fiancé, puis elle s'est enfuie en Espagne où, grâce à sa fortune, elle réussit, seule, à se cacher pendant quelque temps. Ensuite Interpol l'a retrouvée et arrêtée, puis incarcérée à Madrid. Ses avocats se sont battus jusqu'au bout pour éviter l'extradition, mais finalement la magistrature espagnole a donné son feu vert pour que la jeune comtesse Rodan soit remise aux autorités françaises à Paris, où elle sera jugée pour homicide volontaire, avec préméditation : elle risque la peine de mort.

« Le voyage de la prison de Madrid à la prison de Paris se fera en voiture », me dit le major Anderra, « la jeune comtesse Rodan a beaucoup d'argent et veut éviter la honte d'un voyage en train, sous la conduite de la police. C'est elle qui paie tout, le déplacement, la voiture, l'indemnité journalière et tous les frais... Bien sûr, comme il s'agit d'un long voyage, vous serez accompagnée par un de nos plus jeunes agents. C'est lui qui conduira la voiture. Il s'appelle Felipe Correales. »

Je lui redemandai le nom et le major Anderra répéta le nom de Felipe Correales. Felipe Correales était ce jeune homme qui m'avait dit, quand j'avais quatorze ans : « Tu t'appelles Soledad, pas vrai ? », celui qui m'avait fait la cour, et que j'avais aimé et fui à cause de ma maladie. Je n'aurais jamais imaginé qu'il s'était engagé dans la police lui aussi, je n'avais plus rien voulu savoir de lui, je n'avais même plus voulu penser à lui. Et maintenant, j'allais faire ce long voyage avec lui, de Madrid à Paris, avec une jeune comtesse criminelle.

Nous quittâmes la prison de Madrid, au crépuscule. Je sortis la première, suivie de la jeune comtesse Françoise : son poignet droit attaché à mon poignet gauche par une paire de menottes. C'est ce que veut la loi, quand on conduit un prévenu d'une prison à une autre, il doit être attaché à son gardien par des menottes, pendant toute la durée du trajet. La jeune comtesse Françoise étant accusée de meurtre, elle avait tué sa sœur, moi j'étais son ange gardien et nous allions donc voyager avec des menottes jusqu'à Paris.

Comme je l'ai déjà dit, c'était le crépuscule, nous quittâmes la prison, il faisait très chaud ce soir-là, l'inspecteur de police Felipe Correales, armé de son pistolet, marchait derrière nous, mais pour moi ce n'était pas un policier, c'était toujours le garçon qui m'avait courtisée quand j'avais quatorze ans et qui m'appelait Soledad, qui veut dire solitude, parce que j'étais toujours seule. Il y avait maintenant douze ans que nous ne nous étions pas vus et nous nous retrouvions, si longtemps après, à la prison de Madrid pour transférer une jeune criminelle dans une autre prison.

Nous ne nous étions même pas parlé, parce qu'on n'a pas tellement l'occasion de parler dans les bureaux d'une prison. En me voyant après ces douze ans, il m'a simplement dit : « Ciao, Soledad. » Et moi, j'ai dit seulement : « Ciao, Felipe. »

Rien d'autre. Puis le directeur de la prison et un avocat nous ont remis la détenue, la jeune comtesse Françoise Rodan, et nous ont fait signer des papiers. L'avocat de la jeune comtesse m'avait dit : « Lieutenant, je vous en prie, mademoiselle la comtesse a beaucoup souffert, elle est sur le point de faire une dépression nerveuse, soyez très gentille avec elle, je vous en prie. » Je montai en voiture avec la jeune comtesse attachée aux menottes, Felipe se mit au volant et nous sortîmes de la prison. J'étais assise derrière, Felipe, à l'avant, conduisait à travers la banlieue de Madrid, la nuit tombait, les réverbères dans les rues étaient allumés.

« Mademoiselle », dis-je à la jeune comtesse criminelle, « donnez-moi votre parole que vous n'essayerez pas de fuir et je vous retire les menottes. »

Dans l'obscurité de plus en plus profonde de l'automobile, la voix chaude et aimable de la jeune comtesse Rodan me dit : « A quoi bon fuir ? »

Elle ne me donna pas sa parole, mais j'ôtai quand même les menottes.

Nous étions hors de Madrid à présent, Felipe prit

une route secondaire, celle de Guadalajara ; c'était plus long, nous devions faire un détour par Pamplona, mais c'était le règlement, nous devions emprunter des routes peu fréquentées. D'habitude, les criminels sont emmenés dans une autre prison en train et de jour, la nuit étant trop propice aux évasions. Mais comme la jeune comtesse Rodan appartenait à l'une des plus illustres familles de l'aristocratie française et qu'elle avait beaucoup d'argent, on allait lui éviter ainsi la honte d'un voyage en train, de jour, avec des menottes, au milieu d'une foule de voyageurs.

Felipe conduisait lentement, il ne dépassait pas les cent à l'heure, suivant les consignes de la Centrale de police de Madrid, pour éviter tout accident. Aucun de nous trois ne parlait. Felipe et moi, bien sûr, nous aurions aimé parler, mais comment évoquer notre histoire d'amour d'il y a douze ans, devant une jeune fille qui a tué sa sœur par jalousie, qui pleure tout bas de temps en temps, et qui sera sûrement condamnée à mort pour homicide volontaire avec préméditation ?

« Mademoiselle », dit la jeune comtesse Rodan, qui me parlait toujours en français, « nous sommes près de Guadalajara, n'est-ce pas ? »

« Oui, mademoiselle », dis-je, « pas plus d'une demi-heure. »

« Mademoiselle, à Guadalajara j'ai un ami très cher, un Espagnol qui m'a beaucoup aidée dans mon malheur, je voudrais le revoir et le remercier, je vous en prie, il me suffirait de le revoir une heure, une demi-heure... », elle se mit à pleurer tout en poursuivant : « Je n'essaierai pas de m'enfuir, je vous donne ma parole d'honneur, nous les Rodan n'avons jamais manqué à notre parole d'honneur... Mademoiselle, je vous en prie, pouvons-nous nous arrêter à Guadalajara... »

Je laissai ses pleurs s'apaiser un peu, puis je lui répondis ce qu'il était inévitable de répondre : « Mademoiselle, ce n'est pas possible. Nous ne pouvons pas nous arrêter où nous le voulons mais uniquement dans les villes déterminées par le plan de voyage. Même si nous nous arrêtions où vous le souhaitez, nous ne pourrions pas, bien entendu, vous laisser libre d'aller toute seule. »

Cela sous-entendait que sa parole, la parole d'une Rodan, aussi importante qu'elle fût, n'était pas suffisante. Felipe conduisait sans dire mot et sans se retourner.

« Je vous en prie, mademoiselle, laissez-moi revoir mon ami Miguelito avant de mourir, même si on ne me condamne pas à la peine capitale, je vais mourir bientôt, je suis malade, très malade, j'ai tué ma sœur et cela m'a non seulement détraqué l'esprit mais aussi le corps, je suis finie, je ne vous demande qu'une heure pour revoir mon ami, je vous en prie, laissez-moi à Guadalajara, sur la petite place Estrella, je reviendrai une heure après, je vous donne ma parole... »

« Je vous en prie, mademoiselle, n'insistez pas », dis-je, un bras autour de ses épaules tandis qu'elle était secouée de sanglots.

Felipe continuait de conduire en silence dans la nuit, sans se retourner, puis il se retourna tout d'un coup.

« Soledad », dit-il, « moi, si tu veux bien, je la laisserais libre une heure à Guadalajara. Je ne crois pas que mademoiselle Rodan manquera à sa parole. »

Je pensai : « Mais c'est de la folie, une femme qui risque une condamnation à mort ou, au mieux, la perpétuité, manque à n'importe quelle parole pour s'échapper. »

« Oh, je vous en prie, laissez-moi libre, une heure seulement, une heure, je ne m'enfuirai pas, même si je dois mourir. » La jeune comtesse Françoise Rodan se courba et enfouit son visage sur mes genoux, tressaillant et sanglotant, « Je ne m'enfuirai pas, je ne m'enfuirai pas, je ne m'enfuirai pas... »

Felipe parla de nouveau, mais sans se retourner cette fois : « C'est toi le chef, Soledad, t'es lieutenant, moi je ne suis simplement que sergent. C'est donc à toi de décider, mais moi, je dirais qu'on peut laisser une heure de liberté à mademoiselle Rodan. Je suis sûr qu'elle ne s'enfuira pas. »

Je regardais la nuque de Felipe et ses cheveux foncés ; si quelqu'un d'autre m'avait donné un conseil pareil, je n'aurais pas écouté. Mais c'était Felipe qui me le demandait, le garçon qui me suivait quand j'avais quatorze ans, quand j'évitais tout le monde, garçons et filles, et qui m'avait baptisée Soledad, ce qui veut dire solitude.

C'était tout simplement de la folie, si la jeune comtesse Rodan s'évadait, c'en était fini de nous deux, nous serions non seulement radiés de la police mais en plus inculpés et mis en taule.

« Felipe », dis-je, « tu te rends compte de ce qui se passerait si la jeune comtesse essayait de s'enfuir ? »

« Bien entendu, je m'en rends compte », dit Felipe en ralentissant car nous venions d'entrer dans Guadalajara, « mais mademoiselle Rodan n'essaiera pas de s'enfuir. »

Je caressai la tête de la malheureuse jeune fille, qui pleurait sur mes genoux. « Je vous laisserai libre une heure, dis-je, ici à Guadalajara, j'ai votre parole. »

Dans l'obscurité phosphorescente de la voiture, elle releva la tête, sécha ses larmes. « Je vous serai reconnaissante toute ma vie », dit-elle, solennellement.

Felipe se dirigea vers le centre de Guadalajara, jusqu'à la place Estrella, qui se trouve au bout de la rue principale. La place Estrella est une petite place ronde, flanquée au nord de deux palais très anciens et au sud de deux immeubles modernes, au milieu il y a un ancien puits arabe et autour du puits une dizaine de marronniers d'Inde, si rapprochés les uns des autres qu'on peut difficilement se faufiler à travers. Avec tous ces arbres, la place est plutôt sombre, la lumière des réverbères laisse de grandes zones d'ombre dans lesquelles se cachent les amoureux. Sur la place Estrella, il n'y a pas de magasins, rien qu'un petit hôtel, l'*Estrelito Hotel*.

« Mademoiselle Soledad », me dit la jeune comtesse Rodan, « je vous serai éternellement reconnaissante. Il est neuf heures et quart du soir. Je vous donne ma parole que dans une heure, à dix heures et quart, je serai là. »

Je ne dis rien. Felipe non plus ne dit rien. En silence, nous la regardâmes s'éloigner sur la petite place, dépasser l'anneau des marronniers d'Inde, tourner autour de la fontaine et disparaître au-delà, dans l'obscurité. Nous restâmes seuls, la place était complètement déserte, aucune voiture ne passait, on entendait couler l'eau de la fontaine. En silence, nous allâmes nous asseoir sur un des bancs de la fontaine, il alluma une cigarette et la fuma entièrement, sans rien dire, regardant la petite fontaine qui clapotait sous la lumière verdâtre des réverbères filtrée par le feuillage des arbres, puis il jeta son mégot sur le gravier de la petite allée et me dit : « Tu as peur qu'elle ne revienne pas ? »

« Oui », dis-je.

Felipe alluma une autre cigarette et dit : « Moi aussi. »

Je me sentis irritée, même si cela faisait douze ans que je ne l'avais pas vu.

« Et pourquoi as-tu insisté pour que je la laisse partir ? » lui dis-je.

« Pour qu'elle reste un peu avec l'homme qu'elle aime avant qu'on la condamne à mort ou à perpète. Peut-être essaiera-t-elle de s'enfuir pour rester un peu plus avec lui, mais on la rattrapera, où veux-tu qu'elle aille ? »

« Mais nous, en attendant, nous serons fichus, nous ferons de la prison, nous serons cassés, quelle folie... », dis-je.

Felipe ne répondit pas. Il continua de fumer sa cigarette entièrement, en silence, jeta le mégot, puis dit, à voix très basse : « Je savais que je n'arriverais pas à t'oublier. Ça fait douze ans que je ne t'ai pas vue, mais c'est comme si je n'avais rien fait d'autre que t'attendre pendant tout ce temps. »

Ces mots étaient plus forts, plus violents qu'une étreinte : s'il m'avait étouffée d'un baiser, je n'aurais pas été plus bouleversée. Je ne dis rien, sans doute j'en étais bien incapable.

« Je ne sais rien de toi », me dit-il. « Tu es fiancée ? »

Je ne répondis pas tout de suite : « Non. »

Et au bout d'un moment, il dit : « Ma femme et moi avons divorcé il y a deux ans, j'ai un enfant de quatre ans, c'est moi qui le garde parce que sa mère n'en veut pas, c'est une Américaine, elle est rentrée dans son pays avec un autre mari. »

Nous étions complètement seuls sur la petite place. Guadalajara, dont le nom est bien connu dans l'Histoire, est une petite ville où les gens vont se coucher tôt le soir.

Nous nous tûmes pendant quelques minutes, puis je respirai à fond et demandai : « Comment s'appelle ton enfant ? »

« Juan », dit Felipe.

« Où le gardes-tu ? » dis-je.

« C'est une vieille paysanne qui le garde, à la campagne, près de Tolède », dit Felipe, « j'aimerais bien que tu le connaisses. »

J'écoutais, la gorge serrée par l'émotion, le son de ma voix et le clapotis de la fontaine.

« Moi aussi, j'aimerais beaucoup le connaître, beaucoup. »

Il dit : « Merci, Soledad », il alluma une autre cigarette, « je crois que mon petit Juan aussi sera content de te connaître, je crois que tu es une femme qui plaît aux enfants. »

Alors je me levai, presque d'un bond, j'allai près de la fontaine, mis la main sur le jet d'eau et la passai, mouillée, sur mes yeux brûlants et asséchés de n'avoir pas pleuré.

Puis, je me tournai vers lui, assis sur le banc, et je vis dans son dos, derrière lui, derrière le banc, un tigre.

Un vrai tigre, un tigre imposant, terrifiant, qui me fixait de son regard jaunâtre phosphorescent. Pendant un instant, je pensai que je délirais, que j'avais une hallucination, ce n'était pas possible, un tigre comme ça, libre, dans une petite ville, puis je me rendis compte que ce n'était pas du délire ni une hallucination, c'était un vrai tigre, un fauve impressionnant qui m'hypnotisait de son regard sauvage. Le tigre était immobile et Felipe également, sans se douter de ce qu'il y avait derrière lui.

« Felipe, il y a un tigre derrière toi, bouge doucement et en attendant sors ton arme et tire, il est plutôt sur ta gauche... »

J'essayais de toutes mes forces de ne pas tourner de l'œil. Le ton de ma voix fit comprendre à Felipe que je disais vrai, aussi incroyable que cela pût paraître : il y avait un tigre derrière lui, qui pouvait bondir sur nous à tout moment.

Felipe, sans se retourner, sortit le gros pistolet lentement de son étui, sous sa veste, et se retourna brusquement sur la gauche, déchargeant toutes les balles de son arme contre le tigre qui essaya d'abord de bondir sur lui, puis se cabra, haleta, ses terribles pattes de devant griffant le vide, et s'écroula enfin à terre transpercé par les six balles calibre neuf, un flot de sang à la bouche.

« Oh, Felipe », dis-je, me jetant contre lui, toute tremblante encore de peur, et il me serra très fort, le revolver encore chaud à la main.

« Soledad, Soledad, ma chérie, n'aie pas peur », répétait-il, en m'étreignant.

Au même moment, nous entendîmes s'approcher la voix puissante d'un haut-parleur hissé sur une voiture : « *Atencion ! Atencion !* Six tigres du Bengale se sont enfuis du Cirque Royal de Madrid... Les dompteurs et la police sont en train de donner la chasse aux fauves... Tous les habitants sont invités à rester chez eux ou dans n'importe quel lieu fermé... *Atencion ! Atencion !* Six tigres du Bengale se sont enfuis du Cirque Royal de Madrid... »

La voiture s'arrêta brusquement près de nous. « Qui a tiré ? » hurla un agent de la police de la route, sautant à terre.

« Moi », dit Felipe, « j'ai tué un tigre, il est là... »

Les hommes de la voiture ramassèrent le tigre mort et l'emportèrent, avant de partir l'agent de la police de la route nous dit : « Entrez dans un immeuble, ne restez pas dehors, il y a encore cinq tigres qui terrorisent tout Guadalajara, ils ont déjà dévoré un veilleur de nuit ».

« Une chose horrible », nous dit le barman en nous servant deux grosses *aguardientes* glacées. « Il paraît que les tigres ont également tué une petite fille, ils se sont enfuis du cirque parce que la cage s'est effondrée... Il n'y a personne dans les rues de la ville, à part les dompteurs, la police et un détachement de l'armée... »

Nous prîmes place sur un divan dans une petite salle d'attente de l'hôtel. J'enfouis mon visage dans mes mains et je me mis à pleurer, profitant du fait que nous étions seuls. Je pensais que je venais de voir un tigre derrière Felipe, prêt à bondir sur lui.

« Ne pleure pas comme une petite fille », me dit Felipe, avec une tendresse moqueuse, « tu es une énergique femme-policier, pas une femmelette. »

Nous restâmes dans la petite salle et de temps en temps le patron du petit hôtel venait : « Ils ont pris un autre tigre à Querentes... le troisième tigre, ils l'ont descendu Avenida Mochada... »

A dix heures et dix minutes, sur les six tigres, on en avait repris deux, tué trois mais il en restait encore un en liberté.

« La petite comtesse Françoise Rodan », dit Felipe, tout à coup, regardant sa montre, « a donné sa parole qu'à dix heures et quart elle serait de retour ; si elle manque à sa parole, je ne peux pas lui donner tort. »

Nous nous regardâmes. Ici à l'intérieur, nous étions à l'abri des tigres, mais nous étions quand même deux policiers fichus parce qu'il était logique que la jeune comtesse Rodan profite des tigres pour ne plus donner signe de vie. Je ne répondis rien et regardai l'heure moi aussi : dix heures et douze minutes, puis dix heures et quinze minutes, puis dix heures et quarante minutes. Puis le patron de l'hôtel entra de nouveau.

« Ils ont tué le dernier tigre pendant qu'il attaquait une jeune fille : heureusement, le cauchemar est fini et maintenant, on peut sortir dans les rues... »

Nous sortîmes effectivement, parce que dans le petit

hôtel il faisait très chaud puis nous nous retrouvâmes sur la petite place Estrella, près de la voiture, silencieux, il n'y avait personne, rien que nous, nous étions dans un coin presque noir.

« Quelle heure est-il ? » demandai-je, à un moment.

A la lueur d'une allumette qu'il avait grattée pour sa cigarette, Felipe dit : « Onze heures dix. »

La petite comtesse Rodan avait presque une heure de retard : elle avait juré qu'elle reviendrait à dix heures et quart, et nous étions encore là, à l'attendre.

« Felipe », dis-je, « je vais téléphoner à Madrid les prévenir que j'ai laissé fuir la prisonnière. »

« Non », dit-il, péremptoire, « c'est moi qui vais téléphoner. C'est ma faute, c'est moi qui t'ai conseillé de laisser la jeune comtesse voir son amoureux », et il se précipita vers une cabine de téléphone. Il avait déjà décroché.

« Pas question », dis-je, réussissant à l'arrêter et à bloquer l'appareil, « c'est moi la responsable. Je suis ton supérieur, tu n'es qu'un simple sergent, c'est moi le lieutenant. »

Avant même que je pusse composer le numéro, j'entendis derrière moi la voix de Felipe : « Attends, voici mademoiselle Rodan qui arrive. »

Je me retournai et à l'autre bout de la petite place, je vis s'approcher une menue silhouette féminine. Même dans la faible lumière, je reconnus la jeune comtesse Françoise Rodan. Je m'élançai à sa rencontre et m'arrêtai, haletante, devant elle.

« Comtesse... », dis-je.

« Je vous demande instamment de bien vouloir excuser mon retard, mademoiselle », dit la jeune comtesse Françoise Rodan, « je devais être ici à dix heures et quart et il est onze heures passées mais peut-être avez-vous appris que des tigres se sont enfuis du cirque... Vous voyez, j'en ai rencontré un, en venant ici... Il m'a légèrement blessée au bras, puis ils l'ont tué, mais vous savez comment ça se passe, on a voulu m'emmener de force à l'hôpital, pour me soigner... Mais je n'ai pas donné mon nom, soyez tranquille, mademoiselle, personne ne saura jamais que vous m'avez laissé une heure de liberté... »

Alors seulement, je vis qu'elle avait un gros bandage au bras droit. Pour tenir sa parole, la petite comtesse Françoise Rodan avait non seulement quitté l'homme qu'elle aimait, au lieu de s'évader, mais aussi traversé la ville tout en sachant que des tigres rôdaient dans les rues. Elle était revenue à nous, ses gardes-chiourme, au risque de se faire dévorer par un tigre. Nous remontâmes en voiture, Felipe au volant, la jeune comtesse et moi derrière.

« Je vous remercie », dit la jeune comtesse, tandis que Felipe allumait le moteur. « Je vous remercie tous les deux. »

Oui, c'était une criminelle, elle avait commis un meurtre horrible, elle avait tué sa sœur, mais je me sentis émue par sa noblesse, par son inflexible dignité.

Je me souviendrai toujours de la petite comtesse Françoise Rodan : elle fut condamnée à la prison à vie ; aujourd'hui encore elle m'écrit de temps en temps de sa prison. Je me souviendrai toujours d'elle, parce que c'est grâce à elle que j'ai retrouvé Felipe, avec qui je vis maintenant, lui et son petit Juan et notre petite Juanita, fruit de notre amour après cette nuit des tigres qui scella notre rencontre.

MORT CONTRE PAIEMENT

Il existe au Texas une ville qui s'appelle Odessa, à mi-chemin entre Abilene et El Paso. Ce n'est pas une grande ville, mais c'est une ville riche et opulente. Dans *Main Street*, la rue principale, on peut voir, les jours de fête, des dames qui portent des modèles importés d'Europe. Les hommes se baladent encore avec des chapeaux de cow-boy, la plupart d'entre eux ont des portefeuilles remplis de billets de dix et de cent dollars et les voitures ressemblent à des yachts. Le nom d'Odessa fut choisi par un groupe d'Ukrainiens, exilés de Russie, qui s'établirent ici il y a longtemps et appelèrent Odessa les quelques baraques qu'ils avaient mises sur pied en souvenir du bleu de leur mer Noire.

De cette petite colonie ukrainienne, pourtant à l'origine de la ville, il ne reste rien, moins que rien.

En effet, aujourd'hui, il ne reste qu'un seul Ukrainien, descendant des anciens fondateurs d'Odessa, qui s'appelle Vladimir Sergheievitch Terenco et qui n'est pas un des personnages les plus respectables de la ville. Cet homme de cinquante-six ans, un ivrogne, vit en partie des quelques dollars que lui donne sa fille, Irina Terenco, ouvrière dans une entreprise de surgelés, mère célibataire de deux enfants, et en partie de la charité publique parce que Vladimir Sergheievitch Terenco est un homme profondément honnête, de confiance, et, malgré son vice de la boisson, bon nombre de mères d'Odessa l'employaient comme baby-sitter pas toujours par réelle nécessité, mais pour lui permettre de gagner quelques dollars. Il était content de pouvoir de temps en temps donner à sa fille Irina une pièce de cinq ou de dix dollars. Aux premiers jours de mai, le patron et les barmen du bar *Golden Tex*, où Vladimir Terenco avait l'habitude de passer ses journées quand il ne faisait pas le baby-sitter, s'inquiétèrent de ne pas voir leur Ukrainien, avec son grand chapeau taché par les ans, venir timidement demander un double en étalant son argent pour qu'on ne crût pas qu'il buvait à leurs crochets. L'Ukrainien n'allait-il pas bien ? Ne pas le voir venir boire, cela semblait grave.

Au même moment, la fille de Vladimir Terenco prévint la police : depuis deux jours, son père n'était pas rentré. Elle pleurait, le shérif l'écoutait, essayant de se contrôler car c'était un shérif timide, qui se laissait facilement émouvoir. Le visage de la jeune femme, qui conservait encore un peu de la rondeur oblongue et des pommettes slaves, chatouillait sa sensibilité. « Nous allons faire des recherches immédiatement », dit-il, « soyez tranquille, il ne lui est sûrement rien arrivé. » Les recherches furent de courte durée. Le lendemain, dans la vaste forêt située derrière la petite ville d'Odessa, les deux adjoints du shérif retrouvèrent le corps de Vladimir Sergheievitch Terenco, noyé dans un étang, dans quelques centimètres d'une eau verte. Mais il n'était pas mort noyé, il avait reçu une balle en plein front, juste au milieu, qui lui avait presque ouvert la tête en deux. La disparition d'un vieil alcoolique n'aurait pas dû susciter l'intérêt général, surtout aujourd'hui au Texas, mais la petite ville d'Odessa aimait bien son Vladimir Terenco, le timide et respectueux baby-sitter qui inventait, tout soûl qu'il fût, des nouveaux jeux pour les enfants, et qui était resté un peu le symbole de la vieille Odessa des pionnier ukrainiens venus aux États-Unis en quête de liberté et de travail. Les habitants de la ville se passionnèrent pour sa mort mystérieuse, l'ivrogne Vladimir Terenco eut même l'honneur d'avoir sa photo sur quatre colonnes dans l'*Odessa News*, avec à côté sa fille Irina Terenco et ses deux petits garçons. D'Austin, la capitale, on dépêcha outre l'équipe du labo deux super-flics, dont certains pensèrent qu'ils étaient de la CIA.

Jamais personne ne s'était autant intéressé à Vladimir Terenco, comme depuis qu'il était mort. Les débuts de l'enquête établirent les points suivants : 1) Vladimir Terenco avait été tué par une balle de fusil, tirée à plus de cinquante mètres. 2) Ce fusil était un Ithaca Trap, qui utilisait des balles spéciales et qui coûtait 3 000 dollars. 3) L'Ithaca Trap n'a qu'un coup et n'est fabriqué que sur commande exclusivement, il est introuvable chez un armurier, il est fabriqué pièce par pièce sur commande, équipé d'une lunette il vous permet de faire mouche sur un papillon à une distance de cent mètres. Son coût, sa rareté, sa valeur, font que seuls quelques milliers de chasseurs, dans tous les États-Unis, possèdent un Ithaca Trap. 4) A Odessa, comme le vérifièrent sur-le-champ le shérif et son équipe de super-flics descendus d'Austin, un seul chasseur, monsieur Anthony Randey, propriétaire d'une ferme dans les faubourgs d'Odessa, connu pour sa passion de la chasse, célibataire et coureur de jupons, quoique âgé de plus de soixante ans, possédait un Ithaca Trap. Anthony Randey, un des citoyens d'Odessa les plus en vue, fut prié de se rendre au bureau du shérif pour répondre à quelques questions, qui lui furent posées avec beaucoup d'égards.

« Vous possédez un Ithaca Trap ? » demanda le shérif.

« Oui, bien sûr », dit aimablement monsieur Randey, tout rose et bien en chair. « C'est vous qui m'avez donné le permis, vous l'avez oublié ? »

Le shérif sourit. « Oui, je m'en souviens, ce n'était qu'une question de routine. Il me semble que vous êtes le seul, ici dans le comté, en possession d'un Ithaca Trap. »

« Si c'est le cas, j'en suis fier », dit monsieur Randey.

« Vous avez été à la chasse avec votre Ithaca Trap le samedi six mai, au matin ? » demanda le shérif. C'était le jour où Vladimir Terenco avait été tué.

« Je vais à la chasse presque tous les matins, mais surtout le samedi. »

« Vous savez qu'on a retrouvé mort, près de l'étang de la grande forêt, le vieux... »

« Comment pourrais-je l'ignorer, shérif ? Je lis les journaux, moi aussi. Pauvre Vladimir Terenco, je lui ai souvent offert à boire. »

Le shérif cherchait une bonne entrée en matière. Il dit, baissant la voix : « Il arrive parfois qu'un chasseur, visant un lièvre, touche un homme sans le vouloir. »

« Pas avec un Ithaca Trap », répondit, promptement, gentiment, monsieur Randey. « Avec la lunette en place, je peux peut-être rater un lièvre, mais je ne peux pas prendre un homme pour un lièvre. »

C'était exact, mais le timide shérif voulait aller au fond des choses, au risque même de s'aliéner le puissant Randey.

« Je comprends parfaitement. J'ai une dernière faveur à vous demander. »

« Dites toujours, je serai heureux de pouvoir vous aider. »

« Pouvez-vous me remettre votre Ithaca Trap ? Le

labo pourra vérifier si le projectile qui a tué Vladimir Terenco a pu ou non sortir de votre fusil : vous savez, chaque arme a ses particularités... »

Il était embarrassé, intimidé même, par le regard clair et sincère d'Anthony Randey.

« Avec plaisir, je vous enverrai mon fusil aujourd'hui même », répondit courtoisement le grassouillet monsieur Randey. « Mais, bien entendu, il faudra d'abord que je demande conseil à mon avocat parce que même si c'est fait avec délicatesse, vous êtes en train de m'accuser d'homicide involontaire sur la personne du pauvre Vladimir Terenco. » Il alluma un court et gros cigare. « D'autre part, n'oubliez pas que si je suis le seul habitant de cette ville à posséder un fusil Ithaca Trap, cela ne veut pas dire qu'il n'y ait pas d'autres chasseurs possédant ce type d'arme à venir chasser, comme ça arrive, à Odessa. »

« Tout à fait, monsieur Randey, je comprends parfaitement. »

L'expertise balistique du fusil Ithaca Trap appartenant à monsieur Anthony Randey ne put pas établir si le projectile qui avait tué Vladimir Terenco était parti de ce fusil-là : l'arme ne présentait aucun signe particulier qui permît de connaître la vérité. On ne pouvait pas accuser un homme comme monsieur Randey d'homicide, même involontaire, simplement parce qu'il possédait un Ithaca Trap. Mais quelqu'un, volontairement ou involontairement, avait tué.

Les jours passèrent, l'équipe du labo et les super-flics s'en allèrent. Le shérif restait. Il était timide, mais obstiné, il s'appelait Ronald Humprey, il voulait connaître la vérité. Et justement, pour connaître la vérité, il écouta avec beaucoup d'attention ce que lui raconta un vieil employé des Assurances du Texas qui, au risque de perdre son emploi, lui révéla l'existence d'une police d'assurance de dix mille dollars en faveur d'Irina Terenco et de ses deux enfants, souscrite par son père Vladimir Terenco. Que le vieux buveur ukrainien eût les moyens de payer une telle assurance était tout simplement invraisemblable. La compagnie d'assurances menait de son côté une enquête pour connaître les circonstances exactes de la mort de Vladimir Terenco. Les assureurs sont toujours méfiants. Vladimir Terenco avait souscrit une assurance pour dix mille dollars en faveur de sa fille et voilà qu'un mois après, il était tué d'une balle de fusil en plein front. Les assureurs ne croyaient pas au hasard, ils croyaient à un coup monté.

« Comment ça, un coup monté ? » demanda le naïf et timide shérif Humprey.

« Il est possible que Terenco se soit fait tuer par un ami, pour que sa fille puisse encaisser les dix mille dollars », dit le vieil employé, « c'est ce que pensent mes supérieurs. »

« Mais comment le pauvre Terenco aurait-il pu souscrire une assurance pareille ? » demanda le shérif. « Il n'avait jamais plus de cinq dollars en poche. Qui aurait payé les échéances ? »

« Pas lui, bien entendu », répondit le vieil assureur, « mais un avocat d'Abilene. Nous avons demandé à cet avocat qui avait souscrit et payé l'assurance pour la fille de Vladimir Terenco, mais il s'est retranché derrière le secret professionnel pour ne pas avoir à répondre. »

« Comment s'appelle cet avocat ? » demanda le shérif.

« James Illary. »

L'avocat Illary comparut devant le timide shérif Ronald Humprey d'Odessa, mais se contenta de déclarer froidement : « Le secret professionnel m'empêche de dire qui a payé l'assurance. »

« Je peux vous inculper. Il y a mort d'homme », dit le shérif, avec ce qui lui restait de courage.

« M'inculper de quoi ? Le secret professionnel est garanti par la loi », dit l'avocat, presque avec mépris.

Rien à tirer de l'avocat. Alors le shérif alla s'entretenir avec la fille de Vladimir Terenco.

« Savez-vous que votre père avait souscrit une assurance-vie en votre faveur, pour dix mille dollars ? »

Il vit de la surprise, de l'étonnement, sur le visage de la jeune fille, si typiquement slave.

« Dix mille dollars ? », la somme la fit presque rire. Il était clair qu'elle ne savait rien de l'assurance.

Le shérif Ronald Humprey retourna à son bureau, mit la climatisation en marche pour goûter un peu de fraîcheur et réexamina toute l'affaire depuis le début. Le problème était simple et absurde en même temps. Un homme avait été tué. Tué par une arme spéciale, un Ithaca Trap. A Odessa, il n'y avait qu'une personne en possession d'un Ithaca Trap, monsieur Anthony Randey, ce qui n'excluait pas qu'un chasseur de passage possédât aussi un Ithaca Trap. L'homme abattu était un pauvre ivrogne, qui vivait pratiquement aux dépens de sa fille et de ses amis ; pourtant, il avait souscrit une assurance-vie en faveur de sa fille Irina, de dix mille dollars, payée régulièrement par l'entremise d'un avocat d'Abilene, monsieur James Illary. En d'autres termes : les recherches étaient au point mort.

Alors, le shérif Ronald Humprey, quoique plein de bonne volonté, capitula. Il classa le dossier Vladimir Sergheievitch Terenco et se consacra à l'assassinat de deux jeunes filles, qui avait eu lieu à quatre kilomètres d'Odessa, dans un motel. C'était une affaire plus simple.

Jusqu'à ce qu'un jour, il reçût une lettre.

« Cher Shérif Ronald Humprey, je suis un vieil ami de Vladimir Terenco, je m'appelle Adam Natkinson, et nous avons passé des années ensemble au bistrot, je le connaissais bien, il me racontait tout, même quand il volait un demi-dollar dans le sac de sa fille pour venir le boire avec moi. Je me trouve à l'hôpital Washington, pour un cancer, donc rien à voir avec la boisson, et j'ai compris que je ne vais pas m'en sortir, alors, avant de mourir, je veux vous dire ce qu'il en est. Vladimir Terenco, un soir que nous étions en train de boire au *New Gum*, qui était notre endroit préféré, me dit, tout content, que maintenant tout irait bien pour lui, sa fille et ses petits-enfants. Et je lui demande : Comment ça ? Alors Vladimir m'explique que quelqu'un lui a offert cinq cents dollars pour deux heures de travail par semaine. Je pense que c'est une histoire d'ivrogne, parce que cinq cents dollars c'est beaucoup pour deux heures de travail, mais il m'explique que ce type est un mordu de la chasse, qu'il en a marre de tirer sur les lièvres et les perdrix, et qu'il aimerait chasser l'homme. Bref, Vladimir Terenco devait faire le lièvre dans un coin de la forêt, se cacher derrière les arbres, dans les buissons, essayer de faire perdre ses traces, pendant que l'autre le poursuivait avec son fusil. Pendant deux heures comme ça : cinq cents dollars. Et s'il t'attrape ? je demande à Vladimir. Il m'a fait une assurance pour Irina, m'a-t-il répondu calmement. S'il m'attrape et s'il me tue, ma fille reçoit 10 000 dollars, et elle en a drôlement besoin. Je suis vieux, imbibé d'alcool, je ne suis plus bon à rien, elle a deux enfants, la pauvre, pas de mari, avec dix mille dollars, elle peut remettre les choses en place. D'ailleurs, tu sais ce que je vais faire ? Je vais aller plusieurs fois dans la forêt avec ce monsieur, il jouera au chasseur et moi au lièvre.

Difficile qu'il me prenne parce que moi je reste toujours derrière les arbres, et en deux heures je me fais cinq cents dollars, sans danger. Mais dès que j'aurai l'assurance en poche, tu sais ce que je me suis dit ? Je sors de derrière l'arbre et je lui fais un pied de nez, à lui et à son gros fusil, alors il me tire dessus, me tue, et ma fille reçoit les dix mille dollars tout ronds de l'assurance. Je lui ai fait répéter l'histoire parce que je croyais qu'il était soûl au point de délirer. Mais il m'a donné des détails : il avait déjà fait le lièvre deux fois pour ce monsieur qui était chasseur et qui s'amusait comme un gosse jouant à cache-cache ou aux quatre coins. Moi, je suis vieux et je ne suis plus bon à rien, tu le sais ? continuait-il de me répéter. Au moins comme ça, je sers à quelque chose, l'important dans la vie c'est de servir à quelqu'un, je sers à ma fille et à mes petits-enfants. Voilà, monsieur le shérif, mon ami Vladimir Terenco a été tué en faisant le lièvre, l'homme qui lui faisait faire le lièvre, c'est monsieur Antony Randey, et mon ami s'est fait tuer exprès pour que sa fille et ses petits-enfants puissent toucher l'assurance. »

« Comment est-ce possible », demanda le juge d'instruction à Anthony Randey, « qu'un homme paie un autre homme pour pouvoir le traquer dans les bois, comme une bête sauvage ? Comment se peut-il qu'une personne comme vous, civilisée, intelligente, puisse convaincre un homme avec de l'argent et une assurance-vie, qu'il devienne du gibier et se fasse tuer ? »

Anthony Randey, le visage grassouillet, rose, sans expression, fixa le juge de ses yeux clairs : « J'aime la chasse, la grande chasse, la vraie: la chasse à l'homme. »

Le juge d'instruction ne répondit pas.

SIRÈNE D'ALARME BLONDE

Je ne suis pas une honnête femme. Je ne l'ai jamais été. J'ai honte de le dire, j'envie tellement les autres femmes qui ont un mari, des enfants, une vie sereine, j'ai honte également d'être comme je suis, je n'y peux rien : je suis une mauvaise fille et je l'ai toujours été. J'avais quatorze ans quand je me suis enfuie de la maison avec un garçon de mon village, qui voulait m'épouser. A cet âge-là, on est naïf et moi aussi j'étais naïve, je croyais en lui et je rêvais qu'il m'épouserait et qu'il me donnerait un toit et que nous aurions beaucoup d'enfants. Si Carlo avait pu m'épouser, peut-être ne serais-je pas devenue la mauvaise fille que je suis, mais il avait dix-huit ans et moi quatorze, il n'avait pas un sou, ne savait rien faire, moi j'étais mineure et mon père nous avait dénoncés à la police. Les carabiniers nous retrouvèrent, Carlo et moi, en train de marcher sur une grand-route, faisant du stop pour aller à Venise. La camionnette s'arrêta à côté de nous, un carabinier sauta à bas de la voiture.

« Vos papiers », nous demanda-t-il.

Nous tentâmes de fuir dans la lumière rougeâtre de ce coucher de soleil dont je me souviendrai toujours, nous nous mîmes à courir en nous tenant par la main dans un champ de blé à côté de la grand-route, c'était ridicule, le blé était haut et moi toute petite. Carlo me tenait par la main mais parfois je disparaissais entre les épis presque aussi grands que moi et les gros coquelicots rouges, qui donnaient une couleur sanguine à cet immense champ de blé.

« Arrêtez ou je tire ! »

J'entends encore la voix rauque et décidée du carabinier, mais nous ne nous arrêtâmes pas, nous continuâmes à courir, terrorisés, alors le carabinier tira, en l'air bien entendu, mais nous au coup sec, caverneux, du gros Beretta de service, nous nous arrêtâmes pétrifiés par la peur et deux carabiniers vinrent tout de suite nous chercher. Il fut envoyé en maison de correction et moi ramenée à la maison, chez mon père et ma mère. Tous les deux me battirent sauvagement, parce que j'avais déshonoré la famille et ils ne savaient pas qu'en me battant ils remplissaient mon cœur de haine et de rébellion, au lieu de repentir. Après quatre jours, je m'enfuis de nouveau, le corps couvert de bleus, un doigt, le petit doigt de la droite, cassé par un coup de bâton que mon père m'avait donné. J'avais pris tout l'argent de la maison, que ma mère cachait dans un trou derrière la cheminée. Un camionneur, qui s'appelait Domenico, il avait tout juste vingt ans, accepta de m'emmener avec lui, tomba amoureux de moi comme jamais personne, sauf celui que le brigadier Corsani nomme mon tue-tue. Il me cacha presque un an, presque toujours dans son camion parce que le plus grand danger pour moi qui étais mineure, c'était d'aller dans les hôtels, les endroits publics où il est plus facile qu'un flic ou un carabinier vous demande vos papiers : par contre dans le camion que Domenico avait transformé en une véritable roulotte confortable, personne ne pouvait soupçonner mon existence.

Mais un jour, Domenico voulut trop en faire. Il m'emmena en Suisse. Nous passâmes la frontière à Chiasso, la douane italienne jeta à peine un coup d'œil aux papiers de Domenico et nous laissa passer. J'étais cachée dans le camion, derrière une file de caisses. le projet de Domenico était de me laisser en Suisse, à Lugano, chez sa sœur, qui faisait le ménage dans un grand hôtel. Là, en Suisse, j'aurais eu moins d'ennuis avec la police et il aurait été plus facile de me cacher. Avec un peu de veine, j'aurais pu obtenir des faux papiers et avoir la paix. Lui, Domenico serait venu me voir au moins une fois par semaine et une fois majeure, il m'aurait épousée. C'était un projet merveilleux, j'étais heureuse, j'étais sûre que ça allait marcher.

« Vous transportez quelle marchandise ? » demanda le douanier suisse.

« Voici les papiers », dit Domenico, tendant un tas de feuilles de couleurs différentes. Il transportait régulièrement de la marchandise régulière, des caisses de pièces mécaniques, la seule chose irrégulière dans ce passage de la frontière c'était moi, mineure et sans passeport, ni aucun autre papier.

« Voyons », dit le douanier suisse. D'habitude, on passe sans problème mais pas cette fois-ci. Il n'y eut rien à faire, le petit douanier suisse grassouillet monta dans le camion. Je me recroquevillai dans le coin formé par des caisses mais cet homme, ce *polizei*, était méticuleux, il vérifia les caisses une par une et, bien entendu, arrivé au fond, il vit la niche dans laquelle je m'étais cachée. Il sursauta, surpris et me dit, en mauvais italien : « Sortez de là. »

Je passai trois jours dans les prisons suisses, puis ils me ramenèrent en Italie et le juge du tribunal des mineurs m'interna chez les Sœurs de la Très Sainte Méditation jusqu'à mes dix-huit ans. Je restai trois ans dans cet Institut et pendant tout ce temps, je m'enfuis sept fois, mais ils me reprirent à chaque fois : j'ai des cheveux tout blonds, très clairs, ils n'ont pas l'air naturels mais décolorés, ils sont tellement voyants que lorsque les sœurs de la Très Sainte Méditation prévenaient la police que j'étais en fugue, ils savaient qu'il fallait rechercher une petite blonde provocante et très jeune, et me repêchaient à tous les coups.

Pendant ces trois ans, je devins encore plus mauvaise parce que j'étais prisonnière dans cet institut comme un fauve en cage et toutes mes tentatives de fuite furent vaines. Je me disais continuellement que, dès que je serais libre, je me vengerais. Je pus quitter l'institut de la Très Sainte Méditation quelques mois après mes dix-huit ans révolus. Deux flics vinrent me chercher et me conduisirent dans un bureau de police, où un vieux brigadier me dit : « Ecoute, Adele, tu as dix-huit ans, tu vas quitter cet endroit pour un centre de réinsertion d'abord. Ensuite, au bout d'un an, tu seras libre. Si tu te conduis bien, tu n'auras aucun ennui, mais si tu fais la mauvaise tête tant pis pour toi, on te reprendra et cette fois on te mettra en taule. Alors, fais attention, Adele, marche droit et tout ira bien. »

On m'avait si souvent fait du prêchi-prêcha, la police, les sœurs, les surveillantes, que désormais je n'écoutais plus. Je répondais simplement : oui, oui, c'est bon, oui, oui.

Ce même soir, à six heures, je sortis du centre de réinsertion, avec les quarante autres jeunes filles. Deux ou trois voulurent m'accompagner, devenir mes amies, mais je dis que je voulais rentrer seule, alors une des jeunes filles me dit : « Fais gaffe de ne pas franchir la " ligne ", et de ne pas t'enfuir, sinon tu es fichue. »

Je mentis, calmement : « Je n'y ai jamais pensé, je

souris et poursuivis : je ne suis tout de même pas idiote. »

Mais, une fois seule, je dépassai la « ligne », c'est-à-dire la grande allée bordée d'arbres au-delà de laquelle les jeunes filles du centre ne pouvaient aller. Et je marchai bien après la grande allée, vers le centre ville. Je n'avais dans mon sac que deux mille lires, c'était ce qu'on m'avait donné à la maison de réinsertion, comme avance sur la paie de la semaine.

Je suivais une allée du parc, me demandant ce que j'allais devenir, quand une grosse Citroën noire s'arrêta brusquement près de moi, dans un coup de frein strident.

« Excusez-moi, mademoiselle, savez-vous où est via Dante ? » me demanda un jeune homme, se penchant à la portière. Il avait un visage sympathique, un regard intelligent, je ne découvris que par la suite que c'était un malfrat.

« Allez tout droit, lui dis-je, tournez autour du Château et vous serez place Cairoli, devant la place Cairoli il y a une grande rue, c'est via Dante... », mais j'avais déjà compris qu'il savait où se trouvait via Dante et qu'il ne s'agissait que d'un prétexte. Je finis par monter à bord de sa Citroën, il me dit son nom, Raffaele, et je lui dis le mien, Adele. Alors, il me dit : « Adele et Raffaele, ça rime », et il passa son bras autour de mes épaules.

Ce fut la pire rencontre de ma vie, je n'ai jamais connu de voyou comparable à Raffaele, mais au moment où je le rencontrai, j'étais seule, je venais d'avoir dix-huit ans, avec deux mille lires dans mon sac, j'étais en fugue et j'avais la police à mes trousses.

« Ne t'inquiète pas et laisse-moi faire », me dit Raffaele quand je lui racontai mon histoire.

Je le laissai faire, d'ailleurs je n'avais pas le choix. Il

décida d'abord de changer mon nom. « Adele est un prénom que je n'aime pas, il te faut un prénom plus éclatant, tiens, Rossella. Puis, il te faut aussi un nom qui rappelle quelque chose ou quelqu'un... J'ai trouvé, écoute : Rossella Vargan, tu t'appelleras Rossella Vargan, parce que Vargan ça rappelle Vartan, la petite amie de Hallyday, tu comprends ? La chanteuse française, petite blonde, comme toi, tu comprends ? »

Je ne comprenais pas très bien mais je me contentais de dire oui : au début, je l'aimais, je lui étais reconnaissante de me protéger, de m'aider.

« Tu chanteras », me dit-il.

J'éclatai de rire. Non seulement je n'avais jamais appris à chanter, mais en plus, j'ai une voix trop basse et rauque pour pouvoir chanter. Je le lui dis.

« Ecoute-moi, ma jolie, me dit Raffaele : aujourd'hui, même des poules édentées chantent, tu chanteras, toi aussi. »

Je chantai donc moi aussi, et chaque fois que j'attaquais une chanson, j'avais envie de rire. Je chantai dans les boîtes de nuit les plus mal famées de Milan, où chanter n'était qu'un prétexte. Au début, j'essayai de me rebeller contre les prétentions de Raffaele : je suis une mauvaise fille, une fille malhonnête, mais pas à ce point-là, cette vie-là me faisait horreur et je le lui dis, je le suppliai de me laisser partir, mais Raffaele se moqua de moi.

« Ma petite, il faut faire ce qu'on te dit, sinon... », et de la poche intérieure de son veston, il sortit rapidement une espèce de long stylo : c'était un couteau à cran d'arrêt. Il pressa un bouton et une lame terrible jaillit, pointée vers moi. « Fais attention, ma petite. »

Je passai deux ans comme ça, dans la terreur et dans l'abjection, des affiches avec mon nom et ma photo me représentant à moitié nue, étaient placardées à l'entrée des boîtes et des bals de Milan. Ma voix plaisait, Raffaele disait que j'attirais beaucoup de monde, mais j'étais si déprimée par les conditions de vie dans lesquelles je croupissais que de temps en temps je songeais au suicide. Puis, ce qui était inévitable arriva : un soir, la police nous tomba dessus. La boîte de nuit où nous fûmes interpellés fut fermée, le propriétaire arrêté, Raffaele aussi et je n'eus plus aucune nouvelle de lui. Quant à moi, on m'emmena chez le brigadier Corsani qui se mit à m'interroger.

« Comment t'appelles-tu ? » me demanda-t-il.

« Rossella Vargan », répondis-je.

« Laisse tomber », dit le brigadier Corsani, paternel. « Ça, c'est ton nom d'artiste, si on peut appeler ça de l'art. Moi, ce que je veux, c'est ton vrai nom. »

Je lui dis que je m'appelais Adele, qui rime avec Raffaele, pensai-je amèrement, et je lui racontai ma vie, depuis que, il y a deux ans, je m'étais enfuie du centre de réinsertion, malgré les sages conseils que m'avait prodigués la directrice de cette maison.

« Ça va te coûter un an de prison d'avoir enfreint les règlements de police, dit le brigadier Corsani, et les juges te condamneront à deux ans de plus pour activités illégales dans les boîtes de nuit. Te voilà mal barrée, ma pauvre petite. » Il me lança une cigarette que j'attrapai au vol, et me dit : « Mais si tu veux, je te libère tout de suite, libre comme le vent. » Il m'expliqua : il fallait que je devienne une indic de la police. Je continuerais à chanter dans les boîtes de nuit, exactement comme avant, mais je serais protégée par la police. Mon travail consisterait à rapporter tout ce que j'entendrais ou verrais de louche, à faire parler les hommes qui venaient dans les boîtes de nuit et, quand ils me confieraient quelque chose qui pouvait intéresser la police, à le rapporter immédiatement. Dans les grandes villes comme Milan, Rome, Bologne, il y a des dizaines de filles qui font ça : indic de la police. Le brigadier Corsani me demanda si j'acceptais le boulot.

Pas besoin de réfléchir longtemps : ou j'acceptais ou j'allais en taule pour trois ans. « Oui, j'accepte », dis-je.

Je vécus comme ça, seule et malheureuse, chantant faux, de ma voix rauque, dans des boîtes de nuit, et indic de la police, jusqu'au soir où, au *Fiore Fiore*, la boîte de nuit populaire où je me produisais à l'époque, apparut Rosso, celui que le brigadier Corsani appela mon tue-tue. Ce soir-là, j'allai tout de suite à sa table. Il avait un air de prince, grand et mince, mais ce qui frappait plus que tout, c'étaient ses cheveux roux sur un visage aristocratique et pâle, sans les taches de rousseur dont sont en général affligés les rouquins.

« Seul ? » lui demandai-je, arrivée à sa hauteur, « ou vous attendez quelqu'un ? » C'était la phrase habituelle que j'adressais aux clients solitaires.

« Tout à fait seul », me répondit Rosso, avec un beau sourire irrésistible et bien que n'étant plus une gamine qui tombe amoureuse du premier venu qui sourit, je me sentis toute chamboulée par ce sourire.

Rosso était employé dans une petite entreprise commerciale de tissus, près de la gare centrale, il s'occupait de la comptabilité et de tout ce qui concernait le fisc. Il habitait un minuscule appartement qu'il louait. C'est là qu'il m'emmena le soir. Tout était d'une saleté indescriptible.

« Je ne trouve pas de femme de ménage, m'expliqua-t-il, et je n'aime pas vivre à l'hôtel. Je veux me marier et avoir une femme qui tienne ma maison en ordre », me dit-il en souriant, d'un air moqueur, mais je sentis qu'il y avait du vrai dans ce qu'il disait.

« Laisse-moi nettoyer cette porcherie », lui dis-je, me

dressant sur la pointe des pieds pour l'embrasser. « Tu me donneras un coup de main pour les travaux lourds, Rosso. »

Jusqu'à trois heures du matin, tous les deux, lui et moi, armés de chiffons, de détergent, de cire liquide en aérosol, nous nettoyâmes la maison de fond en comble, jusqu'à ce que tout fût impeccable, scintillant. De temps en temps Rosso s'arrêtait pour m'embrasser et m'étreindre, de temps en temps c'était moi qui l'interrompais.

Nous tombâmes tous les deux amoureux, cette nuit même. Pour la première fois de ma vie, avec lui, je découvrais l'amour, je sentis ce qu'était l'amour. Dès les premiers jours, Rosso me dit : « Je ne suis qu'un simple employé. Je voudrais te garder chez moi, t'épouser tout de suite, mais je n'ai pas assez d'argent. Continue à faire ton boulot dans les boîtes de nuit, dès qu'on aura mis du fric de côté, on décidera. »

Je suis une mauvaise fille, une moins que rien mais pendant tout ce temps, je fus tellement heureuse à l'idée de devenir la femme d'un modeste expert-comptable comme Rosso, de vivre avec lui et d'avoir des enfants. Pendant des mois et des mois, je passai mes journées dans son petit appartement que je tenais en ordre, que je nettoyais, et le soir je préparais à manger. On dînait tous les deux dans le petit appartement, comme toujours Rosso parlait peu, mais même quand il se taisait, je sentais son amour pour moi et j'étais heureuse. Ah ! comme j'ai été heureuse pendant tout ce temps.

Jusqu'à ce qu'un après-midi, en mettant de l'ordre dans le petit appartement, je fis une découverte.

Montée sur une chaise, pour prendre la poussière au-dessus de l'armoire de la chambre à coucher, je trouvai un fusil Winchester à lunette, une mitraillette à cent vingt coups et deux pistolets Luger. Sur l'armoire, il y avait aussi des boîtes de munitions. Je me sentis mal en voyant tout ça et le soir, quand Rosso rentra du bureau, je lui dis ce que j'avais vu, le fusil, la mitraillette, les pistolets.

« Tu n'as rien vu, me dit-il, même si tu as vu, il vaut mieux que tu fasses semblant de n'avoir rien vu. »

« Non, mon amour, non, mon amour », lui dis-je, en me jetant sur lui, contre sa large poitrine, « je veux tout savoir, moi je te dis tout, je t'aime, mon amour et quelle que soit cette vérité, il faut me la dire, je veux t'aider et vivre avec toi. Dis-moi la vérité. »

La vérité qu'il me révéla cette nuit-là fut terrible. Je sentis mon sang se glacer en écoutant son récit.

« ... Ce salaud avait violé ma petite amie, alors je l'ai descendu », me dit Rosso, pendant que je me serrais contre lui dans le noir.

Il y a quelques années, après avoir tué un homme, qui avait abusé de l'ingénuité de sa petite amie, il s'était enfui. La police l'aurait vite attrapé s'il n'avait rencontré de curieux personnages qui lui donnèrent de l'argent, le mirent à l'abri de la police, lui procurèrent de faux papiers, puis un de leurs spécialistes le transforma en rouquin, après quoi ils l'embauchèrent comme expert-comptable dans une de leurs entreprises. C'était trop beau. En effet, ces curieux amis étaient décidément bien étranges : ils faisaient partie d'une grosse bande internationale qui s'occupait de drogue, de prostitution, de racket, de chantage. Une bande pareille a besoin de killers, c'est-à-dire d'hommes prêts à tuer pour protéger ses patrons et leurs intérêts. Rosso était donc devenu un killer, un « tue-tue » comme disait le brigadier Corsani, parce que s'il refusait, ses étranges amis le dénonceraient pour le meurtre commis avant. Il fut obligé d'accepter.

« Maintenant que tu sais tout, il faut partir, te casser, me dit Rosso, m'éviter, comme si j'avais la peste. »

« Je ne te quitterai jamais ! » lui dis-je, haletante sur sa poitrine, écoutant les battements accélérés de son cœur. Mais je dus le quitter quelques semaines plus tard. Un soir dans la boîte de nuit où je chantais, deux policiers aux ordres de Corsani m'emmenèrent, me firent monter dans leur voiture et m'amenèrent au bureau du brigadier Corsani. Le brigadier se leva, fit le tour de la table et commença par me frapper en plein visage, une gifle terrible, qui me laissa comme abrutie. Je me mis à hurler.

« Mademoiselle, vous avez oublié que vous êtes une indicatrice de la police, que vous êtes dans l'obligation de nous signaler toutes les tronches de taulard que vous rencontrez ? » hurla-t-il, me vouvoyant pour se moquer de moi. Il poursuivit en me tutoyant : « Ça fait des mois que tu fréquentes un truand, un killer, quelqu'un qui vit en tuant et en menaçant de tuer, il a des armes chez lui, des mitraillettes, des fusils, des pistolets, tu sais tout et tu ne nous as rien dit, sale petite pute... »

« Vous l'avez pris ? » criai-je naïvement, pensant que si le brigadier Corsani me parlait comme ça, c'est qu'il avait déjà arrêté Rosso. Corsani me sourit, sûr de lui. « Non, mademoiselle, nous n'avons pas pris votre amour, nous sommes arrivés trop tard pour le cueillir dans le petit appartement de via Fabio Filzi où vous avez filé le parfait amour... » Je poussai un soupir de soulagement : Rosso était libre. « Mais tu vas nous dire où il se cache, mademoiselle, tu vas nous le dire, sinon... », il leva la main. La gifle fut terrible, ce fut comme un coup de massue, mais je répondis la même chose : « Je ne le sais pas, je ne sais pas où il est allé. »

Je le savais au contraire. Rosso m'avait tout dit : si la police le trouvait, il avait une planque sûre, deux pièces via Vitruvio, au dernier étage, avec une terrasse, une espèce d'attique d'où, sautant de terrasse en terrasse, il pourrait s'enfuir. « Si je n'arrivais pas à fuir, je tirerais jusqu'à ma dernière balle, puis je me jetterais de la terrasse. » Il y avait dix étages.

« Si, tu le sais où il est, ton Rosso », me dit Corsani, qui me frappa de nouveau.

Pour ne pas recevoir d'autres coups, je me mets à inventer : pendant deux heures je les fais tourner en bourrique dans Milan, à bord d'une voiture de police.

Mais à un moment donné, la lourde main du brigadier Corsani et ses hurlements ont raison de moi : « C'est via Vitruvio », dis-je à la fin, abattue, meurtrie, le goût douceâtre du sang dans la bouche, « au numéro... »

« En vitesse, via Vitruvio ! » hurle Corsani à l'agent qui conduit la voiture, « et prévenez la centrale qu'on nous envoie du renfort. » Il baisse la voix : « Mais qu'ils viennent sans actionner les sirènes. Si le tue-tue entend la sirène, il va foutre le camp ! »

Nous voici arrivés via Vitruvio, devant l'immeuble où se cache l'homme que j'aime. J'ai dû le dénoncer, je ne pouvais plus résister aux coups. Le brigadier Corsani bondit hors de l'Alfa, suivi des deux autres policiers, et je reste seule dans la voiture avec le chauffeur, qui me dit tout de suite : « Tiens-toi tranquille, blondinette, et n'essaie pas de fuir sinon je te fous une trempe moi aussi. »

Je n'essaie pas de fuir, non. Je veux sauver Rosso, le prévenir que la police est là. Mais comment faire ? Une demi-minute après, arrivent deux autres voitures chargées de flics, ils se précipitent à l'intérieur de l'immeuble où se cache Rosso, au dernier étage, ne se doutant de rien. Si la police le surprend, ce sera un massacre. Rosso tirera jusqu'à la dernière cartouche, puis il se jettera de la terrasse : il me l'a dit, qu'il ne se laissera pas prendre vivant, qu'il ne veut pas être condamné à la prison à vie. Il faut que j'évite ce massacre, je dois éviter que Rosso ne se tue ! Comment ?

A l'improviste, je vois sur le tableau de bord le bouton rouge de la sirène d'alarme. En poussant ce bouton, on actionne la sirène de la voiture et elle se met à hululer en continuation, j'ai vu le chauffeur le faire plusieurs fois, chaque fois qu'il voulait se frayer un chemin à travers le trafic intense.

Si Rosso entend le hurlement de la sirène, il comprendra que c'est la police et il aura le temps de se mettre à l'abri.

Je suis assise sur le siège arrière de l'Alfa. Le flic au volant est tourné vers moi et me surveille, fumant une cigarette. Il faut essayer quand même. D'un bond, je me jette en avant, les mains tendues vers le tableau de bord de l'Alfa, j'atteins le bouton rouge et je pousse de toutes mes forces. La sirène de la voiture se met à rugir. « Laisse ça, salope, laisse ça ! » me dit le policier, tout en essayant de m'arracher du bouton rouge que je continue d'enfoncer et il se met à me frapper, mais je ne lâche pas prise, la sirène hulule dans la rue, hulule comme devenue folle et terrifiante. Du monde se presse autour de la voiture, sûrement Rosso l'entend et comprend et je résiste de toutes mes forces aux coups du policier, continuant à faire mugir la sirène. Quand le policier réussit à m'arracher de là, il est trop tard, j'apprendrai quelques jours plus tard, dans les journaux, que Rosso, le terrible killer, a réussi à échapper à la police, sauvé, comme l'a écrit un journaliste, par une sirène d'alarme blonde.

DISPARUE A TREIZE ANS

La mère supérieure m'a demandé d'écrire mon histoire, elle m'a dit que le juge voulait savoir, point par point, tout ce qui m'était arrivé. Et moi, je l'écris. La mère supérieure m'aide, elle m'a dit que je dois d'abord dire qui je suis, qui sont mes parents, comment je vivais, avant que cela n'arrive.

Eh bien, je m'appelle Franca Solari, j'ai treize ans, mon père a une licence de marchand ambulant de fruits et légumes, ici à Milan. Il y a tous les jours un marché dans un quartier différent de Milan, à porta Ticinese, à porta Romana, à via Eustachi, au corso XXII Mars. Mon père faisait tous ces marchés, avec sa petite camionnette, et je l'accompagnais tous les jours, je l'aidais, parce que ma maman est morte. La camionnette avait une porte latérale qui se rabattait et se transformait en devanture, sur laquelle on disposait les caisses d'oranges, de pommes, tous les fruits, les laitues, les choux, mais pas de pommes de terre parce que mon père disait que les patates, ça ne rapporte pas. Quand les gens venaient acheter, moi je servais, j'emballais, mon papa faisait les comptes et prenait l'argent. Je suis trop jeune pour travailler, on ne peut pas travailler avant quinze ans. Mais comme je travaillais pour mon père, sans être salariée, les agents, quand ils me voyaient — ils savaient que j'étais la fille de l'ambulant —, tiraient sur ma longue tresse, parce que papa ne voulait pas que je coupe mes cheveux, qui tombent dans mon dos presque jusqu'aux reins, et disaient : « Ne te fatigue pas trop. »

La mère supérieure m'a demandé d'écrire comment j'ai fait la connaissance du jeune homme. Eh bien, maintenant, je vais l'écrire. Voilà, cela a été une chose curieuse. Nous étions au marché de via Eustachi et ce jeune homme est venu acheter deux pommes et deux tomates. Le lendemain, au marché de porta Ticinese, il est venu acheter encore deux pommes et deux tomates et il m'a souri. Le jour d'après, au marché de via Palmanova, il est revenu, a demandé deux pommes, deux tomates, a enfoncé les dents dans une pomme tandis qu'il me regardait, il souriait faiblement, mais me regardait intensément à chaque fois que mon père tournait la tête. Alors, j'ai compris qu'il ne venait pas pour acheter des pommes et des tomates mais pour moi. La mère supérieure me demande d'écrire sincèrement ce que j'ai ressenti quand j'ai compris que ce jeune homme me regardait. J'écris : j'étais très contente, ça me plaisait beaucoup. C'était la première fois qu'un homme me regardait comme ça. La mère supérieure me dit de décrire comment était le jeune homme. Eh bien, voilà : il était plutôt petit, ça ne me plaisait pas, il n'était pas plus grand que moi, mais son regard était insoutenable, il parlait avec ses yeux, il n'avait pas besoin de parler, il suffisait de le regarder pour comprendre ce qu'il voulait dire.

« Et après ? » a demandé la mère supérieure.

Après, il est venu à tous les marchés de quartier où nous allions et Dieu sait comment il faisait pour savoir où nous allions, papa et moi. Parfois, quand papa allait boire un verre au bar à côté, je montais la garde dans la camionnette de fruits et légumes, alors il prit l'habitude de me parler.

« Qu'est-ce qu'il te disait ? »

Il me disait que j'étais jolie, que mes yeux feraient perdre la tête à un homme de marbre, que c'était du gaspillage de me faire vendre des tomates et des laitues.

« Et toi ? »

Au début, moi je ne disais rien, puis j'ai commencé à lui répondre. Il me demandait quel âge j'avais, où j'habitais, combien gagnait mon père en faisant ce boulot. Il éclata de rire quand je lui dis ce que gagnait mon père en moyenne, avec son travail d'ambulant. Si tu viens avec moi, tu gagneras jusqu'à trois cent mille lires par jour, un demi-million par jour même. Je me mis à rire en lui disant qu'il était fou. Il me répondit que j'étais une pauvre fille qui perdait son temps, il faisait trop froid pour que je vende des légumes dans la rue.

« Et après ? »

Après, ça a continué pendant des jours. Puis, un beau matin, il est arrivé dans une longue voiture de sport bleu foncé, pendant que mon père, comme toujours à cette heure-là, mangeait un sandwich au bar. Il m'a dit : allez, monte, on va faire un tour. Je lui dis non, qu'il était fou, mais lui me dit : allez, laisse tomber cette porcherie et viens avec moi, tu vivras mille fois mieux.

« Et toi ? »

Je suis montée dans sa voiture, avec lui, il m'a dit qu'on allait faire le tour du pâté de maisons, juste pour me montrer comme sa voiture marchait bien.

« Et puis ? »

Puis, il m'a fait faire le tour du pâté de maisons, oui, mais il m'a aussi emmenée dans un autre bar, pas celui où mon père mangeait un sandwich, et m'a fait boire quelque chose de très fort, mais que j'aimais bien.

« Ensuite ? »

Ensuite, après avoir beaucoup bu de cette même chose, je suis allée avec lui, il me disait qu'il me ramenait à la camionnette de mon père, mais il m'a emmenée chez lui. Je me suis réveillée le lendemain, pas le matin, ni l'après-midi : dans la soirée. Je me sentais très mal. Chez lui, il y avait un autre garçon et une fille, qui riaient en voyant que j'avais très mal à l'estomac. Quand je me suis sentie un peu mieux, j'ai demandé à ce jeune homme, il s'appelait Bruno, de me ramener à la maison et il m'a dit : bien sûr, mais il faut attendre un peu, regarde ici, et il m'a montré un journal où il y avait ma photo en première page, sous le titre : *Disparue à treize ans*. Le père est presque devenu fou d'angoisse. Aucun indice pour l'enquête. Bruno m'a dit alors que j'étais perdue, désormais, avec tout ce scandale dans les journaux et qu'au lieu de retourner faire la marchande de légumes ambulante, il valait mieux que je reste avec lui, qu'avec lui, par contre, je serais bien. J'avais tellement, tellement honte de ce que disaient les journaux et tellement, tellement peur de mon père à l'idée de rentrer à la maison et de lui dire tout ce que j'avais fait, que je suis restée avec Bruno.

« Et puis ? Il faut tout raconter, ma chérie, tout écrire, le juge veut connaître la vérité. »

Puis, il m'a emmenée de-ci de-là, dans ses voitures, il en avait plusieurs, très belles, on allait sur la Riviera ou dans un pavillon à la campagne, on faisait la fête...

La petite fille s'arrêta, devint pâle de honte, et la mère supérieure n'eut pas le courage de lui demander des détails sur ces « fêtes ». Mais elle lui demanda : « On te faisait boire pendant ces fêtes ? »

Oui, on me faisait beaucoup boire, puis je devenais malade, mais sur le coup ça me plaisait et je faisais n'importe quoi. Je passais sans cesse d'une fête à l'autre, je n'allais jamais dans la rue, si on sortait, Bruno me faisait tout de suite monter en voiture et on allait dans une autre maison. Pendant quatre mois, je n'ai jamais fait de promenade, je ne suis jamais entrée dans un magasin. Puis un jour, j'ai tout compris en regardant par hasard un journal. Mon père me recherchait, toute la police me recherchait, on pensait que j'avais été assassinée, on pensait que j'avais été emmenée au loin, au bout du monde. C'était pour ça que Bruno se déplaçait sans arrêt d'un endroit à un autre, ne me laissant jamais plus de trois nuits dans la même maison.

« Ensuite ? Raconte bien tout, écris, n'aie pas peur. »

Alors j'ai compris, un matin, que je devais me libérer de cette servitude. Je me suis levée pendant que tout le monde dormait, j'ai couru au téléphone pour appeler la police, mais j'avais à peine composé le numéro que Bruno, il était toujours méfiant, s'est jeté sur moi et m'a arraché le téléphone des mains, arrachant aussi le fil du téléphone. Petite pétasse, je vais t'apprendre qu'il ne faut téléphoner à personne, je vais te réduire en bouillie pour t'apprendre à être sage !

Alors une nuit, désespérée, je me mis à pleurer. J'étais dans la chambre d'un petit appartement, avec un monsieur âgé, gentil, qui en me voyant pleurer comme ça, me dit : Ah, ma chère petite, je m'en vais tout de suite, mais arrête de pleurer comme ça. Il avait l'air d'un homme très bon, je pleurai encore plus, et je lui racontai toute mon histoire. Ça l'a ému et il m'a dit qu'il allait m'aider. Il ne pouvait pas aller à la police, bien sûr, et dire qu'il avait couché avec une mineure, mais il pouvait téléphoner anonymement à la police, en disant que la petite fille qu'ils recherchaient était là, dans telle rue, dans tel immeuble. En cinq minutes, police secours arrivera et te sortira de là, ma pauvre petite... j'ai honte d'avoir essayé, moi aussi, d'abuser de toi. En effet, cinq minutes après police secours est arrivée, mais je n'étais plus là. Bruno, qui s'était douté de quelque chose, m'avait aussitôt emmenée très loin. Alors, j'ai compris que je ne pourrais plus m'enfuir, que Bruno allait me tenir en esclavage aussi longtemps qu'il le voudrait. Je devenais folle en y pensant. Je pensais à mon père, les journaux disaient qu'il était en train de mourir de chagrin à cause de ma disparition. Je me suis dit qu'il n'y avait qu'un seul moyen pour me libérer de cet esclavage et de Bruno.

« Quel moyen ? Il faut l'écrire, pour monsieur le juge, il veut tout savoir. »

Il fallait que je trouve, parmi tous les hommes que Bruno me présentait, quelqu'un qui veuille m'aider. Je ne pouvais pas avoir confiance dans les hommes âgés, ils ont peur du scandale, et les jeunes étaient plutôt rares. Mais un soir, un jeune homme vint dans ma chambre. Il était très grand, avait des cheveux tout noirs, et des yeux bleu clair. Il me regarda et me demanda tout de suite quel âge j'avais. Je lui dis mon âge et il sursauta. C'est une saloperie, on ne peut pas exploiter comme ça une gamine !, et il était sur le point de s'en aller. Je l'ai retenu. Je venais de comprendre que c'était peut-être l'homme qui pouvait me sauver. Je lui demandai de rester et lui racontai mon histoire en le suppliant de prévenir mon père et la police. C'était un beau garçon, il avait l'air honnête et avait presque les larmes aux yeux en m'écoutant raconter ma vie. Puis il me dit : j'y vais tout de suite et je préviens la police. Je lui dis de ne pas sortir tout de suite, de rester encore un peu dans la chambre avec moi. S'il sortait trop vite, Bruno pourrait avoir des soupçons. Mais ça n'a pas marché. Dans la cour de cet immeuble, il y avait toujours quelqu'un qui faisait le guet, il montait la garde pour qu'on ne soit pas surpris par la police. Quand la police est venue et s'est fait ouvrir le portail par le concierge, il s'est précipité en haut pour prévenir Bruno et quand les policiers ont débarqué, c'était trop tard, il n'y avait plus personne. Bruno et l'amie qui l'aidait dans son sale boulot s'étaient cachés en m'emmenant avec eux, dans un autre appartement vide du même immeuble, libre justement, au cas où la police ferait irruption, et la police ne put pas, bien entendu, fouiller tous les appartements de l'immeuble, qui était très grand. Pendant que les policiers avec Gabriele fouillaient l'appartement, j'étais à l'étage en dessous.

Le jour suivant, Bruno m'emmena dans une autre ville. Il s'était douté de quelque chose à propos de l'intervention de la police et il avait deviné que j'avais demandé à un des clients de prévenir la police. Il m'interrogea, avec sa méthode habituelle, en me posant des questions et en me frappant, si violemment, aux endroits les plus sensibles, que j'ai fini par tout lui avouer, c'est-à-dire que j'avais demandé à Gabriele de prévenir et la police et mon père. Cette fois-là, il m'a tellement battue que le docteur qui vint me soigner, un bandit comme eux, a dit que j'aurais pu mourir de lésions internes et qu'il n'était pas sûr de pouvoir me sauver. Je suis restée au lit presque deux semaines.

Entre-temps, Gabriele ne désarmait pas, l'idée que j'étais encore aux mains de ces gens le bouleversait. Il aidait comme il pouvait la police, il se rendait lui-même avec sa petite auto dans tous les lieux, même les villes très éloignées quand il apprenait qu'on avait vu une mineure dans certaines maisons peu scrupuleuses. Mais il ne trouvait rien. En attendant, mon père, malade de chagrin, ne faisait plus les petits marchés de la ville avec sa camionnette de fruits et légumes. Gabriele, qui était devenu son ami, allait le voir tous les jours à l'hôpital, essayant de le réconforter. Vous allez voir, on va vite la retrouver, votre gamine. Et il poursuivait ses recherches, Gabriele. Il négligeait même son travail. Mais il ne trouvait rien, pas la moindre trace de moi. Jusqu'à ce qu'un jour, à l'improviste, entrant dans un bureau de tabac pour acheter un paquet de cigarettes, il se trouvât nez à nez avec Bruno qui était venu là lui aussi acheter des cigarettes. Gabriele saisit Bruno par la cravate et cria, devant tout le monde : « Dis-moi où tu tiens cette pauvre petite, dis-moi où tu caches Franca, sinon je t'étrangle ici, tout de suite. » Bruno, c'était un lâche, lui dit tout de suite oui, qu'il allait le conduire à moi. Il fit monter Gabriele dans sa voiture et lui dit : « Elle est dans un immeuble, pas loin d'ici », et Gabriele le crut. Mais il emmena Gabriele dans le centre, dans une rue, étroite et sombre, déserte à cette heure. Il le frappa au front à l'improviste avec un tournevis qui était à côté du volant. Le coup fut porté avec une telle violence que Gabriele aurait pu mourir, mais il résista et arriva même à lui arracher le tournevis qu'il planta rageusement, hargneusement, en plein visage. Bruno est mort comme ça.

« Continue, Franca, le juge veut tout savoir. »

Je continue, j'écris tout ce qui s'est passé. Gabriele a été arrêté pour homicide, il est encore en prison. Mais, grâce aux papiers que Bruno avait dans la poche, la police a pu retrouver la bonne piste. En effet elle arriva à l'immeuble où l'amie de Bruno me gardait, mais je n'y étais plus.

« Comment ça, où étais-tu ? »

Dès qu'elle apprit que Gabriele avait tué Bruno, cette femme m'a tout de suite passée à un autre.

« Qu'est-ce que ça veut dire “ passée à un autre ” ? »

Il faut que je dise la vérité, la mère supérieure

n'arrête pas de me le répéter, il faut que je le dise, même si c'est laid.

« Passée à un autre », elle m'a « vendue » à un autre type comme Bruno, il m'a tout de suite emmenée avec lui, de sorte que la police ne m'a pas trouvée. De ce type, je ne veux rien dire, je l'ai déjà dit à la police et aussi à la mère supérieure. Ni son nom ni rien. Je dis seulement qu'il était aussi méchant que l'autre, il me battait souvent, lui aussi, quand j'essayais de m'enfuir ou que je pleurais.

Un jour, par hasard, j'avais lu sur un journal que Gabriele était en prison parce qu'il avait tué Bruno. Mon cœur s'est brisé à l'idée que j'étais la cause de son malheur, qu'il l'avait fait pour moi, pour me retrouver et alors j'ai compris que j'étais amoureuse de lui. Mais comme je devais rester avec cet homme et faire toutes les cochonneries qu'il me faisait faire, je n'arrêtais pas de pleurer et dès qu'il me voyait pleurer, il me battait parce qu'il disait que les clients n'aiment pas les femmes qui pleurent. Mais moi, je ne pouvais pas m'empêcher de pleurer, même s'il me battait. Jusqu'à ce qu'un matin, au lieu de me battre parce que je pleurais, cet homme s'est assis à côté de moi et m'a dit : Dis-moi au moins pourquoi tu pleures. Pour mon père, je lui ai répondu, il est à l'hôpital et il va mourir de chagrin pour moi. Et puis ? a-t-il insisté. Alors je lui ai expliqué que je pleurais pour Gabriele, qui était en prison, que je l'aimais. Il me battit plus fort que les autres fois et me dit : Si tu pleures encore, je te tue. Jusqu'à ce qu'un matin, il est venu dans ma chambre où je gémissais encore à cause des coups que j'avais reçus la nuit d'avant, et il m'a dit : Ecoute, tu n'es plus bonne à rien, les messieurs qui viennent ici prennent leurs jambes à leur cou parce que tu n'arrêtes pas de pleurer. Je pourrais te tuer tellement je suis en colère, mais tu me fais aussi de la peine. Si tu jures de ne rien dire sur moi, je te laisse partir parce que j'en ai marre d'entendre tes jérémiades toute la journée. J'ai juré et il m'a dit encore : Tu vois, moi je suis un salaud, toi une fille honnête qui s'est retrouvée par malheur dans cette saloperie. Mais si tu es vraiment honnête, tu tiendras ta parole. Il dit encore : Ne jure pas si tu sais que tu vas m'envoyer les flics au cul, parce que ça voudra dire que tu n'es pas honnête. Je jurai de nouveau, je lui donnai ma parole que s'il me laissait partir, je ne le dénoncerais pas à la police. Alors, il m'a dit, simplement : Fais ta valise et fous le camp. Je n'ai même pas fait ma valise, je suis sortie en courant comme une folle et suis allée à l'hôpital chercher mon papa. Quand il m'a vue, il s'est mis à pleurer, il m'a serrée si fort que j'ai cru qu'il allait m'étouffer. Mais tout de suite la police est venue puis ils m'ont conduite dans cet institut où il y a plein de bonne sœurs si gentilles, et ils ont voulu tout savoir pendant tous ces mois où j'avais été loin de chez moi. J'ai tout raconté et maintenant, j'écris pour monsieur le juge, mais je ne dirai pas le nom de celui qui m'a laissée partir ni ce que je sais de lui, parce que j'ai juré de ne rien dire.

Il y a quelques jours, un prêtre est venu à l'institut et m'a dit : Ecoute, Franca, je sais que tu as juré de ne rien dire sur cet homme, mais il faut que tu saches que si tu ne dis rien la police ne pourra pas l'arrêter et lui, il pourra continuer de faire du mal à d'autres petites filles comme toi, et toi, tu serais alors un peu responsable du mal qu'il fera à ces autres petites filles. Je suis venu te délivrer de ce serment. Pour que tu puisses dire à la police le nom de cet homme et ce que tu sais de lui, pour que la police puisse le prendre et l'empêcher de continuer à faire du mal.

J'ai dit non, que je ne dirais pas son nom, ni rien de cet homme, je l'ai juré et je tiendrai ma parole.

Même la mère supérieure, qui m'a demandé d'écrire mon histoire pour monsieur le juge, a insisté pour que je dise le nom de cet homme et ce que je sais de lui, mais j'ai dit non. La mère supérieure, qui est bonne, a compris et elle m'a dit que personne ne me fera plus de mal, même si je ne disais rien, même si je le protégeais par mon silence. Puis, elle m'a dit aussi que je pourrai peut-être bientôt aller voir Gabriele en prison. Tu vas voir, au procès, on va l'acquitter parce qu'il l'a tué en état de légitime défense.

Voilà mon histoire, monsieur le juge.

L'HOMME LE PLUS SEUL DU MONDE

Les paroles de la chanson, que diffusait l'autoradio, étaient : « Je ne t'aime pas et tu ne me plais même pas — peut-être en va-t-il de même pour toi — peut-être ne sommes-nous ensemble que parce qu'il faut bien être avec quelqu'un — parce qu'être seuls c'est trop triste. »

Pendant qu'il conduisait sur l'autoroute de la Sérénissime, près de Brescia, la voix chaude, douce et troublante de la femme qui chantait à la radio répéta encore une fois, puis une autre fois, puis une troisième fois : « Parce qu'être seuls c'est trop triste. »

Il était seul au volant de sa voiture, c'était un pâle après-midi de la fin mai, l'autoroute était inhabituellement déserte, il ne faisait pas chaud du tout, la musique de la radio, au lieu de le distraire, accentuait son impression de solitude. Au fil de l'horizon, on voyait se profiler de nébuleuses montagnes. Il ralentit en voyant le panneau indicateur d'une station-service avec bar. Il avait soif et il était fatigué de conduire. A mille mètres station-service et bar-restaurant. A cinq cents mètres station-service et bar-restaurant. Puis la voie qui mène à la station-service. Il ralentit encore et se déplaça sur la droite, suivit la flèche gigantesque et aperçut une colonne de fumée noire qui montait droit dans le ciel bleu, clair et froid.

Quand il arriva sur le terre-plein en face du bar-restaurant, il comprit : une « six-cents * » était en train de brûler, pendant qu'un mécanicien de la station-service tentait d'éteindre le feu avec la mousse de son extincteur, d'éviter l'explosion du réservoir d'essence, et ce faisant il rabrouait nerveusement les curieux qui l'entouraient.

« Circulez, il n'y a rien à voir, circulez. »

Sous le jet de mousse de l'extincteur, de hautes volutes de fumée noire se formaient et la voiture, déjà minuscule, carbonisée, se recroquevillait.

« On n'a pas chômé aujourd'hui », dit un garçon, grand, presque deux mètres, qui se tenait à côté d'une jeune fille presque aussi grande que lui. On aurait dit des étrangers, avec leurs cheveux très blonds, mais l'accent était romain, populaire. Ils venaient sûrement du Trastevere, pensa-t-il en souriant. C'était leur voiture, expliquaient-ils à un monsieur qui leur avait demandé ce qui s'était passé. Ils s'étaient mariés la veille et se rendaient à Venise.

« Oui », dit le mécanicien, en arrêtant l'extincteur, l'incendie étant finalement maîtrisé, « mais dans ce cas, il faut faire une vidange avant de partir en voyage sinon le moteur peut flamber comme une allumette. »

Il s'éloigna et entra dans le bar. Il commanda un bitter et tout en buvant, le souvenir des yeux bleu clair d'Olimpia, entre deux mèches de cheveux blonds, le frappa comme un coup de massue. Dieu sait où se trouvait Olimpia aujourd'hui. Quatre ans, c'est plutôt long, il s'en passe des choses en quatre ans, surtout pour une femme. C'était vraiment un voyage inutile, se répétait-il encore à lui-même. Olimpia Arezzino, Vérone, via del Ducato 38, mais y habitait-elle encore ?

---

* « Six-cents » : petite voiture Fiat, qui eut son heure de gloire, avec la « cinq-cents », la « huit-cent-cinquante » et autres.

Probablement pas. De toute façon, il n'avait pas grand-chose à faire, alors pourquoi ne pas essayer de la revoir.

Il sirotait son apéritif quand une voix l'interpella, dans son dos :

« Pardon, monsieur. »

Il se retourna : c'étaient le grand jeune homme, dont la voiture venait de brûler, et sa compagne longiligne. Il leur sourit, parce que malgré leur taille, ils ressemblaient à deux chiots et suscitaient de la tendresse.

« Excusez-moi, monsieur », demanda également la jeune fille blonde, avec l'accent romain très prononcé, « elle est à vous, cette Mercedes ? »

« Oui », dit-il.

« Parce que, voyez-vous, poursuivit-elle avec son terrible et jovial accent romain, la bagnole qui a brûlé, vous la voyez, là-bas, était à nous. On s'est marié hier, on voulait aller à Venise, et maintenant on est bloqué ici. On a demandé aux autres de nous emmener mais toutes les voitures sont pleines d'enfants, de femmes, de belles-sœurs et de valises. Mais vous, vous êtes seul, n'est-ce pas ? »

Il acquiesça.

« Vous allez à Venise ? » demanda le grand jeune homme. « Même si vous n'allez pas vraiment à Venise, vous pourriez nous déposer un peu plus loin. Ça serait vraiment très sympa. »

« Je vais à Vérone », dit-il.

« Vérone, ça fera l'affaire », dit le jeune homme.

« Avec Juliette et Roméo », dit la jeune fille, en riant.

« Y a vraiment pas de quoi rire, dit le jeune homme, on n'a plus de voiture et on dépend de la charité publique. »

Ils éclatèrent de rire tous les trois, même lui, qui n'en avait guère envie.

« Montez », dit-il, quand ils sortirent du bar. Il ouvrit la portière arrière de la Mercedes.

Les deux jeunes gens avaient deux énormes et superbes valises en toile rouge sombre, qui disparurent aussitôt dans le vaste coffre de la Mercedes. Ils s'assirent à l'arrière, tandis qu'il s'installait au volant, puis passait en première.

« Excusez-nous, nous sommes de Rome, vous savez comme les Romains sont curieux », dit le jeune homme, un bras posé autour du cou de sa jeune épouse, jouant de la main avec ses cheveux blonds, « nous sommes en mai : comment faites-vous pour être si bronzé. Où étiez-vous, sur le mont Blanc ? »

Il avala sa salive. Il n'avait pas envie d'en parler, mais il ne savait pas mentir ni même détourner une question, d'ailleurs ces deux jeunes gens, si grands, si minces, si blonds et innocents, l'amusaient et l'émouvaient.

« Non, répondit-il, au Pôle Sud. »

Le garçon pencha la tête de côté. Il le regardait dans le rétroviseur, tout en conduisant sa Mercedes.

« Hein ? » fit le garçon.

La jeune fille répéta : « Il a dit qu'il est allé au Pôle Sud, pas sur le mont Blanc. »

« Pôle Sud ? » fit le garçon. La Mercedes filait sous le soleil pâle, à travers le large lit de la vallée du Pô, entre de vertes prairies luminescentes, et c'était bizarre d'entendre parler du Pôle Sud.

« Oui », dit-il en conduisant. « L'Antarctique. Je suis rentré il y a deux semaines. Quand il y a du soleil là-bas, on rôtit comme ça. »

« Au Pôle, vraiment ? » demanda le garçon, presque avec méfiance.

Il lui sourit dans le rétroviseur. Lui aussi était jeune, et les jeunes comme eux, lui plaisaient. « La station géophysique antarctique des Etats-unis se trouve à huit kilomètres du Pôle Sud. »

« Vous êtes allé là-bas ? » C'était la jeune fille qui l'interrogeait, l'épouse, elle n'était pas étonnée mais pleine d'une admiration passionnée pour lui.

« Je suis radiotechnicien », dit-il, conduisant sur la route ensoleillée, « il y a quatre ans, les Américains m'ont proposé de faire partie de leur équipe radio, et comme ça je suis parti là-bas. »

« Et vous y êtes resté quatre ans ? » demanda le garçon, le mari.

« Non. » Leur naïveté le fit sourire. « Le service durait trois mois, puis on nous ramenait par avion à Rio de Janeiro, on passait un mois de vacances, et on revenait. J'ai bronzé en partie au Pôle Sud et en partie sous le soleil de Rio. »

« Formidable, dit le garçon, je n'avais jamais rencontré quelqu'un qui a été au Pôle Sud. Il doit faire froid. »

« En hiver, ça va jusqu'à soixante-dix degrés en dessous de zéro. »

« Soixante-dix degrés en dessous de zéro ? » dit le jeune marié, méfiant, incrédule.

« Même quatre-vingts », dit-il avec mélancolie. Ici, entre Brescia et Vérone, ces choses semblaient tout à fait invraisemblables.

« Comment fait-on pour tenir le coup ? »

« La plupart du temps, on est dans des galeries creusées dans la glace », expliqua-t-il. Il sentait que les deux jeunes gens étaient très intéressés. « La glace est recouverte de matériaux isolants, l'air est conditionné, on finit par se retrouver torse nu, surtout au déjeuner. »

« Tu entends ça, Teresa, torse nu au Pôle Sud, dit le garçon. Excusez-moi, monsieur, mais c'est pas des blagues ? »

Il ralentit, se retourna en souriant vers les deux jeunes gens, blonds et grands. « Non, absolument pas. »

Ils rirent de nouveau tous les trois.

« Vous ne passiez quand même pas tout votre temps dans les galeries. »

« Non, bien sûr. On remontait à la surface, au moins deux fois par semaine, pour étudier le relief. Mais on portait une tenue thermique avec une capuche en plastique. Plutôt pour le vent qu'à cause du froid. Les nuits d'hiver sur le haut plateau polaire, aux alentours de Kirkpatrick, le vent souffle jusqu'à cent kilomètres à l'heure et la température descend jusqu'à soixante-dix degrés. Dans ces cas-là, il faut se déplacer dans des tanks et s'attacher à une corde quand on sort. » Il revivait cela ; le Sud-Africain Rambers qui travaillait avec lui aux appareillages radio, à huit kilomètres du Pôle Sud, projeté par une rafale de vent à quatre-vingt-dix kilomètres à l'heure contre les chenilles du tank qui était venu les chercher, et on n'avait rien pu faire pour le sauver. Il essaya d'oublier et regarda ce qui était écrit sur l'asphalte de l'autoroute : Vérone Sud 1 000 mètres.

« T'entends ça, Teresa, quelle histoire », dit le garçon.

« Ça, au moins, c'est des hommes », dit-elle avec un accent romain, débordant d'enthousiasme : « des hommes. »

Voici la sortie de l'autoroute, là le long trajet sur le périphérique de Porta Nuova et voilà enfin piazza Bra et l'Arène sur un fond de ciel bleu, si absurde et différent du ciel blanchâtre de l'Antarctique, qui avait été le sien pendant quatre ans, avec quelques intervalles quand même.

« Merci beaucoup, monsieur, vous avez été très

aimable », dit le garçon, en sortant les deux grosses valises rouges du coffre.

« Vous m'avez tenu compagnie, répondit-il. Je vous trouve très sympathiques. » La longue jeune fille l'embrassa avec élan. « Merci, homme du Pôle Sud, tu es très sympa toi aussi. »

Elle se dégagea, prit son jeune époux par le bras. « Ciao, ciao », fit-elle. Il les regarda s'éloigner sur la grande place avec leurs valises rouges et se retrouva seul, comme il l'avait été pendant quatre longues années.

Mais peut-être qu'il retrouverait Olimpia : il était venu exprès pour ça. Il demanda à un agent de police où était la via del Ducato. C'était là, tout près de la piazza Bra. Il s'y rendit à pied. La dernière lettre que lui avait écrite Olimpia, il y a trois ans — l'adresse était étrange : « Antonio Assori. Station Géophysique Internationale Département Radiotechnique Etats-Unis d'Amérique — pour Little America (Antarctique) » — dans cette dernière lettre, justement, elle lui avait écrit qu'elle s'était installée à Vérone, via del Ducato 38. Il lui avait écrit, plusieurs fois, sans recevoir de réponse.

La concierge de via del Ducato 38 lui dit que mademoiselle Olimpia Arezzino n'habitait plus là, mais elle avait entendu dire qu'elle travaillait à la Banca Commerciale Padana, piazza Bra.

« Merci. »

Il alla piazza Bra. Les trois vitrines de la banque ouvraient sous les arcades basses, sombres et romantiques. Il entra, sans trop espérer, et la vit tout de suite, derrière le long comptoir, elle n'avait pas changé depuis quatre ans, toujours la même, quand il la serrait fort, sous le porche de son immeuble et qu'elle disait :

« Non, pas si fort. » Même les deux mèches blondes couvraient toujours son visage, et ses yeux étaient peut-être encore plus verts.

Elle le vit tout de suite, elle aussi, et se raidit, derrière son comptoir où il y avait une petite plaque, CONTROLE.

Il s'approcha d'elle, il y avait beaucoup d'employés derrière le guichet et beaucoup de monde tout autour. Impossible de parler. Il la fixa. Il vit ses yeux briller à l'improviste, comme si elle allait pleurer. Il se rapprocha encore plus du comptoir. Il murmura : « Il faut que je te parle. »

Il y avait trop de monde, même en parlant bas, on allait les entendre. Elle écrivit deux mots sur un feuillet qu'elle lui tendit : Après cinq heures au café de la via Oberdan.

« Merci », lui dit-il, comme un client qui remercie une employée. Il sortit, étourdi, malheureux, cependant plein d'espoir. Il avait vu dans son regard que, même au bout de quatre ans, elle ne l'avait pas oublié.

Il était presque cinq heures. Il alla directement au café de la via Oberdan, toutes les tables étaient prises. Il resta debout, au bar, une horloge électrique, sans aiguilles, donnait les heures en chiffres, chaque minute affichait un petit panneau : 16,58, 16,59, 17,00, 17,01, 17,02... et puis, au bout d'une éternité, à 17,21, Olimpia apparut dans le petit café bondé.

« Je ne peux rester que quelques minutes », dit-elle. Elle prit une cigarette d'un paquet dans son sac, et la plaça entre ses lèvres de la main gauche.

Il vit qu'elle portait une alliance.

« Tu es mariée ? » demanda-t-il, sachant que c'était une question superflue.

« Oui, j'ai une petite fille. »

Ils allaient parler là, debout, au milieu de tous ces gens, devant les deux barmen.

« Je t'ai écrit plusieurs lettres, tu ne m'as jamais répondu », lui dit-il.

Olimpia, qui fumait nerveusement, tenait la cigarette de sa main gauche, ce qui faisait briller encore plus vivement l'alliance en or.

« Quand j'ai reçu ta première lettre, j'étais déjà mariée depuis un mois, la concierge de la via del Ducato l'avait oubliée dans un tiroir. Quand je suis passée pour voir s'il y avait du courrier, elle me l'a donnée. Mais j'étais déjà mariée, et j'attendais un enfant. »

C'est vrai, pensa-t-il, la chance peut jouer des mauvais tours à ceux qui s'aiment. Il vit une table qui se libérait et dit : « Tu ne veux pas t'asseoir un moment ? »

Olimpia secoua la tête.

« Non, mon mari est calabrais, c'est un brave garçon et je l'aime, mais il est très jaloux. S'il apprend que je suis venue ici, dans un café, pour parler avec toi, il me donnera une de ces raclées que tu n'imagines même pas. »

Il ravala sa tristesse et baissa les yeux.

« Excuse-moi, vas-y tout de suite. »

Elle alluma nerveusement une autre cigarette, des larmes éclairaient ses grands yeux verts, entre les mèches de ses cheveux si clairs.

« Je t'ai attendu tant que j'ai pu, Antonio. Mais quand je disais que mon fiancé était au Pôle Sud, les gens riaient, tu sais : une fille dont le fiancé est au Pôle Sud, ça fait rire, on dirait une blague. »

Oui, il comprenait.

« Je suis parti pour travailler, je crevais de faim, tu t'en souviens ? »

Oui, elle se souvenait. Avec son petit doigt, elle essuya les larmes qui coulaient sur ses joues et, la tête baissée, parmi tous ces gens, ces barmen, elle dit : « Je le sais, mon cher, mais maintenant c'est fini. Laisse-moi partir. »

Oui, il fallait la laisser partir, sinon son mari calabrais allait la battre.

« Tu peux partir, mon amour », murmura-t-il.

Elle lui tourna le dos aussitôt, à ce mot — amour — elle jeta sa cigarette à demi consumée à terre et il la regarda sortir. Puis, fatigué, comme épuisé, il alla s'asseoir à une table inoccupée et il resta là, à regarder par terre, se souvenant d'Olimpia, la première fois où il l'avait rencontrée à l'église de Santa Teresa degli Scalzi, quand son ami Domenico la lui avait présentée à la fin de la messe : « C'est la plus belle fille de San Zeno et alentours. Elle fait biologie avec moi, mais n'y touche pas si tu ne veux pas qu'on s'explique au karaté. »

Puis les promenades sur le Lungadige Galtarossa, les étreintes passionnées dans les recoins sombres, les mots doux échangés, les confessions. Mais lui n'avait pas un rond, n'était rien, son diplôme de radiotechnicien spécialisé ne servait à rien. Quelques mois avant, il avait fait une demande à l'ambassade des Etats-Unis, à Rome, pour un poste de radiotechnicien dans le cadre des recherches géophysiques de l'Antarctique. Il n'y avait pas eu de réponse et il n'y pensait plus. Puis, la lettre de Rome était arrivée à l'improviste. L'Institut de Recherches Géophysiques dans l'Antarctique des Etats-Unis lui offrait un contrat pour quatre ans, comme préposé au service des radiotransmissions polaires.

C'est pour ça qu'il était parti. Il ne pouvait faire autrement, il ne pouvait pas tout le temps lui demander des sous pour un sandwich et des cigarettes. Bien sûr, ils avaient juré de s'attendre. Mais pour une femme, c'est difficile d'attendre de si longues années.

« Où est ton fiancé ? »

« Au Pôle Sud. »

Ça faisait sourire, bien entendu. Alors elle avait épousé le premier brave garçon qui s'était présenté. Un Calabrais, jaloux, qui la battait, mais c'était un brave garçon, c'est elle qui le disait. Il était là, ce garçon, pas au Pôle Sud.

Il regardait par terre, absorbé dans ses souvenirs, ses belles épaules souples quand il l'étreignait, sa taille souple, la lumière verte de ses yeux, lorsqu'une voix, avec un fort accent romain, lui fit redresser la tête.

« Excusez-nous, monsieur, c'est encore nous. »

C'était le grand jeune homme avec sa compagne presque aussi grande que lui, les deux blonds qu'il avait accompagnés à Vérone. Il sourit aux deux jeunes époux, essayant de dominer sa tristesse.

« Nous vous avons reconnu uniquement à cause de vos cheveux, on dirait qu'ils sont décolorés, vous aviez la tête baissée et on n'était pas tout à fait sûr que c'était vous. »

« Vous voulez boire quelque chose ? » demanda-t-il. Il se sentait tellement seul. Au Camp G.4, à huit kilomètres du Pôle Sud, il avait au moins des camarades, des étrangers, qui le regardaient avec méfiance parce qu'il était latin et pas anglo-saxon, comme eux. Mais même s'ils l'appelaient « spaghetti », ils l'aimaient bien, et auraient été prêts à l'aider à tout moment. Ici au contraire, dans sa patrie, chez les siens, maintenant qu'Olimpia était à jamais perdue, il se sentait tout seul.

« Asseyez-vous », dit-il.

« Merci », dit la grande blonde, qui s'installa à côté

de lui. « Excusez-moi si je m'occupe de ce qui ne me regarde pas, mais ça n'a pas l'air d'aller très fort, n'est-ce pas ? »

Ça lui faisait plaisir d'entendre cet accent romain, si chaleureux. Il lui sourit. « Je suis juste un peu fatigué. »

« On a été voir la maison de Juliette et la tombe aussi. On est crevé, comme si on avait trimé comme des bêtes. Quand on est habitué à la voiture, on n'arrive plus à faire de longues trottes. »

Un garçon s'approcha et il commanda deux petites bouteilles de Guinness glacée pour les deux jeunes.

« Ça, c'est de la bière », dit la jeune mariée, buvant.

« Vas-y mollo, tu vas être soûle tout de suite », dit le jeune homme.

« Mieux vaut être soûle que morte », dit-elle riant, citant un célèbre proverbe romain.

Il essayait d'oublier les yeux verts d'Olimpia.

« Ecoutez, dit-il, il me semble que vous aviez l'intention d'aller à Venise, si votre voiture n'avait pas brûlé. »

« Ben, oui, dit le jeune marié, mais maintenant on va rentrer à Rome, on n'a plus assez de fric. Vous savez, la " six-cents " c'était aussi notre hôtel. Maintenant, chaque nuit va nous coûter au moins quatre mille lires. »

Il passa ses mains claires sur son visage bronzé.

« Je vais à Venise, et même un peu plus loin, si vous voulez je vous emmène volontiers », dit-il.

Ils se regardèrent tous les trois. Même s'ils venaient juste de faire connaissance, ils se sentaient très proches. Puis, elle regarda son jeune époux.

« Federico, je peux l'embrasser ? »

« Oui, mais que ça ne devienne pas une habitude », dit-il avec un sérieux ostentatoire, en regardant sa femme qui l'embrassait.

« Tu t'appelles comment ? » demanda-t-elle après l'avoir embrassé sur les joues. « J'aimerais tout de même connaître le nom du mec qui nous emmène gratis à Venise, en Mercedes. »

« Antonio », dit-il.

« Moi, c'est Teresa et lui, Federico », dit-elle.

« Quand est-ce que ça vous arrange de partir, moi ça m'est égal », dit-il. Quand un homme se sent aussi seul, tout lui est indifférent.

Ils répondirent qu'ils pouvaient même partir tout de suite, et il dit : « D'accord. »

Il les déposa à Venise, piazzale Roma, au crépuscule : durant le voyage, les deux jeunes gens n'avaient pas cessé de poser des questions sur son boulot au Pôle Sud, et il les avait amusés en décrivant les convois de blindés qui atteignaient le haut plateau du Pôle Sud, à plus de deux mille mètres d'altitude, y déposant des bouteilles et des instruments scientifiques, pour qu'il pût installer une radio-émettrice automatique, de sorte que tous les jours à deux mille kilomètres de distance, à Little America, on pouvait capter exactement du centre du Pôle Sud toutes les données scientifiques nécessaires, de la température à la pression et aux courants magnétiques.

« Tu as vraiment été chic, Antonio, merci, peut-être bien qu'on se retrouvera », dit Federico en lui tendant la main. « Donne-lui un bisou, Teresa. »

Il serra la main du jeune homme, reçut un bisou de la jeune fille, et dit :

« Ecoutez, je suis seul, vous ne voulez pas me tenir un peu compagnie ? Je peux vous emmener où vous voulez. » Rester seul le terrorisait.

« On aimerait bien, dit le garçon, hésitant, mais on n'a plus de thunes, alors il vaut mieux qu'on rentre tout de suite à Rome. »

« Je voulais dire que je vous invite. » Il fixa les eaux du canal, livides dans la lumière livide du crépuscule. « Ce serait dommage d'interrompre une lune de miel à cause d'un peu d'argent. »

La jeune fille le regarda et dit, en dialecte romain : « Mais alors, t'es plein aux as ! »

Il sourit. Non, pas vraiment, non, mais il avait pas mal d'argent. Le salaire accumulé pendant quatre ans, parce qu'au Pôle Sud il n'y a pas moyen de le dépenser et il recevait gratis même les cigarettes, les cartes postales de Little America et les timbres pour les poster. Il était très bien payé et il touchait en plus de fortes indemnités pour le travail effectué en zone à haut risque. Il était donc rentré en Italie, sinon riche, du moins avec suffisamment d'argent pour se payer une Mercedes et pour pouvoir inviter deux jeunes Romains et prendre le temps qu'il faut pour trouver un nouvel emploi. « Presque riche », dit-il en souriant.

Le jeune homme dit à sa femme : « On se fait entretenir, ou tu as honte ? »

« J'ai honte, mais il est trop sympathique », dit-elle.

« Moi aussi je le trouve sympathique, mais il faut un sacré culot pour accepter », dit-il.

« Monsieur Antonio, c'est une drôle de tentation. »

« Allez, dit-il, on y va. »

Il les emmena en canot à moteur dans un bon hôtel, *Il Cavalletto e Doge Orseolo*, juste derrière la place Saint-Marc, pas un hôtel de luxe, car il ne voulait pas les mettre mal à l'aise. Il prit lui-même une chambre à un autre étage, afin qu'ils se sentissent plus libres.

Ils déjeunèrent au restaurant de l'hôtel. Il commanda pour eux, car les jeunes gens auraient fait des embarras, pour ne pas lui faire dépenser trop d'argent. Puis, il dit :

« Soyons clairs : quand vous aurez envie d'être seuls,

vous n'avez qu'à vous lever et partir de votre côté. Vous n'êtes pas obligés de rester avec moi. Si ça vous va, moi je serai toujours content d'être avec vous, mais vous vous êtes mariés il y a trois jours, pensez d'abord à vous-mêmes, et puis si vous voulez passer un moment avec moi j'en serai ravi et si vous avez besoin de quelque chose, n'hésitez pas. »

Tête baissée, aux prises avec une grosse langouste qu'il avait devant lui, le jeune homme dit à sa femme : « On a rencontré le Père Noël : en mai. »

« Ne rigole pas, Federico, il a un problème », dit-elle, sérieuse, aux prises elle aussi avec une langouste ; sérieuse et pleine de tristesse. « Antonio, qu'est-ce que tu as ? Tu ne peux pas nous le dire ? » Son accent romain était à la fois épouvantable et très séduisant.

« Je n'ai rien », et il sourit.

« Antonio, on n'est pas curieux », dit le jeune homme dans ce même langage coloré de Rome, « c'est pas qu'on veuille se mêler de tes oignons, mais souvent ça fait du bien de vider son cœur avec quelqu'un. »

Il baissa la tête, sous la lumière éclatante des lustres ses cheveux blonds, clairs, presque blancs, brillèrent comme de l'argent.

« On a tous quelque chose », dit-il, relevant la tête, et souriant aux deux jeunes gens.

« C'est bon, dit le jeune marié, « si un jour ou l'autre t'as envie, tu nous racontes ce quelque chose qui ne va pas. Sinon, tu fais comme tu veux. »

« Ne vous inquiétez pas pour moi, dit-il. Amusez-vous : c'est le moment. »

« Tu parles comme un vieux, à la fin de ses jours, dit Teresa. Excuse-moi, quel âge as-tu ? »

« Trente et un. Et vous, quel âge avez-vous ? »

« Nous, on est à la crèche, dit-elle. Moi, j'ai seize ans et lui vingt, mais il les aura qu'en octobre. »

Il les emmena ensuite place Saint-Marc, boire un baby, parce que c'étaient encore des gamins et un whisky normal leur aurait fait du mal, tandis qu'un petit, un baby, c'était correct. Puis, il les laissa là, au café, et rentra seul à l'hôtel, il commanda une bouteille de whisky et s'enferma dans sa chambre. Il n'était que onze heures.

A une heure, il était toujours là, dans son fauteuil, devant la fenêtre qui donnait sur une petite église baroque surchargée, il n'avait pas touché à son verre de whisky, n'en avait pas bu une goutte. Il n'avait fait que penser à Olimpia. Penser à elle, c'était un peu être avec elle.

A une heure, on frappa à sa porte. Il alla ouvrir. C'était Federico, le jeune marié.

« Je savais que tu étais éveillé », dit Federico. « Je savais aussi que tu étais en train de boire un verre. Tu m'offres quelque chose ou c'est trop tard ? »

« Entre, mon cher, ça me fait plaisir. »

« Teresa ronfle, comme une chatte qui ronronne », dit le jeune homme en entrant. « Après onze heures, elle devient comme une somnambule. Au contraire, moi je suis un neurasthénique qui ne dort jamais. »

« Tu n'as pas l'air d'un neurasthénique », dit-il, lui versant du whisky dans un verre.

Une odeur d'eau et de silence entrait par la fenêtre ouverte, des ondes de silence, le silence aérien de Venise la nuit, que ne trouble ni tram, ni auto, ni camion.

« Je n'en ai pas l'air, non, mais je le suis quand même. » Il s'assit dans un fauteuil en face de lui. « Et je suis un salaud, il faut que tu le saches, sinon tu vas finir par avoir des ennuis toi aussi. »

Il le regarda durement un moment, craignant de s'être trompé, d'avoir recueilli une fripouille. Mais les beaux yeux gris, fermes et francs, du jeune homme soutinrent son regard.

« Quels ennuis ? » demanda-t-il au jeune homme. Non, il ne pouvait s'agir d'une fripouille.

« Eh bien », dit le jeune homme, baissant la tête maintenant, son verre de whisky à la main, « Teresa et moi ne sommes pas mariés, comme on t'a dit. Je suis fou, il y a trois jours je lui ai dit : " Mon père m'a prêté sa ' six-cents ' pour quinze jours. Tu viens faire un tour dans le Nord avec moi ? On va à Milan, à Venise, à Trieste. Ça te va ? " Et comme elle est folle, elle aussi, elle a répondu : " Oui, mais il faut prendre deux alliances, je ne veux pas me balader comme ça, avec un homme, comme si j'étais une putain. " »

« Ce n'est pas ta femme ? » dit-il, d'un air redevenu sévère.

« Non, ce n'est pas ma femme », dit le garçon, aux cheveux blonds, souples, qui retombaient sur ses oreilles. « Comme tu peux l'imaginer, c'est une sale histoire parce qu'elle n'a pas encore seize ans et si son père me dénonce, on me fout en taule pour détournement de mineure. »

« Il ne t'a pas encore dénoncé ? »

« Non, Teresa a téléphoné à ses parents après s'être enfuie avec moi, sa mère est de notre côté et jusqu'à présent, elle a réussi à freiner le père qui veut lancer les flics à nos trousses. Elle lui a dit qu'en me dénonçant, cela provoquerait un scandale dont on parlerait dans les journaux et dans les magazines. Mais je ne sais pas combien de temps ça peut durer, parce que si son père le pouvait, il me réduirait en bouillie. »

Il acquiesça, d'un air toujours aussi sévère. L'histoire ne lui plaisait pas, le garçon lui-même commençait à lui plaire un peu moins.

« Pourquoi ne l'as-tu pas épousée pour de vrai ? » demanda-t-il avec dureté.

« Ecoute, Antonio, d'abord son père l'aurait tuée plutôt que de la laisser se marier avec moi. Puis, je n'ai que vingt ans, je fais des études d'ingénieur. Mon père a un garage de motos, tu comprends, il n'a pas tellement d'argent à me donner. Si je veux boire un Coca-Cola, il faut que ce soit un copain ou une fille qui me le paie. Dans ces conditions, s'il n'est pas un salaud, un homme ne se marie pas. »

« Pourquoi, dit-il encore plus durement, l'as-tu déshonorée quand tu l'as emmenée avec toi à travers l'Italie ? Si tu ne peux pas l'épouser, laisse-la tranquille. »

« Ecoute, Antonio, ne te fâche pas », dit le garçon. Il avala une longue gorgée, pour se donner du courage. « Je n'ai déshonoré personne. Je ne l'ai pas touchée. Elle est pure et elle peut se marier en blanc quand elle veut, avec une traîne de six mètres, tu sais, les femmes, elles y tiennent tellement à ces choses-là. »

Toujours avec dureté, et un brin d'ironie, il demanda : « Et je devrais te croire ? »

« Il faut me croire, parce que c'est vrai. » Le garçon eut un geste d'énervement en posant avec violence son whisky sur la petite table de verre. « Je suis fou, mais je ne suis pas un salaud. Je ne l'ai pas touchée, Teresa. C'est pour ça aussi qu'on dormait en voiture, enfermés dans une chambre d'hôtel, c'est plus difficile de résister. C'est aussi pour ça que je suis chez toi, maintenant. Laisse-moi dormir ici, sur ce fauteuil, comme ça, elle ne risque rien. »

Alors il comprit qu'il était sincère, que c'était un brave garçon.

« Ça vaut mieux, dit-il. Tu es un homme comme il faut. »

« Je n'ai résisté que trois jours. C'est pas brillant. Mais maintenant, je commence à ne plus tenir le coup et ce soir j'ai peur de rester seul avec elle dans une chambre. » Le jeune homme but, puis baissa de nouveau la tête.

« Tu sais ce qu'il te reste à faire maintenant ? » dit-il.

« Oui, Antonio, je le sais : la ramener tout de suite à Rome, chez son père. Mais j'en suis triste à crever parce que c'est la première fille que j'ai envie d'épouser, je suis bien avec elle, comme un enfant dans les bras de sa mère. »

« Tu *dois* la ramener tout de suite chez ses parents », dit-il, d'une voix redevenue sévère.

« Oui, bien sûr », dit le garçon, cachant ses yeux d'une main. « Je le lui ai déjà dit ce soir, quand tu nous as laissés seuls. Elle est d'accord, elle aussi. Ce n'est pas vrai qu'elle est en train de dormir dans son lit. Elle est au lit, mais elle pleurait quand je l'ai laissée et que je lui ai dit que je venais dormir ici, chez toi, que je n'aurais pas été capable de résister. Et puis, elle se sent mal à l'idée qu'on va se séparer et qu'elle va rentrer chez elle. »

« Bois, au lieu de chialer », dit-il et il lui tendit le verre de whisky.

« Attends », dit le garçon, il s'essuya les yeux avec ses doigts avant de prendre le verre.

« Je vais vous conduire à Rome, dit-il. On partira tôt demain matin, à six heures, même à cinq heures. Le soir, tu ramèneras la fille chez ses parents. Je t'accompagnerai et je parlerai, comme ça on évitera peut-être une scène. »

« Merci, Père Noël, dit le garçon. Merci. » Il se leva, de toute sa hauteur, alla à la fenêtre, le verre à la main, la voix encore tout enrouée d'avoir pleuré.

« Moi, je t'ai tout dit, mais moi, tu n'as rien à me raconter ? Je te l'ai dit, tu as l'air de quelqu'un qui a de gros ennuis, ou un gros chagrin. »

« Chacun en prend pour son grade », dit-il.

« Dis-moi ce qu'il en est, comme je l'ai fait moi-même. Ou t'as pas confiance ? » fit le garçon, lui tournant toujours le dos.

Il alluma une cigarette. Il fallait se confier à ce garçon, comme il s'était confié à lui.

« C'est vite dit », dit-il se décidant à le faire. « Quand un mec reste quatre ans, comme moi, dans un lieu qui s'appelle l'Antarctique, à plus de vingt mille kilomètres de son pays, et qu'il revient, il ne trouve plus personne, ni copains, ni filles, ni compagnie. J'avais perdu mes parents avant de partir et j'habitais chez une tante. Ma tante est morte, deux ans après mon départ pour Little America. Maintenant je suis rentré, je suis allé à Vérone pour retrouver une fille que j'aimais, mais aucune femme n'est disposée à attendre quatre ans. Je l'ai vue : elle est mariée et elle a une petite fille. Je lui ai dit au revoir et je suis venu ici, à Venise. C'est ça mon chagrin. Voilà, maintenant qu'on a échangé nos peines, t'es satisfait ? »

Le jeune homme se retourna. « Rien ne t'empêche de te refaire des amis, des filles, de te marier. »

« Bien sûr, répondit-il. Mais moi, c'est Olimpia que j'aimais et c'est dur de se dire : jamais plus Olimpia, jamais plus, jamais plus. Toi, Teresa, peut-être qu'un jour ou l'autre, tu pourras l'épouser, tu finiras tes études, tu trouveras une place, elle t'attendra un peu et puis tu l'épouseras. Moi, c'est pas pareil. Pour moi, c'est fini à jamais. » Il vint à ses côtés et regarda lui aussi par la fenêtre les eaux noires du canal. « Tu as déjà suffisamment d'ennuis, ne t'occupe pas des miens », lui dit-il.

Il envoya le garçon dormir dans son lit, et lui s'assoupit sur le fauteuil : cette nuit, pas question de dormir vraiment et puis il fallait partir très tôt. Il prit un bain à cinq heures du matin, puis réveilla le jeune homme.

« Federico, il est cinq heures et demie. Allons réveiller Teresa. »

« Oui, Antonio. »

Il attendit que le garçon fût prêt, puis l'accompagna à la chambre de Teresa.

« Dépêchez-vous, on part tout de suite. »

Ils se dépêchèrent, les pauvres, avec leurs visages timides, les traits tirés, comme des chiots battus, sans dire un mot. Le long et rapide voyage commença. Un canot à moteur les amena à piazzale Roma, où ils montèrent dans la Mercedes. Le soleil, même à cette heure matinale, était déjà brûlant.

« On va passer par Padoue, Ferrare, Bologne, puis on prendra l'Autoroute du Soleil jusqu'à Rome », dit-il.

« Oui, Antonio », dit le jeune homme.

Il conduisait vite, pour échapper au silence pesant des jeunes gens assis à l'arrière. Il n'aimait pas voir les jeunes gens tristes, mais il ne savait pas comment les consoler, d'ailleurs ils n'auraient pas accepté d'être consolés. C'étaient de jeunes orgueilleux, qui ne pleureraient jamais devant lui.

En arrivant, un peu après huit heures, dans la banlieue de Ferrare, il dit : « A Ferrare, on s'arrêtera un moment pour boire un café. » Il les emmena au centre-ville, dans un café, presque devant la cathédrale, qui venait d'ouvrir et qui était encore vide ; ils durent patienter un moment à cause de la machine à café qui n'avait pas encore atteint la pression nécessaire. Et tout en patientant, il essaya encore de résister à l'envie de téléphoner à Rachele.

Rachele n'avait pas été le grand amour, comme Olimpia, mais elle avait quand même représenté quelque chose de poignant. Il était venu à Ferrare il y a cinq ans, pour un Congrès de Radiotechnique et d'Electronique. Une semaine aux frais d'une grosse entreprise d'outillages radio, des congés payés en quelque sorte. Puis la rencontre avec Rachele, sur le seuil d'un petit magasin d'antiquités, dans la pittoresque via Madama, près du Palais Schifanoia, le palais où les Estensi donnaient de grandes fêtes, et, frappé par ses yeux noirs flamboyants, il s'était approché, faisant semblant de regarder la petite vitrine qui contenait des chandeliers à sept branches et d'anciens abat-jour, et elle lui avait souri.

Ce sourire fut suivi de quatre jours irréels, complètement irréels, avec elle blottie dans ses bras la nuit, ou tenue par la main le jour, parcourant, heureux, les rues antiques et sombres de Ferrare, ou bien les nouvelles avenues qui mènent aux grand-routes de Bologne ou de Padoue, jusqu'aux rives du Pô, de Volano à piazzale San Giorgio, et lui, il ne se souvenait même plus du Congrès de Radiotechnique et d'Electronique.

Mais une fois le congrès terminé, au bout de quatre jours, il était rentré chez lui, à Vérone. Ils ne s'étaient même pas dit les choses qu'on dit habituellement, ils ne s'étaient rien dit, ni je reviendrai vite ni rien. Il n'était plus jamais revenu à Ferrare, ils ne s'étaient jamais écrit ni téléphoné : rien. Seulement voilà, cinq ans plus tard, par hasard, il passait par Ferrare, et dans ce café presque devant la cathédrale, il ne voulait pas téléphoner à Rachele mais la solitude étant plus insupportable qu'une plaie ouverte, il termina rapidement son café et dit aux deux jeunes gens : « Excusez-moi, il faut que je téléphone. »

Il alla dans une cabine téléphonique, feuilleta l'annuaire, après cinq ans, on ne se souvient pas du nom de famille des gens, d'ailleurs ils ne s'étaient pas préoccupés, il y a cinq ans, de leurs noms de famille respectifs, et probablement ne connaissait-elle pas le sien non plus. Mais il savait que via Madama, près du Palais Schifanoia, il y avait un petit magasin d'antiquités, l'unique bien de Rachele et de sa mère, restées seules. Il trouva tout de suite le numéro dans la rubrique « Antiquaires ». Peut-être n'y avait-il plus personne, c'est long cinq ans, il s'en passe des choses. Il composa le numéro sans grand espoir, ce n'était pas très correct de téléphoner si tôt, mais au bout de quelques sonneries la voix fatiguée d'une femme âgée répondit : « Allô ? »

« S'il vous plaît, est-ce que je peux parler à Rachele ? »

Il y eut une pause, puis la voix féminine reprit : « De la part ? »

« D'Antonio. Vous êtes la maman de Rachele, madame, n'est-ce pas ? »

« Oui », dit la femme d'une voix moins fatiguée, cordiale. « Vous connaissez ma fille ? »

« Oui, mais on ne se voit plus depuis de nombreuses années, cinq ans... »

La femme l'interrompit brusquement, chaleureusement, presque avec un sanglot dans la voix. « Ah oui, Antonio, Antonio, maintenant je me souviens... » Elle eut comme un autre sanglot. « Je vous appelle tout de suite Rachele. Elle dort encore mais je suis sûre qu'elle sera si heureuse... »

Il attendit dans la cabine, tamponnant avec son mouchoir son front en sueur et ses yeux, il dut patienter quelques minutes puis, d'un gouffre de cinq ans, il réentendit sa voix dans le combiné. « Cher Antonio. » Un peu moins limpide qu'il y a cinq ans, un peu rauque.

« Rachele, je suis ici à Ferrare, dit-il. Je peux te voir ? »

« Quand tu veux. »

« Tout de suite ? »

« Tout de suite. » Quoique sa voix fût basse et rauque, elle était comme il y a cinq ans : résolue, impérieuse dans ses décisions. C'était bizarre qu'une femme lui parlât encore avec cette chaleur après cinq ans, comme s'ils s'étaient quittés la veille, c'était irréel, comme tout avait été toujours irréel avec elle.

« Je ne suis pas loin de la cathédrale, je vais venir à pied, je serai chez toi dans un quart d'heure. »

« Oui, mon cher, je suis si heureuse de te revoir. »

« Ciao, Rachele. »

« Ciao, Antonio. »

Il raccrocha, retourna auprès des deux jeunes gens, se passa le mouchoir sur la figure, en regardant leurs deux visages raidis par la tristesse, enlaidis tous les deux par l'angoisse de la séparation, mais en même temps si touchants.

« Excusez-moi, les petits, dit-il. Il faut que j'aille voir quelqu'un. Je vous laisse la voiture. Faites un tour où bon vous semble. Ça doit vous faire plaisir de rester ensemble quelques heures de plus. Rendez-vous ici, à midi. » Il détacha les clefs de la Mercedes du porte-clefs. « Tiens, Federico, conduis doucement, en brave garçon et allez pleurer dans un lieu isolé, mais à midi soyez de retour parce qu'il faut être à Rome ce soir. »

Le grand jeune homme attrapa les clefs de la Mercedes au vol.

« Sois tranquille, Antonio, je conduis doucement. »

Teresa se mordit d'abord les lèvres, puis respira profondément et dit : « Merci, Père Noël. »

« Ciao, les petits. » Il sortit du café, traversa la piazza Trento et Trieste, emprunta la via Mazzini et, sous un soleil étouffant déjà chargé de poussière, passé via Saraceno, il parcourut via Borgo di Scotto, il connaissait le chemin par cœur, même s'il y avait des années qu'il ne l'avait fait, il arriva au coin de via Madama et vit tout de suite le petit magasin d'antiquités.

L'enseigne « Antiquaire » était toujours la même, mais un peu plus brûlée par le soleil et rongée par la pluie. L'unique porte du petit magasin était fermée, le rideau de fer baissé, un magasin d'antiquités ça ouvre tard et il n'était que huit heures. Il s'approcha lentement du rideau de fer, rugueux, poussiéreux mais émouvant, il l'effleura de ses doigts, comme s'il voulait le caresser : il y a cinq ans, durant trois soirs d'affilée, quand il la raccompagnait chez elle, ils passaient des heures ensemble, appuyés à ce rideau de fer, parlant, s'embrassant.

Puis il entra par la porte à côté, monta au premier étage, sonna à l'unique porte du sombre palier, dont la fraîcheur accueillante lui rappelait une cave. Comme si elle l'avait attendu derrière la porte, celle-ci s'ouvrit à peine eut-il sonné : Rachele se tenait là, debout, devant lui.

Ils se regardèrent : elle avait ouvert tout grand la porte, il entra, sans dire un mot. Elle referma la porte. Elle continuait à le regarder. « Comme tu es beau ! »

Il continuait à la regarder lui aussi, sans réussir à parler, même pas à sourire de ce compliment ingénu.

Alors, elle dit ce que tout le monde lui disait : « Tu as été en montagne, tu es tout bronzé ? »

Il hocha la tête, sans pouvoir répondre. Elle tendit la main. « Viens. » Elle le conduisit dans le salon, celui avec le chandelier imposant à sept branches, le grand tapis oriental authentique, et le petit canapé rouge, très foncé, plutôt dur. C'était comme si cinq ans n'avaient pas passé, comme si quelques jours à peine s'étaient écoulés, comme s'il était resté présent dans son cœur, chaque jour, pendant toutes ces années. Elle lui sourit, l'invita à s'asseoir près d'elle, sur le petit canapé où ils s'étaient si souvent parlé et embrassés, embrassés et parlé, à l'insu de sa mère affairée dans la cuisine.

« Pourquoi ne dis-tu rien ? » demanda Rachele.

« Excuse-moi. Encore un moment. » Il ne voulait pas pleurer.

« Je suis si heureuse que tu te sois souvenu de moi », dit-elle.

Il la fixa de nouveau, en silence. Oui, elle était encore très belle, avec ses yeux sombres, flamboyants, ses cheveux très noirs, ce visage olivâtre, si féminin, quoique agressif. Mais cinq années avaient laissé leur empreinte : ses yeux semblaient fatigués, cernés de quelques petites rides. Dans ces cheveux très noirs, on voyait quelques fils blancs et aux commissures des lèvres, deux rides plutôt profondes se dessinaient. Elle avait maigri sans doute et ses pommettes saillaient davantage : il se souvenait d'un visage plus rond et doux. « Excuse-moi », dit-il, encore incapable de parler.

« Tu veux un café ? Maman est en train d'en faire. »

« Oui. »

« Tu es devenu encore plus blond », dit Rachele.

Il commençait à retrouver la maîtrise de soi. « C'est le soleil du Pôle Sud. » Il réussit enfin à sourire et trouva la force de lui parler brièvement de son travail avec l'expédition géophysique américaine de l'Antarctique.

« Tu es un homme extraordinaire, dit-elle, de sa voix

rauque, des années ont passé, mais tu es l'homme le plus extraordinaire que je connaisse. »

Il n'y avait rien d'extraordinaire, pensa-t-il : n'importe quel radiotechnicien, jeune, en bonne santé, pouvait se rendre au Pôle Sud, au Pôle Nord ou n'importe où. « C'est toi qui es extraordinaire », dit-il. Il se leva à l'entrée de la mère de Rachele, qui portait un plateau en étain avec deux minuscules tasses de café et un sucrier encore plus petit.

« Je suis si heureuse de vous revoir », dit la maman de Rachele. En dépit des graves offenses que le temps et les difficultés avaient causées à son visage, elle était une femme encore pleine de charme. Il lui baisa la main et fut incapable de dire un mot. Cette femme ne ressemblait pas à Rachele, et cependant il y avait entre elles une ressemblance impalpable : une manière chaleureuse d'aller à la rencontre de son prochain, de ses semblables, de vouloir leur parler, les aimer, sans méfiance et sans peur.

« Tu sais, maman, il a été au Pôle Sud ? dit Rachele. C'est pour ça qu'il est devenu si beau. »

« Mais Rachele, dit sa maman, en voilà une gaffe : il a toujours été très beau. »

Les deux femmes sourirent. Il demeura sérieux, les dents soudées. Puis, il demanda : « Vous ne prenez pas le café avec nous, madame ? »

« Je suis habituée à prendre mon café à la cuisine », dit la maman de Rachele, qui sortit souriante du salon, les laissant seuls.

« Ne le laisse pas refroidir, dit Rachele, maman fait un café aussi bon que le barman de l'*Hôtel Ramat* à Tel Aviv, c'est le meilleur hôtel de la capitale. »

Il prit la petite tasse, l'arôme du café l'enveloppa de sa fragrance mais, avant de boire, il dit : « En hébreu Tel Aviv veut dire “ la colline du printemps ”. »

« Comment le sais-tu ? » demanda Rachele.

« A la station géophysique de l'Antarctique, il y avait aussi deux Israéliens et, tu sais, enfermé dans des souterrains creusés dans la glace, durant la longue nuit polaire, on parle, on parle de tout ce qu'on aime, de ce qu'on désire, de ce qui est loin : de sa femme, de son pays, et ils m'ont raconté pas mal de choses sur Israël. »

Il but une gorgée de café. Ce n'était sans doute que quatre petites cuillères, mais d'une essence de café liquide, très pure. Il le connaissait, il dit : « La dernière fois, je l'ai bu ici il y a cinq ans, dans cette pièce, avec toi. »

Elle sembla s'attrister et baissa la tête. « Je suis devenue vieille, n'est-ce pas ? » Elle se redressa aussitôt afin qu'il vît son visage.

« Non », dit-il. Il acheva de boire ce café magique, qui lui redonnait des forces, annihilant sur-le-champ la tristesse, lui redonnant le goût de vivre. « Absolument pas. D'ailleurs, si tu veux, je voudrais t'emmener avec moi, ma voiture est près de la cathédrale, je voudrais qu'on parle, j'ai tellement, tellement de choses à te dire, je voudrais rester près de toi. On peut aller où tu veux. Je dois accompagner deux jeunes gens à Rome, ils sont sympathiques, après nous serons seuls et nous irons où tu voudras... » Il fut interrompu, brusquement.

Brutalement, elle dit :

« Non ! », elle leva la tête et le fixa, agressive.

Il joignit les mains, comme dans un geste de prière. Il laissa passer quelques secondes de silence, puis demanda :

« Pourquoi ? »

« Antonio », elle prononça son nom avec dureté mais non sans émotion, « puis-je te demander de ne pas insister pour savoir pourquoi. Contente-toi du refus. Je t'ai revu avec un bonheur que tu ne peux pas imaginer, mais quand nous aurons fini notre café, nous nous quitterons. Tu veux bien, Antonio ? »

« Non. Je veux savoir pourquoi tu m'as dit non. Pourquoi tu ne veux pas venir avec moi. »

Les traits de Rachele se durcirent.

« Très bien, puisque tu insistes, je vais te le dire : nous partons, ma mère et moi, cette semaine. »

« Où allez-vous ? »

Elle le fixa âprement, avec désespoir. « Dans un sanatorium suisse des plus élégants, sur les montagnes du lac des Quatre-Cantons. Nous sommes tuberculeuses, toutes les deux. Pendant la guerre, ma mère et mon père, qui étaient juifs, ont été déportés à Buchenwald. Mon père est mort dans les chambres à gaz, ma mère a été libérée par les Américains, moi j'étais à Milan. Mes parents m'avaient cachée dans une famille pauvre où j'ai beaucoup souffert de la faim, du froid, de la peur, tout cela ne fait pas de bien à une petite fille de sept ans. J'ai attrapé la tuberculose moi aussi, ma mère était déjà atteinte depuis Buchenwald. Naturellement, on a essayé de nous soigner à la maison tant que c'était possible, mais maintenant nous devons fermer le magasin et partir en Suisse. »

« Aujourd'hui, la tuberculose n'est plus une maladie incurable », dit-il.

« Oui, Antonio, répondit-elle avec patience, mais ça dépend de la gravité des cas. Pour ma mère et moi, c'est grave. Si nous allons dans un sanatorium, on arrivera peut-être à nous maintenir en vie, mais nous ne guérirons pas. Je suis une femme finie. A cause de la maladie, je ne peux pas avoir d'enfants et je ne serais qu'un risque de contagion pour mon mari. Quand tu es entré tout à l'heure, j'avais envie de t'étreindre, de t'embrasser, mais tu as vu que je ne l'ai pas fait. Reste loin de moi. Voilà pourquoi je t'ai dit non. »

Il aurait bien insisté encore, mais ses yeux durs l'en empêchèrent. Alors, il dit : « Dis-moi au moins où tu vas, je viendrai te voir. »

« Je n'aime pas jouer à la malade tuberculeuse qui reçoit la visite d'amis qui ont pitié d'elle. » Puis son ton se radoucit un peu. « J'ai été si heureuse de te revoir, mais maintenant va-t'en. »

« Encore un instant, Rachele. »

« Non, tout de suite. » Elle se leva, son visage baigné de larmes à l'improviste, mais son expression restait agressive et impitoyable. « Je t'ai tellement désiré, pendant toutes ces années, je t'aime, tu es le seul homme que j'aime réellement », dit-elle entre ses larmes. « Je t'en prie, va-t'en. »

« Rachele... »

« Va-t'en. Ce n'est pas la peine de dire au revoir à ma mère. »

Il devait partir : Rachele était inflexible. Avant de s'en aller, il écrivit deux lignes sur un feuillet de son agenda et le lui donna. « C'est mon adresse à Milan et mon numéro de téléphone. Ça me ferait vraiment plaisir si tu m'écrivais, ou si tu téléphonais. »

« Je ne crois pas que je le ferai », dit-elle, impitoyable, et deux filets de larmes coulaient sur ses joues. Elle ne lui donna même pas la main. Elle l'accompagna dans l'antichambre et au moment d'ouvrir la porte, elle éclata en sanglots et se jeta contre lui, le visage caché contre sa poitrine. « Merci de t'être souvenu de moi, mais à présent va-t'en. »

Il la serra un peu.

« Ne me renvoie pas, Rachele. »

« Va-t'en, Antonio, je t'en prie, va-t'en. » Sanglotant, elle se détacha de lui, comme on se détache de la vie et ouvrit la porte. « Adieu. »

Il la regarda et retrouva au fond de sa mémoire

quelques mots qu'elle lui avait appris il y a cinq ans, il lui dit : *lé-hi-traot*, ce qui veut dire au revoir.

« Non », dit-elle, désespérée et inflexible, « adieu. »

Il fut contraint de sortir, c'était fini. Il retourna lentement au café, près de la cathédrale, et vit tout de suite les deux jeunes gens assis à une table dans le coin le plus sombre du sombre café.

Il s'approcha d'eux. « Pourquoi n'avez-vous pas fait un tour en voiture ? »

Ils ne répondirent pas, mais leurs visages exprimaient clairement qu'ils n'avaient pas envie de faire un tour en voiture, ni d'aller nulle part, ils n'avaient envie de rien, maintenant qu'ils devaient se quitter.

« Bon, eh bien, on va partir tout de suite pour Rome », dit-il, réentendant sa propre voix dire à Rachele : *Lé-hi-traot*, au revoir » et elle qui répondait : « Non, adieu. »

Federico, le jeune homme, secoua la tête. « Non, merci. On s'en va de notre côté. »

« Où ça ? » demanda Antonio.

Le garçon répondit, nerveusement : « C'est nos oignons. »

Il regarda les deux grands jeunes gens, ce n'était encore que des enfants malgré leur arrogance, et d'une voix basse, très, très basse, il dit : « Excusez-moi de m'être occupé de vos oignons. » Il s'éloigna, alla au comptoir pour commander un café.

Il entendit derrière lui le tic-tac des sandales de la fille et le pas mâle et souple du garçon, puis sentit sur son bras la longue main de la fille.

« Ne sois pas vexé, Antonio », dit-elle, désespérée, les yeux remplis de larmes, sans se soucier des deux barmen qui écoutaient avec attention et d'un vieux client qui buvait son café tout oreilles lui aussi. « On n'arrive pas à se quitter, on n'y arrive vraiment pas, il veut rester avec moi et moi avec lui. » Sa voix, chargée de pleurs, donnait encore plus de saveur à son accent romain.

« Vous dites que ce sont vos oignons. » Il regarda le barman et commanda : « Un café. »

« Non, Antonio, ne dis pas ça », fit-elle en serrant plus fort son bras. « Il faut que tu comprennes : si on veut rester ensemble, on n'a qu'à faire un enfant, comme ça mon père ne pourra plus dire non. »

« Tais-toi, allez, viens, tu ne vois pas que tout le monde écoute », dit Federico, la tirant vers le coin sombre où ils se trouvaient avant et la faisant s'asseoir à une table.

Sa petite tasse de café à la main, il rejoignit peu après les deux jeunes gens. « C'est ça la belle connerie que vous avez décidée ? » demanda-t-il d'une voix calme.

« Oui », dit Teresa.

« Toi aussi ? » demanda-t-il, toujours très calmement, à Federico. « Un enfant et tout sera réglé, c'est ça ? »

Le jeune homme ne répondit pas et détourna les yeux. Alors il lui dit : « Tu es le seul à pouvoir la sauver, en l'obligeant à rentrer à la maison sans faire de bêtises. Flanque-lui une paire de baffes s'il le faut, mais ramène-la chez elle, à Rome, chez ses parents. Je te donne quinze minutes. Je vais vous attendre dans la Mercedes, mais seulement un quart d'heure. Après, je m'en vais et vous vous démerderez seuls. »

« Je ne rentrerai pas à la maison, dit Teresa, même si on doit me tuer. »

Il ne l'écouta pas et s'adressa de nouveau au jeune homme : « Si tu n'es pas un salaud, tu m'auras rejoint avec elle à la voiture dans un quart d'heure, ensuite on la ramènera à la maison. »

Il leur tourna le dos et s'éloigna, sans leur laisser le

temps de répondre. Il monta à bord de la Mercedes et regarda l'heure : neuf heures et une minute. Il alluma une cigarette, tenta de ne pas penser à Rachele, à Olimpia, mais surtout à lui-même et à la solitude. Quand il regarda l'heure de nouveau, il était neuf heures et neuf minutes, quand il regarda de nouveau, il était neuf heures et quatorze minutes.

A ce moment, il les vit arriver. Il la tenait fermement par un bras, comme s'il la traînait, il était évident qu'elle ne voulait pas le suivre, des passants les regardèrent et semblèrent même sur le point d'intervenir, parce qu'elle pleurait, se débattait, mais le jeune homme la fit quand même monter dans la Mercedes, et elle cria tout de suite : « Tu n'es pas le Père Noël, tu n'es qu'un monstre, ça te fait jouir de séparer les gens, moi d'un côté et Federico de l'autre. Qu'est-ce que je vais faire à la maison ? La jeune fille comme il faut, pas vrai ? Moi, je m'en fous d'être comme il faut, je veux rester avec lui. »

« Ne crie pas comme ça, Teresa, dit le jeune homme, regarde tous les gens autour de la voiture, Dieu sait ce qu'ils vont penser. »

Antonio démarra parmi les hurlements et les pleurs, au milieu d'une petite foule qui observait, de plus en plus inquiète. Pendant presque une heure, elle n'arrêta pas de se désespérer, de se débattre, de pleurer, de crier, d'implorer Federico de ne pas la quitter, l'implorant, lui aussi, Antonio, le Père Noël, puis l'insultant, puis elle se remettait à l'implorer pendant que lui faisait du cent quarante à l'heure avec la Mercedes et à la fin, épuisée, elle s'endormit. Quand elle se réveilla, elle se remit à pleurer, mais de moins en moins fort, épuisée intérieurement. Pendant tout ce long voyage, elle ne mangea et ne but rien, elle s'endormait de temps en temps pendant quelques minutes, on aurait dit un évanouissement, et quand ils entrèrent dans Rome, peu après cinq heures, elle semblait résignée. Elle expliqua au Père Noël ou au monstre, c'était selon, la route à suivre pour aller chez elle.

« J'habite via Crescenzio, au 44, il faut que tu ailles piazza del Popolo, Antonio », elle le guida dans le fouillis des sens interdits, jusqu'à ce qu'elle dise : « Voilà, ça c'est la porte de chez moi. Arrête. »

Il s'arrêta. Sans se retourner, car il ne voulait pas les voir, il dit : « Maintenant, Teresa, je t'accompagne chez tes parents et Federico attendra ici, dans la voiture. Dites-vous au revoir. »

Elle était sans larmes, sans voix, elle dit d'un ton étouffé : « On n'arrête pas de se dire au revoir. On passe notre vie à ça, adieu. » Elle sortit précipitamment de la voiture tandis que Federico se couvrit le visage de ses mains.

Antonio descendit lui aussi, prit Teresa par un bras, ils entrèrent dans l'immeuble, puis dans l'ascenseur jusqu'au troisième étage. Elle était raide, comme du bois. Quand ils sortirent de l'ascenseur, le père et la mère de Teresa les attendaient déjà sur le palier, la concierge les ayant prévenus par l'interphone.

Il tenait toujours la jeune fille par le bras, comme il aurait tenu un balai, une chose privée de vie, il la poussa vers sa mère qui devint pâle et ouvrit les bras.

« Ma petite, ma petite fille. »

« Croyez-moi ou non, monsieur Carli », il s'adressait au père de Teresa, essayant de lui expliquer la vérité, patiemment, en essayant de ne pas penser à lui-même. « Je suis un étranger, vous ne savez rien de moi, vous n'êtes pas tenu d'avoir confiance en moi. J'ai rencontré les deux jeunes gens par hasard, quand leur voiture a brûlé, je les ai conduits avec moi, ils m'avaient dit qu'ils étaient mariés, elle avait une alliance, puis il a fini par me dire la vérité, qu'ils étaient en fugue. Alors je lui ai dit qu'il était un salaud, qu'il avait déshonoré une jeune fille qui n'avait même pas seize ans. Il m'a dit non, qu'il ne lui avait rien fait et moi, monsieur Carli, je le crois. C'est un brave garçon, le meilleur garçon que j'aie jamais connu et votre petite aussi est une brave fille. Ils n'ont rien fait de mal, si vous voulez, faites-la visiter par un médecin. Il pourra vous le confirmer. Ce sont de braves gosses parce qu'ils ont eu la force de rentrer à la maison. Essayez d'y penser un moment, monsieur Carli : ils s'aiment vraiment, je n'ai jamais connu de jeunes aussi amoureux, ils auraient pu vous mettre devant le fait accompli, avec la jeune fille enceinte. Ils ne l'ont pas fait. Cela fait huit heures que votre fille n'arrête pas de pleurer à l'idée de quitter ce garçon, pendant tout le voyage de Ferrare à Rome, rien qu'à l'idée de le quitter pour toujours et pourtant, elle est revenue. » Il baissa encore plus la voix. « Vous êtes le père de Teresa, c'est à vous qu'il appartient de juger et de décider, mais je puis vous assurer qu'une femme pourrait difficilement rencontrer un homme meilleur que Federico, si généreux, si honnête, si brave. Si j'avais une fille comme Teresa et si elle aimait Federico, je donnerais tout de suite mon consentement à leur mariage. Je le sais, ils sont jeunes et avant de pouvoir gagner un salaire qui lui permette de prendre femme, il lui faudra encore quelques années mais je les aiderais jusqu'à ce qu'ils se prennent en charge, je suis persuadé qu'ils ne me décevraient pas. » Il se leva. « Excusez-moi, monsieur Carli, peut-être en ai-je trop dit. Vous agirez selon votre conscience, selon vos idées, mais voyez-vous, je pense à ce garçon qui est en bas, dans ma voiture, en train de pleurer, malheureux, mais j'en ai trop dit. Excusez-moi. »

Dans l'antichambre, le père de Teresa, qui avait écouté tout le temps en silence, dit :

« Je descends moi aussi. Je veux le voir. »

« Vous ne le connaissez donc pas ? » fit Antonio, étonné.

« Non, et je n'ai jamais voulu le connaître. Je sais que son père est une espèce de mécanicien, des gens de peu. J'espérais un meilleur parti pour ma fille », dit monsieur Carli, le père de Teresa.

Antonio baissa la tête et dit, patiemment : « Monsieur Carli, ce garçon souffre déjà beaucoup, si vous descendez pour lui faire une scène, je vous en prie, laissez tomber. »

C'était un petit homme maigre, droit, avec des cheveux gris touffus. Il dit : « Je ne veux pas faire de scène. Je veux juste le regarder droit dans les yeux. »

Ils sortirent dans la rue. La Mercedes était toujours là, à côté de la porte de l'immeuble, avec à bord le jeune homme.

« Federico, le père de Teresa voudrait te parler », dit Antonio.

Livide, hésitant, le jeune homme descendit de voiture, très grand devant ce petit homme aux cheveux gris, il y avait des traces de larmes séchées autour de ses yeux, il se tenait un peu courbé, presque bossu, effrayé.

Le père de Teresa le regarda. Sur le coup le jeune homme détourna les yeux, épouvanté, puis désespéré mais courageux, il planta son regard droit dans les yeux du vieil homme et ne les lâcha plus. Le jeune homme dit, d'une voix que l'émotion rendait âpre : « J'aime Teresa. »

Le vieil homme continua de le regarder, en silence. Et, baissant les yeux comme s'il était fatigué, il dit d'une voix très basse : « J'ai passé quatre jours terribles parce que tu avais emmené ma fille, je te haïssais, peut-être que je te hais encore. Mais ce monsieur dit que tu es un brave garçon et le fait que tu aies ramené ma petite fille, cela veut peut-être dire que tu es vraiment un brave garçon. Maintenant, va-t'en, mais si ma fille veut te téléphoner ou te voir, je ne l'en empêcherai pas. Mais je te préviens : si tu me trompes, je t'étranglerai de mes mains, si tu fais du mal à Teresa, souviens-toi, tu es un homme mort. »

Federico secoua violemment la tête et dit de sa voix âpre, vitreuse : « Non, j'aime Teresa, je l'aime. » Il ne savait rien dire d'autre.

Sans ajouter un mot, sans saluer ni le jeune homme ni Antonio, le père de Teresa tourna les talons et s'engouffra dans la porte sombre de l'immeuble.

Au bout d'un moment, Antonio mit une main sur l'épaule du jeune homme. « Le père de Teresa voulait dire qu'il t'accepte comme fiancé de sa fille. » Il sourit. « Il l'a dit de façon un peu brusque, mais tu as compris, n'est-ce pas ? »

Le jeune homme fit signe que oui, et ses cheveux si blonds et si clairs ondoyèrent comme sous un souffle de vent imprévu.

« Tu verras, Teresa va te téléphoner, vous allez vous revoir », dit Antonio, toujours souriant, « vous serez de braves fiancés à l'ancienne, si tu la ramènes tôt à la maison, le père de Teresa te permettra même de l'emmener danser. Il a l'air d'un homme méchant, mais il ne l'est pas, et quand il comprendra qu'on peut te faire confiance, il vous laissera vous marier tout de suite. » Il lui donna une gentille petite tape sur la joue. « Viens, je te raccompagne. »

Le jeune homme hocha la tête.

« Merci, Antonio, je rentre à pied, j'ai besoin de marcher. »

C'était compréhensible. Il sortit du coffre la belle

valise rouge de Federico et la lui tendit. Le garçon avait besoin de rester seul avec ses émotions, son amour pour Teresa, l'image de Teresa qui chantait dans son cœur.

« Merci, Père Noël. » Federico l'embrassa brusquement, l'étreignit avec force. « Si on ne t'avait pas rencontré, Dieu sait les bêtises qu'on aurait faites, Teresa et moi. »

Il s'éloigna tout d'un coup, de ses longues jambes d'échassier, les cheveux blonds, la belle valise rouge pendue à son bras. Heureux.

Antonio le regarda jusqu'au moment où le jeune homme tourna dans une rue qui coupait la via Crescenzio et il ressentit brusquement la même sensation terrifiante de solitude qu'il avait éprouvée à Little America, quand il était resté seul deux heures dans un tunnel de glace, dans sa tenue thermique, pour contrôler les installations des radios qui recevaient les signaux émis par d'autres émetteurs à l'intérieur d'un périmètre de trois kilomètres du Pôle Sud. La solitude mortelle d'alors était comparable à ce qu'il éprouvait maintenant, ici, à Rome, la plus belle ville du monde, la plus ancienne, la plus fascinante. Maintenant, songea-t-il, il n'avait vraiment plus personne. Les deux Romains, les deux blonds du Trastevere, avaient eux aussi définitivement quitté sa vie, ils allaient se marier, ils seraient heureux. Olimpia et Rachele ne voulaient plus de lui. Et il se sentit là, à Rome, l'homme le plus seul du monde.

Il monta dans sa voiture. Il fallait trouver un hôtel, il était fatigué d'avoir conduit toute la journée. Seul ou non, un homme doit manger, dormir, boire.

Seul ou en compagnie.

A neuf heures, dans un petit hôtel élégant, près de la Villa Borghese, il avait déjà pris une douche salutaire, avait dîné dans le restaurant de l'hôtel. De neuf à dix heures, sans quitter l'hôtel, il feuilleta un tas de journaux et de revues. Puis il alla dans un petit salon, avec une télévision, et regarda « Horizons de la Science et de la Technique », seul dans le petit salon, tout seul au milieu d'une trentaine de chaises vides. Mais il resta là, il ne regardait même plus, et à la fin du journal télévisé, un serveur vint allumer la lumière et éteindre la télévision.

Il se rendit alors au bar de l'hôtel, qui était sur le point de fermer, sans doute était-ce un hôtel pour gens honnêtes qui allaient au lit à dix heures. Il n'était pas un grand buveur mais but du cognac jusqu'à ce que le barman éteignît presque toutes les lumières, ne laissant allumées que deux lampes au comptoir, pour lui faire comprendre qu'il était temps de partir.

Alors, il monta dans sa chambre, enleva son veston, ouvrit la fenêtre, s'assit sur le lit et alluma une cigarette. Le silence était profond, presque comme à la campagne ou en montagne, on ne se serait pas cru à Rome, la vaste métropole. Il avait pris de nombreux magazines et journaux, il essaya de lire mais n'y arriva pas, les yeux d'Olimpia, la voix âpre de Rachele le tourmentaient toujours.

Minuit et demi. Une heure, une heure et quart. Il n'avait pas sommeil, mais il ne pouvait pas rester assis sur son lit et fumer jusqu'au matin. Il commença par dénouer sa cravate et, à ce moment, le téléphone sonna.

Il ne savait pas qui pouvait le chercher à cette heure-là, à Rome, c'est-à-dire dans une ville où il n'avait ni amis ni connaissances ni relations d'aucune sorte et même s'il en avait eu, comment auraient-ils fait pour savoir qu'il était dans cet hôtel ? Il avait choisi, au hasard, le premier qu'il avait rencontré.

« Oui ? » dit-il, après avoir soulevé le combiné.

« Antonio Assori ? » demanda une voix d'homme.

« Oui, c'est moi. »

« Excusez-moi de vous déranger à cette heure. Ici la *Tribuna Romana*, attendez un instant, je vous passe le rédacteur en chef. »

Il attendit quelques secondes, puis une voix d'homme, basse et ensommeillée, dit : « Allô, professeur Assori ? »

« Oui, c'est moi. »

« Ici Ambaroni, rédacteur en chef de la *Tribuna Romana*, peut-être connaissez-vous notre revue, et même si vous ne la connaissez pas, ce n'est pas grave. » Même pleine de sommeil, la voix était sympathique. « Excusez-moi de téléphoner à une heure pareille mais nous venons d'apprendre que vous êtes à Rome. Vous savez, nous appelons toujours les hôtels pour savoir si des personnalités sont arrivées et il y a un quart d'heure, nous avons appris que vous étiez descendu au *Park Hotel*. Ainsi, vous allez pouvoir nous aider. »

Il écouta sans comprendre grand-chose. Il ne savait pas qu'il était une « personnalité » et ne comprenait pas de quelle façon il pouvait aider une revue aussi importante que la *Tribuna Romana*.

« Il s'agit sans doute d'une erreur ou d'une homonymie », dit-il sèchement.

« Vous êtes bien le professeur Antonio Assori ou non ? »

« Je suis Antonio Assori, le titre de " professeur " ne me convient pas, car je ne suis qu'un simple radiotechnicien. »

« Justement, justement, vous êtes bien de l'équipe des radiotechniciens qui a passé quatre ans dans l'Antarctique, au Pôle Sud ? » La voix s'était réveillée, devenait de plus en plus cordiale, aimable, avec cette chaleur typiquement romaine. « N'étiez-vous pas le seul Italien dans cette équipe ? »

Surpris que le type qui lui parlait fût si bien informé, il répondit simplement : « Oui. »

« Et le comité directeur des Recherches Géophysiques Internationales ne vous a-t-il pas décerné le Diplôme du Mérite pour le progrès des sciences ? »

Oui, c'était vrai, le diplôme dormait à Milan, dans le tiroir d'une vieille commode, dans la chambre d'un meublé. Il ne l'avait pas oublié, il en était fier, mais un diplôme, pour important qu'il fût, ne suffisait pas à remplir une vie, à combler le vide de la solitude. Il répondit à la voix aimable : « Oui, j'ai eu ce diplôme. »

« Donc il n'y a pas d'erreur ni d'homonymie, dit la voix. Votre modestie est excessive. Onze personnes seulement, sur l'armée de savants et de techniciens, à peu près sept mille, qui ont participé aux Recherches Géophysiques Internationales, ont eu le Diplôme du Mérite, et vous êtes l'une de ces onze personnes. Vous êtes très important, même si vous l'ignorez. »

« Merci, mais je ne le savais vraiment pas », dit-il, d'un ton légèrement moqueur.

« Eh bien, maintenant, vous le savez et j'espère que vous allez nous aider, même si nous vous avons réveillé. »

« Vous ne m'avez pas réveillé. Je ne dormais pas. »

« Ecoutez-moi, professeur Assori, chaque semaine notre revue publie un grand " reportage " sur un thème d'actualité, de culture ou de sport. La semaine passée nous avons publié un reportage sur les maillots de bain. Non, vous n'y connaissez rien, aux maillots de bain, je sais. Mais cette semaine, par contre, nous publions un reportage sur les Italiens et la science. Nous n'allons pas importuner Galilée ou Léonard de Vinci, nous ne nous occupons que des contemporains, des Italiens d'aujourd'hui qui ont contribué au progrès de la science. Je voulais parler des Recherches Géophysiques Internationales au Pôle Sud, je savais que des Italiens y avaient participé, j'en ai discuté mais je ne suis pas arrivé à obtenir une interview directe avec photos, questions et réponses, surtout par manque de temps. Ce soir, il y a vingt minutes, mon assistant a appris que vous êtes descendu au *Park Hotel*, c'est la raison de mon coup de téléphone. Je voudrais une interview sur votre travail au Pôle Sud, et des photos de vous. Tout de suite, maintenant, parce que demain matin à dix heures on met sous presse. Je vous en prie, ne dites pas non. Dans dix minutes, j'expédie au *Park Hotel* une personne spécialisée en géophysique et un photographe. Attendez-les dans le salon du *Park Hotel*, c'est un beau salon, ça fera de belles photos. »

« Mais je... » fit-il, il n'avait pas du tout envie de se faire interviewer ni photographier, il n'était même pas rasé.

« Professeur Assori, merci. Soyez prêt dans dix minutes. Très heureux d'avoir fait votre connaissance. Encore merci. » Et la communication fut coupée.

Il eut juste le temps d'éliminer quelques poils avec son rasoir électrique, de descendre au salon pratiquement plongé dans l'obscurité, et grâce à un bon pourboire au portier de nuit, de faire allumer les lumières, quand la sonnette du petit hôtel retentit et un « paparazzo* », voyant et typique, entra armé d'un gros appareil-photo et d'une énorme valise en bandoulière, avec un flash.

« Monsieur Assori ? » demanda-t-il, mais au lieu de lui serrer la main, il prit tout de suite une photo.

---

* Terme inventé par Fellini pour désigner les photographes envahissants qui peuplaient la *Dolce Vita*.

« Maintenant, là, près du portier avec son gilet vert et son tablier noir, mettez-vous là s'il vous plaît, voilà, comme ça, comme si vous étiez en train de discuter avec le portier. »

Il obéit, docile — que pouvait-il faire d'autre ? — il fut à moitié aveuglé par le flash trop rapproché et ce ne fut qu'après l'éclair qu'il aperçut, derrière le photographe, une femme, grande, dans un imperméable blanc, des cheveux blonds coupés court, de grandes lunettes rondes, pas de ces formes étranges qui étaient à la mode, mais avec une monture filiforme en argent et deux tiges d'argent filiformes qui s'appuyaient à ses oreilles. Les verres étaient clairs et non fumés.

« Ecoutez, Rutelli », dit le photographe à la jeune femme, portant un petit sac en bandoulière, qui devait contenir un magnétophone, « asseyez-vous avec le professeur Assori dans ces fauteuils, devant la pendule et faites semblant de parler : à la pendule, on voit l'heure et dans la légende sous la photo, vous pourrez écrire : " A deux heures moins le quart du matin, le professeur de géologie Andreina Rutelli interviewe le professeur Assori, le radiotechnicien italien qui a reçu le Diplôme du Mérite ", etc. Mademoiselle Rutelli, tenez le magnétophone ouvert, voilà, bien, maintenant il faut que quelqu'un fume, vous professeur Assori, mademoiselle Rutelli ne fume pas. »

Ils obéirent tous les deux à l'impérieux *paparazzo*. Le professeur de géologie, Andreina Rutelli, ouvrit le magnétophone, comme si elle était en train d'enregistrer, et lui, il alluma une cigarette. Des photos, des photos, encore des photos.

« Excusez-moi, mais les photos ont la priorité », disait le paparazzo, lançant ses éclairs. « Il faut que je rentre chez moi développer, tirer et agrandir, il me faut au moins deux heures. Voilà, j'ai fini, deux pelloches ça suffit. Maintenant, allez-y avec votre interview. Ciao, ciao, au plaisir. » Il disparut.

Ils étaient assis sur deux fauteuils bas, il y avait une table basse entre eux et derrière, la pendule, haute, solennelle. Elle avait un visage menu, très pâle, on aurait dit qu'elle se sentait mal, mais ses yeux bleu clair, en revanche, étaient vifs, pleins de vie. « Excusez-moi, monsieur Assori, d'être venue à cette heure, mais monsieur Ambaroni, le rédacteur en chef de la revue, vous a sans doute expliqué l'urgence... »

« Oui, il m'a expliqué. Mais ne vous inquiétez pas. Je souffre d'insomnie, c'est une distraction plaisante... »

« Dites-moi franchement, monsieur Assori, je peux enregistrer notre interview sur le magnétophone ou vous préférez que je la prenne en sténo ? Il y a des gens qui ne supportent pas qu'on enregistre ce qu'ils disent. » Elle parlait d'une voix nette, un peu comme une enfant.

« Cela m'est indifférent, faites comme bon vous semble », répondit Antonio.

« Merci, monsieur Assori, je préfère enregistrer parce que, pour écrire l'article, j'écoute ce qui a été dit, même l'inflexion de la voix m'aide à mieux comprendre la pensée de l'interviewé, ce qu'il voulait dire. »

« Eh bien, enregistrez. Pour moi, c'est bon. » Il fixa les quelques taches de rousseur, d'un rose sombre, qui contrastaient avec la peau très blanche de son front.

« Voilà, maintenant je mets le magnétophone en marche », dit-elle en poussant un bouton d'un boîtier qu'elle avait retiré de son étui. « Je vous poserai d'abord des questions d'ordre biographique », elle sourit, et ce sourire accentua son côté enfantin, « ou mieux, d'état civil : quand êtes-vous né ? »

« En 1936. »

« Où ? »

« A Milan. »

« Vous êtes marié ? »

« Non. »

« Comment avez-vous pu participer aux Recherches Géophysiques Internationales ? »

Il répondit, et à beaucoup d'autres questions qu'elle lui posa, dans le profond silence du salon de l'hôtel endormi, rythmé seulement par le gong musical de la pendule monumentale, pendant que le magnétophone tournait lentement, enregistrant chacun de ses mots.

« Il faut que je vous pose maintenant des questions de caractère scientifique, qui concernent le secteur dans lequel vous êtes spécialisé, c'est-à-dire les retransmissions radio. »

Il répondit aussi, consciencieusement, à toutes les questions scientifiques, continuant à la regarder. Il découvrit qu'elle rougissait facilement, il lui suffisait de la fixer avec insistance, trop longuement, pour qu'elle rougît tout de suite, mais rien qu'un instant, retrouvant vite sa pâleur habituelle.

« Maintenant, je vais vous poser des questions d'ordre, disons psychologique, dit-elle. Vous avez vécu longtemps dans une des régions les plus inhospitalières de la terre, au Pôle Sud. Quelles ont été vos impressions les plus fortes ? Le froid, par exemple ? Parfois, là-bas, la température descend jusqu'à quatre-vingts degrés en dessous de zéro. »

Il sourit, regardant un moment ses genoux qui pointaient hors de son court imperméable blanc. « Non, pas le froid. Je n'ai jamais souffert du froid. Dans les logements souterrains, il faisait jusqu'à vingt-deux degrés au-dessus de zéro et on était souvent torse nu. En revanche, dehors, quand on était dans des tranchées creusées dans la glace, à l'abri du vent, on portait des tenues thermiques et un filtre pour ne pas respirer directement l'air glacial. »

« Donc, pas froid du tout », dit-elle, souriant et rougissant en même temps. « Mais vous avez sûrement dû éprouver une grande sensation de solitude dans une terre si désolée, si éloignée de chez vous, du pays où vous êtes né. »

Il hocha la tête. « Pas vraiment. On était une demi-douzaine de copains toujours ensemble, on parlait chacun une langue différente, mais on se comprenait quand même, il y avait un cinéma, des livres, des journaux, on travaillait, on devenait des amis. Chaque jour, une nouvelle amitié naissait. Je ne me suis jamais senti seul là-bas. » Il baissa un peu la voix : « Par contre, ici, oui. »

Elle le fixa à travers ses grandes lunettes rondes et demanda, implacable : « Qu'entendez-vous par " ici " ? »

« J'entends ici, dans mon pays, chez moi, à Rome, à Milan, à Ferrare », dit-il, aussi implacable qu'elle, éprouvant une amertume qu'il n'avait jamais éprouvée auparavant.

« Vous n'avez pas de famille, d'amis, vous n'avez pas une fiancée, une petite amie ? »

Il dit, d'une voix basse mais rude : « Non. »

Elle arrêta le magnétophone.

« Puis-je citer dans mon article vos dernières déclarations ? »

« Faites comme bon vous semble : je m'en fous. »

Elle se leva, ferma l'étui du magnétophone.

« Je vous remercie beaucoup, monsieur Assori, vous m'avez fourni des éléments passionnants, et excusez-moi encore pour l'heure tardive. » Elle tendit la main.

Il la prit dans la sienne, avec une espèce de désespoir caché.

« C'est moi qui m'excuse. Ça me ferait plaisir de boire quelque chose avec vous, mais le bar de l'hôtel est fermé. Est-ce qu'on peut aller dans un local encore ouvert ? » Il tenait toujours sa main qu'elle dégagea en rougissant.

« Ce serait avec plaisir, mais il faut que je rentre tout de suite pour écrire l'article et le donner à six heures et demie à la typographie... »

« Excusez-moi », dit-il, attristé. « J'espère avoir une autre occasion. »

Elle rougit de nouveau, très fort cette fois. « Si vous y tenez, vous pourriez m'accompagner chez moi pour prendre un verre, pendant que je prépare mon article, on pourrait parler encore un peu. Vous pourrez m'aider à mieux l'écrire », et elle rougit encore une fois.

Ils se regardèrent droit dans les yeux. Elle baissa ses beaux yeux bleu ciel, derrière les verres clairs de ses lunettes. Il dit, simplement : « Merci. »

Le professeur Andreina Rutelli, enseignante de géologie et spécialiste en géophysique pour de nombreuses revues importantes, conduisait une belle « Giulia ». Elle habitait un petit appartement, dans un immeuble derrière la gare Termini. Rien que deux pièces, expliqua-t-elle, plus quelque chose qui ressemble à une cuisine de poupée et il y a même une salle de bains. Elle l'introduisit dans un petit salon-studio et lui apporta tout de suite à boire, une bouteille de frascati, du cognac, de l'eau minérale, et une assiette creuse pleine de glaçons. Elle avait enlevé son imperméable blanc, portait une petite robe grise quelconque, pourtant c'était une personnalité.

« J'ai très soif moi aussi », dit-elle.

Elle but deux verres d'eau minérale avec beaucoup de glaçons dedans, puis retira une machine à écrire d'une petite armoire et la posa sur la table, près du magnétophone. Il la suivait, son verre de cognac à la main. Elle était grande, gentille, mais ses gestes étaient imprégnés de timidité.

« Excusez-moi, mais je vais m'y mettre tout de suite », elle s'assit devant sa machine à écrire, éclairée par un abat-jour bas qui donnait une lumière très vive, « il est déjà trois heures, et je tape très lentement. »

« Ne vous inquiétez pas pour moi, dit-il, je suis très bien ici. »

Il était assis sur un petit fauteuil, à quelques mètres d'elle, mais il avait la sensation d'être tout près d'elle.

Elle enfonça un bouton du magnétophone, qui se mit à répéter les paroles de l'interview faite dans le salon de l'hôtel :

« Je vous poserai d'abord quelques questions de caractère biographique, ou plutôt d'état civil », disait sa voix à elle. « Quand êtes-vous né ? »

« En 1936 », disait-il.

« Où ? » demandait-elle.

« A Milan. »

« Vous êtes marié ? »

« Non. »

Elle glissa une feuille de papier dans le rouleau de la machine. Elle ne le regardait pas, elle écoutait le magnétophone qui continuait à reproduire leurs voix. Elle, qui posait des questions : « Comment avez-vous pu participer aux Recherches Géophysiques Internationales ? », et lui, qui répondait : « En 1966, je fis une demande au Département de Géophysique des Etats-Unis. » Elle ne voyait plus rien, n'entendait que la voix du magnétophone, enfermée dans son travail, lui, il observait son petit visage, qui devenait de plus en plus tendu pendant que le magnétophone continuait de tourner et de parler, et qu'elle se mettait à taper à la machine.

Tout à coup, elle arrêta le magnétophone d'un geste brusque, couvrit son visage de ses mains et se mit à pleurer.

Il quitta son fauteuil, s'approcha d'elle, posa une main légère sur son bras.

« Pourquoi pleurez-vous ? »

Elle secoua la tête, le visage toujours couvert pour cacher ses larmes, et dit : « Excusez-moi, c'est la fatigue. Je suis debout depuis sept heures du matin. »

Il lui serra le bras un peu plus fort. « Ce n'est pas seulement la fatigue. »

« Peut-être, mais je ne crois pas que ma vie privée vous intéresse. »

« Elle m'intéresse. Je vous ai bien raconté la mienne. Enregistrée là, sur ce ruban. »

Alors, elle pleura de plus belle, dut retirer ses lunettes et sécha ses yeux du bout des doigts.

« Ma vie privée n'a aucun intérêt », dit-elle avec amertume. « Je suis une femme seule. C'est pire que d'être un homme seul. Je suis une femme de vingt-neuf ans, diplômée en géologie, ça épate tout le monde d'entendre que je suis géologue, une femme géologue c'est plus étrange qu'un cheval à trois têtes, mais mon père tenait absolument à ce que je sois diplômée en géologie et j'ai obéi. Puis, je suis restée seule, papa et maman sont morts, j'ai essayé de faire un peu de journalisme, pour me sentir moins seule, mais vous savez, pour les journaux, je ne suis qu'un expert en sciences géophysiques, chacun s'intéresse à son truc à soi, il n'y a pas de temps pour l'amitié, la compagnie, l'amour, on ne pense qu'au travail, au reportage, à l'argent, on n'a pas de temps pour le reste. » Elle ne pleurait plus. Elle remit ses lunettes, le regarda, et rougit violemment, s'enflammant tout entière. « Excusez-moi, j'ai perdu le contrôle de mes nerfs. Il faut que je termine vite mon article. »

Il la fixa, puis leva lentement la main, lui caressa légèrement le visage.

« Oui, finis ton article », il la tutoyait sans même s'en rendre compte. « Puis, on parlera un peu. On est seul tous les deux. Je crois qu'on a beaucoup de choses à se dire. » Il retourna vers le petit fauteuil où il s'était assis avant, à deux mètres d'elle. « Je suis là, écris sans penser à rien, on parlera après, oui, écris. »

En réentendant le tic-tac de la machine à écrire, en voyant ses cheveux blonds violemment éclairés par l'abat-jour, il sentit qu'il n'était plus seul, qu'elle n'était plus seule non plus, une rencontre imprévue venait de les réunir. Il garda les yeux baissés, évitant de la regarder pour ne pas la mettre mal à l'aise. Même sans la regarder, il la voyait et il n'était plus seul.

ASSASSINAT PSYCHOLOGIQUE

Berturoni, du service d'histologie, posa une main sur son épaule : « Sois tranquille, ta femme n'a rien, il s'agit d'un simple kyste. » Il hocha la tête. « Les femmes sont un peu fatigantes. La tienne est arrivée à te faire perdre ton calme et ton latin. Mais comment le grand professeur Ischelli a-t-il pu confondre un kyste avec une tumeur maligne ? »

« Ça arrive », répondit Ischelli.

« Oui, ça peut arriver, mais alors c'est toute la poche contenant le kyste, qui a des propriétés absolument différentes de l'échantillon de peau que tu as prélevé sur ta femme, propriétés que tu connais bien d'ailleurs. »

Il acquiesça. Oui, il les connaissait. « Pour te dire la vérité, elle me tourmente depuis une semaine en disant qu'elle est sûre d'avoir un cancer et que je lui mens quand je lui dis que ce n'est pas une tumeur. A la fin, pour la rassurer, j'ai prélevé un échantillon de tissu et je te l'ai apporté. Quand elle verra les résultats de l'analyse, elle se calmera. »

« Ah oui, à propos, j'allais l'oublier. » Berturoni prit un feuillet posé sur son bureau, et le lui donna. « Il y a tout ce qu'il faut dessus, cachets, signatures, ça convaincra ta femme qu'elle n'a pas à s'inquiéter. »

« Merci », dit-il, pliant le feuillet en quatre qu'il glissa dans la poche intérieure de son veston. Il salua Berturoni, sortit du service d'histologie, traversa le jardinet mélancolique sous la pluie légère, monta à bord de sa voiture garée sur le trottoir et conduisit doucement vers le centre. Après une vingtaine de minutes, il s'arrêta dans une petite rue où il réussit péniblement à se garer devant un immeuble neuf.

Il entra. Le concierge le salua avec un sourire déférent, pas seulement parce que c'était le professeur Ischelli, mais aussi parce que les tempes grisonnantes et les mèches restées encore blondes dans sa chevelure touffue, lui inspiraient déférence et sympathie.

Il prit l'ascenseur, monta au quatrième étage : elle l'attendait déjà là sur le pas de la porte, prévenue par l'interphone de la loge du concierge, souriante, menue, blonde, elle portait une petite robe bleu clair, pas trop courte, mais la chose singulière, c'étaient les deux petites tresses qui encadraient son visage, et ce n'était pas une perruque. On aurait vraiment dit une petite fille, une lycéenne.

Il entra et elle referma la porte. Il déposa sa mallette sur le petit canapé de l'antichambre, enleva son imperméable blanc très court, et tira sur une de ses tresses. Ils entrèrent ensemble au salon, s'assirent dans les petits fauteuils devant la table roulante recouverte de bouteilles, d'apéritifs, de glaçons, de petites coupes avec des chips, des amandes salées et autres amuse-gueule. Il croqua tout de suite des chips, puis dit, regardant sa montre-bracelet : « J'ai deux heures devant moi. »

« Ah, comme je suis contente, mon chéri ! »

Deux heures plus tard exactement, il sortit, parvint difficilement à dégager sa voiture de l'endroit où elle était garée et retourna de nouveau en banlieue. Il s'engagea dans une grande avenue où il gara péniblement sa voiture devant le numéro vingt-six. Le concierge, qui le connaissait bien, le salua avec déférence mais sans beaucoup de sympathie, avec tout l'argent qu'il gagnait il ne lui donnait que des pourboires dérisoires le quinze août, et il prévint par l'interphone le huitième étage : « Le professeur vient d'arriver. »

Il monta ; la bonne l'attendait sur le seuil. Il déposa sa mallette sur la banquette non authentique du XVIIIe siècle, enleva son court imperméable blanc et alla au salon. Sa femme était assise devant le téléviseur. « Bonsoir, ma chérie », dit-il.

Elle ne répondit pas à son salut, éteignit le téléviseur et se leva. « Tu pourrais me prévenir quand tu rentres tard. »

« Excuse-moi, mais ce n'était vraiment pas possible », dit-il. Sa femme avait beaucoup vieilli ces dix dernières années. Pas une crème ne semblait pouvoir rendre couleur ou souplesse à son visage gris dont la peau tremblait sans s'affaisser, à chaque mouvement un peu brusque. De la poche intérieure de son veston, il sortit le feuillet plié en quatre que lui avait donné Berturoni et le lui tendit.

Elle était au bord de la crise de nerfs en disant : « Dis-moi tout de suite si c'est oui ou non ! Moi, je n'y comprends rien à votre jargon, même si je suis la femme d'un illustre médecin. »

« C'est simple, ma chérie, dit-il, avec la patience d'un éducateur, ce n'est pas difficile à comprendre. Lis : Examen de Woskeroff : NEGATIF, Examen de Tohito et Kirk : NEGATIF, et ainsi de suite, il y a toujours écrit : NEGATIF, la conclusion de tout ça c'est : aucun caractère néoplasique dans le tissu examiné. Là, en haut, il y a ton nom : Rosa Ischelli, et en bas, la signature de Berturoni. »

« Qu'est-ce que ça signifie " aucun caractère néoplasique " ? » demanda-t-elle encore sur les nerfs, mais plus détendue.

« Ça signifie que tu n'as pas ce que tu appelles une tumeur ou un cancer. Il s'agit d'un kyste, provoqué peut-être par une crème trop grasse que tu te mets sur les épaules. » Il lui serra un bras, affectueux, vit qu'elle se mettait à pleurer, la feuille des analyses tremblant dans ses mains, elle continuait à la lire entre ses larmes, puis elle se blottit contre sa poitrine.

« J'ai passé deux jours horribles en attendant les analyses, maintenant je peux réapprendre à vivre un peu. »

Cette même nuit, vers trois heures, il entendit sa voix qui disait : « Pietro, Pietro, réveille-toi. »

Il se réveilla tout de suite, c'était aussi un réflexe professionnel. « Qu'est-ce qu'il y a ? » Elle était assise sur le lit, le visage ravagé par l'angoisse.

« Ça me fait mal, j'ai des élancements terribles », dit-elle.

Cela ne pouvait pas être vrai, il le savait, mais il se souleva, s'assit sur le lit et dit, paternellement : « Ce n'est rien, il s'agit de la petite incision que je t'ai faite, qui est en train de se cicatriser, ça picote parce que le bas de la nuque est très sensible. Prends un calmant, il y en a plein dans le tiroir. »

C'était parler en vain, il le savait, il le voyait sur son visage bouleversé par l'angoisse et la peur.

« Si ce n'était qu'un petit kyste, ça ne pourrait pas faire si mal », dit-elle pleine de suspicion, fixant l'abat-jour allumé sur la table de nuit entre les deux lits. « Il s'agit d'une tumeur, je le sens, Berturoni et toi vous êtes amis et vous vous êtes mis d'accord, ces analyses ne valent rien, vous les avez faites pour me calmer, parce que vous pensez que si vous me dites qu'il s'agit d'une tumeur, je ferai une bêtise, mais je ne ferai pas de bêtise si tu me dis la vérité, dis-moi la vérité ! » Bien entendu, elle éclata en sanglots.

Il hocha la tête et sa voix trahit une légère irritation. « Je ne puis rien te dire de plus que ce que disent les analyses du meilleur institut d'histologie d'Italie. Ces analyses disent la vérité. Tu n'as pas ce que tu penses, tu es simplement un peu fatiguée, nerveuse. Peut-être es-tu en ville depuis trop longtemps, tu devrais aller chez ta sœur à Saint-Moritz, la montagne te fera du bien. »

« La montagne n'a rien à voir là-dedans ! » commença-t-elle, en hurlant et une scène s'ensuivit. « Tu veux m'expédier en montagne pour rester seul avec elle, mais moi je ne bougerai pas d'ici et demain matin, je téléphonerai à Berturoni. Ces analyses sont fausses, elles servent uniquement à ne pas me dire la vérité. Vous les médecins, vous êtes toujours d'accord entre vous. »

« Eh bien, si nous sommes d'accord, inutile de téléphoner à Berturoni. » Il s'énervait parce qu'elle l'empêchait de dormir. « Prends un comprimé, ton tiroir est plein de ces saloperies que je ne t'aurais pas prescrites, moi, pas comme tes amies encore plus asthéniques que toi, et maintenant dors. Surtout, laisse-moi dormir. Il faut que je me lève à six heures du matin, je ne peux pas rester au lit, moi, jusqu'à une heure de l'après-midi. »

Elle sourit, mais d'un sourire méchant. « Ça te ferait plaisir, hein, que je les prenne toutes, ces pilules, comme ça je m'endormirais pour toujours, et tu serais libre avec cette... »

« Ça suffit, ça suffit avec cette histoire, c'est d'une vulgarité. »

« Oui, c'est vulgaire ! hurla-t-elle. Ce qui est vulgaire, c'est que tu sortes avec une ex-coiffeuse de quatre sous, qui malgré ses airs de gamine a bien trente ans si tu veux le savoir. Ça te plairait que je prenne tous tes comprimés, n'est-ce pas, eh bien non ! Je ne les prendrai pas ! »

« Personne ne t'oblige à prendre quoi que ce soit, je te le demande seulement pour que tu te calmes, et arrêtes s'il te plaît de faire des scènes de ce genre. On entend tout dans l'immeuble, à cette heure-ci. »

Elle baissa la voix. « Bon, si tu ne veux pas que je crie, dis-moi la vérité. »

« Je t'ai dit la vérité, et les analyses te le prouvent. Tu n'as rien, tu es juste un peu fatiguée. Si tu ne veux pas aller à Saint-Moritz, reste ici, je l'ai dit simplement parce que quand on est fatigué comme tu l'es, l'air de la montagne est le meilleur remède qui soit », il parlait avec beaucoup de patience, presque avec tendresse. « Essaie seulement de rester calme, c'est de cela que tu as besoin avant tout. »

Elle se leva d'un bond, alla s'asseoir sur l'autre lit, lui tournant le dos et se mit à pleurer doucement. « Excuse-moi, mon chéri, je sais que je te rends la vie impossible. » Elle éteignit la lumière, il l'entendit pleurer dans le noir, et elle continua de pleurer après qu'il se fut endormi.

La jeune fille le reconduisit à la porte, il lui passa une main dans ses cheveux qui n'avaient pas de tresses cette fois.

« Nous ferons bientôt un beau voyage ensemble », lui dit-il.

Il prit l'ascenseur, arrivé au rez-de-chaussée, il passa devant la loge du concierge, qui le salua avec déférence et sympathie. Il alla à pied jusqu'à l'endroit plutôt éloigné où il avait garé sa voiture. Il aimait bien marcher quand il sortait de chez elle. C'était une soirée froide, de la mi-janvier, l'air était limpide, sec, agréable, il respira presque avec gourmandise. Il monta à bord de sa voiture, avant de mettre le moteur en marche il s'assura que le feuillet plié en quatre était dans la poche intérieure de son veston : oui, il y était. Il mit en marche, roula vers chez lui, une fois arrivé, il se gara, passa devant le concierge, qui le salua avec déférence mais sans sympathie. Il prit l'ascenseur, sortit à l'étage où sa femme l'attendait sur le pas de la porte entrouverte. Dès qu'il fut entré, elle la referma presque avec violence, l'étreignit avec élan, éclatant en sanglots sans lui laisser le temps d'ôter son paletot et de déposer sa mallette. « Chéri, chéri, je suis heureuse », elle parlait avec agitation, la bouche pressée contre sa poitrine, sur son paletot, « je suis allée chez Berturoni, je lui ai tout dit, nous avons longuement parlé, il m'a expliqué que je n'ai vraiment rien, il m'a dit aussi qu'il était blessé que j'aie pu le soupçonner d'avoir délivré un faux certificat, j'ai compris qu'il était sincère et je suis si heureuse, je suis libérée d'un cauchemar... »

« Oui, je sais, Berturoni m'a téléphoné justement cet après-midi. »

Elle dit encore « ah chéri, ah chéri », deux ou trois fois, puis sa voix changea brusquement, devint basse, rauque, comme pleine de répugnance, de dégoût. Elle se détacha de lui, le regardant fixement : « Tu es parfumé, c'est son parfum, je m'en souviens, l'autre fois c'était ce parfum, tu reviens juste de chez elle, salaud ! »

Elle s'enfuit dans le couloir et entra dans la chambre à coucher. Il enleva son court paletot, l'accrocha au porte-manteau, posa sa mallette sur la banquette : ainsi le parfum était encore plus fort, en effet, il en avait mis quelques gouttes exprès, il alla sur le seuil de la chambre à coucher, qu'il ne franchit pas, entendit qu'elle pleurait dans le noir, couchée sur son lit.

« Rosa », lui dit-il.

« Va-t'en, salaud », cria-t-elle à tue-tête, dans le noir. « Tout est prêt au salon, Sofia est de sortie aujourd'hui », continua-t-elle de crier mais cette fois il ne tentait pas de lui faire baisser la voix, au contraire, il valait mieux que les voisins entendent, « j'ai préparé moi-même des alouettes sans tête, dans une feuille de chou farcie à la viande de porc hachée, comme tu les aimes. » Elle hurlait, hurlait, hurlait. « J'étais si heureuse, je n'étais plus malade, je n'avais jamais été malade, je me disais que j'étais une femme comme les autres, je mettais la farce dans la feuille de chou, je l'enveloppais dans la feuille et à chaque feuille, je me disais à quel point cela allait te faire plaisir. » Elle se mit à rire très fort, follement, et il restait sur le pas de la porte, sans entrer, il fallait laisser la crise atteindre son paroxysme. « Tu sais à quoi j'ai pensé, à une chanson d'Yves Montand, celle de la blanchisseuse qui lave un mouchoir de son petit ami dans un torrent, elle le rince et le frappe sur la pierre, et chante tout en lavant... et à chaque coup donné, c'est un baiser, à chaque coup donné, un baiser d'amour. Et moi, ce soir, j'ai fait pareil. » Elle hurlait, chantait la mélodie : « ... et à chaque farce, un baiser d'amour, chaque farce, un baiser d'amour... », chantait-elle, en hurlant : « ... Je mettais la farce dans la feuille de chou, j'aurais voulu chanter, heureuse : ... A chaque farce, un baiser d'amour... »

« Rosa », dit-il, avec une feinte timidité.

« Va-t'en ! hurla-t-elle encore plus fort, va-t'en manger ton semblable, avant que je ne te jette l'abat-jour à la figure ! »

Il ne répondit pas, mais lui obéit sur-le-champ, comme s'il craignait qu'elle lui lançât réellement l'abat-jour à la figure. Il alla dans la salle à manger, s'assit, contempla le plateau sur un chauffe-plat à bougies. Il souleva le couvercle, il y avait des alouettes sans tête, avec la farce de porc et la salle à manger fut tout de suite inondée de leur odeur savoureuse. Il en prit quatre, puis encore deux. Il but un demi-verre de vin. Il choisit ensuite un demi-fromage français à l'ail sur le plateau à fromages. Il but encore un demi-verre de vin. Le silence dans l'appartement était absolu, mais Rosa ne dormait certainement pas. De la corbeille de fruits, il prit la grosse orange et l'éplucha habilement, puis il écouta le silence pendant quelques minutes.

Juste avant onze heures, il se leva, alla à la salle de bains, puis s'aventura dans l'obscurité de la chambre à coucher. Sa voix sèche le fit se raidir.

« Tu peux allumer la lumière, ça ne me dérange pas. »

« Merci, chérie. » Il alluma l'abat-jour de son côté. Elle était blottie, de dos.

Il se glissa sous les couvertures, éteignit tout de suite l'abat-jour, plongeant de nouveau la pièce dans le noir et le silence. Il savait que ça n'allait pas durer, il en était sûr, mais il s'endormit quand même : il arrivait à s'endormir rapidement, presque instantanément.

Quand le hurlement hystérique le réveilla, la première chose qu'il fit fut de regarder son réveil : il était deux heures quarante. Deux heures quarante et elle criait : « Qu'est-ce que c'est ? », brandissant quelque chose vers lui.

Il s'assit sur le lit, aussi vite réveillé qu'il s'était endormi. « Ne crie pas. »

« Qu'est-ce que c'est ? » hurla-t-elle encore plus fort, jetant un feuillet qui le gifla au visage.

Il esquiva, prit le feuillet et lui dit : « Contrôle-toi. »

« Réponds : qu'est-ce que c'est ? » Elle hurlait : « Qu'est-ce que c'est ? Qu'est-ce que c'est ? »

« Ne hurle pas, je t'en prie ! » Il la grondait. En attendant, il déplia la feuille pliée en quatre, y jeta un coup d'œil. Il fit semblant de sursauter. « Où l'as-tu prise ? » demanda-t-il, durement.

« Dans la poche de ton veston. » Elle avait baissé la voix tout à coup.

« Pourquoi vas-tu fouiller dans mes vêtements ? Ce n'est pas digne de toi. »

« Ce n'est pas non plus digne de toi de ramener à la maison le parfum de ton amie. » Elle parlait encore à voix basse. « Je vais te le dire ce que c'est, ce feuillet : c'est la vraie analyse, la vraie, je te dis, la vraie : il y a écrit partout POSITIF, il y a écrit : EVIDENTE NEOPLASIE EVOLUTIVE, maintenant je comprends ces mots, tu me les as expliqués. J'ai un cancer, n'est-ce pas, chéri ? » Elle semblait presque supplier qu'il lui dise non, que ce n'était pas vrai. Mais il se tut, il ne disait rien, et ce silence voulait dire qu'elle était malade.

« Tu l'as fait pour ne pas me tourmenter, tu m'as menti pour ça, dit-elle doucement, tu es très bon, mon chéri, même si j'ai quand même souffert. Mais je t'en prie, ça veut dire quoi PROBABLE METASTASE ? »

Il ne répondit pas.

Elle l'implora, avec douceur : « Qu'est-ce que ça veut dire METASTASE ? »

Il ne répondit pas.

Alors, elle hurla : « Qu'est-ce que ça veut dire ? »

« Ne crie pas. »

« Qu'est-ce que ça veut dire ? » Elle lui planta ses

ongles dans le cou, « dis-le-moi ou je te crève les yeux », tandis que les doigts arqués de son autre main menaçaient ses yeux.

Il la saisit calmement par les poignets et la repoussa. « Comporte-toi en personne civilisée. »

Elle s'assit sur le lit, regarda les égratignures sur le cou, et demanda à voix basse : « Dis-moi ce que veut dire métastase. »

Alors, il expliqua : « Quand quelqu'un est atteint du cancer, le chirurgien l'opère, enlève le mal et tout semble fini. Puis, au bout d'un certain temps, le mal réapparaît à un autre endroit du corps. Alors, on opère là aussi, mais le mal réapparaît d'un autre côté. »

« Le mal revient au bout de combien de temps ? » demanda-t-elle.

« On ne sait pas exactement, on pense dans un maximum de trois ans. Si trois ans après l'opération, la tumeur maligne n'a pas réapparu, on peut considérer qu'on est guéri. »

Elle se mit à pleurer, doucement. « Je me sens mieux à présent. » Elle séchait machinalement ses larmes, à chaque mot. « Au moins, maintenant je sais la vérité. Avant, tu sais, j'avais peur, la peur c'est terrible. Maintenant, je sais que je suis condamnée et je préfère le savoir. »

Il se leva d'un bond, la secoua par les épaules, lui dit durement : « Tu n'es pas condamnée, ton cancer n'en est qu'au début, on le soignera par tous les moyens, tu guériras, j'en suis sûr, je suis médecin, c'est un médecin qui te le dit. » Il continua de la secouer parce qu'elle n'arrêtait pas de pleurer. « Il faut essayer de dormir, maintenant. Prends un comprimé et dors. Et ne fouille plus mes poches. »

« Non, mon chéri, excuse-moi. » Tout en pleurant, elle avala, sans eau, deux petites pilules et se recoucha sous les couvertures. Il fit de même et éteignit l'abat-jour. Au bout d'une minute, il s'était déjà rendormi.

Quand il se leva, à sept heures, elle dormait encore. Il lui toucha le front : elle n'avait pas de température. Il sortit pour aller à l'hôpital. A onze heures, comme il le prévoyait, une infirmière entra en coup de vent pendant sa consultation, le visage livide. « Professeur, professeur. » Il se détacha de la malade qu'il était en train d'ausculter et se rapprocha de l'infirmière.

« Professeur », l'infirmière haletait, « ... votre femme s'est jetée par la fenêtre... on l'a emmenée ici, mais quand elle est arrivée, elle était déjà morte... »

Le commissaire Ortoni de la Brigade Criminelle dit à l'agent : « Fais entrer le professeur. » Il l'avait fait attendre une demi-heure : c'était une pression psychologique suffisante.

« Entrez, professeur », dit-il, sans froideur ni cordialité, lui jetant juste un coup d'œil au passage. « Je regrette de vous avoir fait attendre. »

« Ce n'est rien », répondit Ischelli, avec un brin de froideur et de cordialité.

« Bien entendu, je sais que vous avez déjà eu un entretien avec le Bureau des Suicides, après la mort de votre femme, dit le commissaire Ortoni, mais la loi est devenue très sévère aujourd'hui en matière de suicides, on exige des enquêtes approfondies sur le sujet, je me suis donc vu contraint de vous appeler et de vous prier de bien vouloir répondre à quelques questions. »

« A votre disposition », dit-il froidement.

« Votre femme s'est suicidée il y a quatre jours en se jetant d'une fenêtre du huitième étage, commença le commissaire Ortoni. Vous avez déclaré au Bureau des Suicides que votre femme s'est suicidée à cause de son état nerveux, d'une maladie nerveuse. Pouvez-vous me dire plus précisément, s'il vous plaît, de quelle maladie il s'agit ? »

« Certainement », répondit-il, toujours avec froideur. « Il s'agit d'asthénie phobique. »

« C'est-à-dire ? »

« Eh bien, elle vivait dans la peur, les phobies sont une conséquence typique des asthénies. Elle avait peur de tout, elle tressaillait, comme touchée par une décharge électrique, au moindre bruit imprévu, elle avait peur de rester dans le noir, de rester enfermée, d'être dehors sur les places publiques, elle avait peur que l'immeuble brûle, que l'ascenseur tombe, qu'un homme l'agresse quand elle allait chez le coiffeur. »

« Mais d'après vous, y a-t-il une peur spécifique qui a poussé votre femme à vouloir se donner la mort ? »

« Bien sûr, et je l'ai dit au Bureau des Suicides. Je pense que la cause principale était la peur d'avoir le cancer. »

« L'avait-elle ? »

« Non. Il y a une vingtaine de jours, elle m'avait dit qu'elle avait mal au cou, dans le bas de la nuque, je l'examinai et lui dis que c'était un petit kyste très banal. Elle me dit non, que c'était une tumeur, je me mis à rire mais elle, par contre, désespérée, s'obstinait à imaginer que c'était une tumeur, j'essayai de la calmer mais elle continuait de pleurer et de dire qu'elle voulait faire des analyses. J'ai commencé par enlever le kyste de sorte qu'elle n'eut plus mal, puis je prélevai un morceau du tissu environnant et le portai à mon ami Berturoni, chef du service histologique, pour des examens. Bien entendu, l'analyse se révéla négative, comme prévu. Ma femme n'avait absolument rien. »

« Mais, avec une analyse écrite, votre femme aurait dû être rassurée. »

« Vous ne connaissez pas les phobiques, commissaire. Rien ne peut les convaincre. A midi, en plein soleil, au mois d'août, ils sont capables de dire qu'il fait nuit. Aujourd'hui, on guérit des maladies mentales graves comme la schizophrénie, mais on n'arrive pas à guérir les formes phobiques. »

« Vous avez sûrement fait le nécessaire pour la guérir, la soigner, cette pauvre femme », dit, avec un peu d'hypocrisie, le sous-chef de la Brigade Criminelle.

« Tout ce qui était possible », dit-il, froidement, posément, se sentant supérieur au fonctionnaire de police qui se trouvait devant lui. « Je l'ai confiée aux meilleurs de mes collègues, les spécialistes les plus en vue, mais elle ne suivait pas leurs prescriptions, au contraire, elle entreprenait des régimes amaigrissants, qui l'épuisaient encore plus, et elle prenait des somnifères pour trouver l'apaisement dans le sommeil. »

Le commissaire Ortoni se passa une main sur la bouche. « D'après vous, c'est la seule raison pour laquelle votre femme s'est tuée ? »

« Oh, non. On ne se tue jamais pour une seule raison. L'autre motif qui a poussé ma femme à se tuer, c'est la jalousie. »

Le commissaire Ortoni se passa de nouveau une main sur la bouche, puis dit : « Fondée ou non ? »

Il le regarda droit dans les yeux, sans crainte. « Fondée, oui. »

« C'est-à-dire ? »

« Je rencontrais parfois une autre femme. J'étais marié depuis quinze ans, et le caractère de ma femme, sa maladie nerveuse, bien que je sois médecin, ont fini par m'exaspérer. Il était inévitable que je cherche à un certain moment un peu de sérénité auprès d'une autre femme. »

« Je comprends, dit le commissaire Ortoni. Comment s'appelle cette autre femme ? »

Il ne répondit pas.

« Je comprends votre discrétion, mais je connais déjà le nom de cette personne, elle s'appelle Robertina Arquetti, elle était manucure, avant de vous rencontrer, chez un coiffeur du centre. »

Il ne broncha pas. Alors le commissaire Ortoni dit : « Laissons cela, c'est un argument très délicat. J'aimerais savoir, à présent, si vous connaissez un certain Lucio Parrari. »

Il hocha la tête. « Un de mes malades peut-être ? Je ne peux pas me rappeler tous les noms. »

« Non. Ce n'est pas un de vos malades. »

« Qui est-ce ? »

Le commissaire Ortoni fit signe à l'agent : « Fais-le entrer. »

Quelques instants après, un homme de très grande taille, maigre, un peu courbe, sanglé dans un imperméable foncé, entra. Il suffit d'un seul regard au professeur Ischelli pour établir son diagnostic : alcoolique, polynévritique, qui en a au maximum pour deux ans. Qu'avait-il à voir avec un déchet pareil ? se demanda-t-il.

« Vous le reconnaissez ? demanda le commissaire Ortoni. Il s'appelle Lucio Parrari. »

« Je ne le reconnais pas et je ne me souviens pas de l'avoir connu. »

Le commissaire Ortoni s'adressa au nouveau venu : « Assieds-toi et explique au professeur qui tu es, raconte-lui ce que tu m'as dit. Répète-lui tout ce que tu m'as dit. »

L'homme posa ses mains sur le bureau, les tint immobiles, mais il était évident qu'elles tremblaient malgré lui. « Oui, commissaire. »

« Allez, mon petit Lucien, explique qui tu es au professeur qui ne peut pas se souvenir, il y a si longtemps, comment s'en souviendrait-il », dit le commissaire Ortoni.

« Oui, commissaire », dit l'homme, l'œil trouble et vaseux des ivrognes. Il se tourna vers lui, timide, craintif. « Professeur, nous avons fait nos études ensemble, vous faisiez des études de médecine et moi, d'histoire et de philosophie. Vous vous souvenez ? »

Il hocha la tête. Il dit, avec amabilité : « Je regrette, je ne me souviens pas. »

« Vous vous souvenez, place San Babila, café Donini ? » demanda l'homme, tremblant, les mains posées sur le bureau.

« Ce n'est pas difficile de se souvenir du café Donini, il existe toujours. »

« Oui, mais à l'époque il était différent. »

« Qu'est-ce à dire ? » dit-il, glacial.

« Eh bien, nous allions souvent au café Donini. »

« Qui ça, nous ? »

« Nous étions quatre. Vous, professeur Ischelli, mon ami Ezzelino Durante, on se moquait de lui à cause de son prénom, puis ma femme, à l'époque elle n'était pas encore ma femme, elle s'appelait Renza et puis moi, on se moquait de nous parce qu'elle était Renza et moi Lucio, on nous appelait Renza et Lucio*. Vous vous souvenez, professeur ? »

Il hocha la tête. « Je regrette. »

« Nous passions là plusieurs soirées par semaine, nous habitions tous les quatre au centre, nous buvions des cafés et des bières, nous passions nos soirées à parler, à discuter, à raconter des blagues antifascistes. » Les yeux de l'homme se remplirent de larmes.

Le commissaire Ortoni intervint. « Mon petit

* Renzo et Lucia, les deux personnages des *Fiancés*, roman d'Alessandro Manzoni, que tous les Italiens, qu'ils aient fait des études ou non, connaissent.

Lucien, ne commence pas à chialer, on va t'apporter une fine, mais raconte-lui ce que tu m'as raconté. »

« Oui, commissaire », dit l'homme, séchant ses yeux du revers de sa main. Il se tourna vers le professeur Ischelli : « On parlait de tant de choses, vous savez, professeur, comme on le fait à cet âge-là, de philosophie, de politique, on découvrait tout : nous étions très liés même si vous ne vous en souvenez pas, et un soir vous avez parlé d'un médecin qui avait tué sa femme. »

« Moi ? » fit-il, gentiment, avec un sourire.

« Oui, dans le journal, on racontait qu'un médecin avait tué sa femme avec une injection et qu'on l'avait inculpé presque immédiatement. Vous avez dit : " Quel imbécile, si j'étais médecin et si je voulais tuer ma femme, je saurais comment faire et personne ne pourrait m'inculper. " »

« Moi, j'ai dit ça ? Et quand ? » demanda-t-il, avec un sourire débonnaire.

« Un soir de septembre 1939, au café Donini. »

« Quelle mémoire vous avez, il y a presque trente ans. » Il haussa les épaules.

« Vous l'avez dit, professeur, même si vous ne vous en souvenez pas, mais vous l'avez dit. Je m'en souviens parce que ce que vous avez dit me terrifia, et terrifia aussi Renza et Ezzelino. Vous avez expliqué, avec force détails, que quand un médecin veut tuer sa femme, il ne doit pas lui donner de soins particuliers, ni essayer de l'enfermer dans un asile de fous. La police le découvrirait vite. Vous avez expliqué que le médecin doit pousser sa femme à se tuer. Comment ? Il y a une chose, vous l'avez dit, qui fait peur à tout le monde : la maladie. Et parmi les maladies, celle qui fait le plus peur, c'est le cancer. Il suffit que le mari mette habilement dans la tête de sa femme, elles ont d'ordinaire un caractère anxieux et peureux, le doute qu'elle est atteinte d'un cancer. Comment ? Une quelconque irritation de la peau, un furoncle, un petit kyste, est un prétexte suffisant pour que le mari médecin intervienne, lui conseille de faire analyser ce petit point rouge, prélève un échantillon de peau environnant, l'amène au service histologique où l'analyse s'avérant négative, il la montre, tout content, à sa femme. " Sois tranquille, tu n'as rien. " Mais elle n'est pas rassurée, au contraire, le soupçon qu'il attise la ronge, et si son mari lui cachait la vérité par pitié ; elle se met à l'implorer, elle veut connaître la vérité, la vérité, la vérité. Mais, vous nous l'avez expliqué ce soir-là, il persiste à dire qu'elle est en bonne santé, juste un peu nerveuse, mais de façon qu'elle ne le croie pas. Puis, un soir, il s'arrange pour qu'elle trouve, par hasard, comme s'il l'avait oubliée, une deuxième analyse : cette analyse est fausse, c'est lui qui l'a rédigée, en volant un formulaire à l'hôpital, et sa femme découvre qu'elle est gravement atteinte, qu'il faut l'opérer très vite, qu'il y a une forte probabilité de métastases, alors elle sombre dans le désespoir. Mais, vous avez également expliqué qu'une seule raison ne suffit pas pour se tuer, il en faut au moins deux, donc il faut aussi la rendre jalouse. Bien entendu, quand un docteur veut tuer sa femme, c'est parce qu'il y a une autre femme : si pendant des mois son épouse est tourmentée par la peur d'une maladie horrible et par l'humiliation insupportable d'être délaissée, si son mari rentre à la maison avec les traces évidentes du parfum, des cheveux, du rouge à lèvres, d'une autre femme, il est bien difficile qu'elle ne décide pas de mourir. Dans ce cas, vous nous l'avez dit, personne au monde ne pourrait l'accuser. De quoi ? Avec quelles preuves ? »

Il hocha la tête, calme. « J'ai dit tout ça, un soir de septembre 1939 ? Moi, vraiment ? »

« Oui, vous l’avez dit, à Renza, à Ezzelino et à moi-même. Je m’en souviens très bien parce qu’on en a parlé jusqu’à trois heures du matin, en marchant dans Milan désert, on faisait des objections, des critiques, des observations sur le crime parfait. Je vous ai même dit : “ Mais si cette femme essaie de se tuer et ne meurt pas, si on la sauve et qu’elle raconte son histoire des deux certificats, l’un qui la déclare saine et l’autre malade, qu’est-ce qui se se passe ? ” Vous m’avez répondu : “ Alors le mari médecin va en prison, parce qu’aucun crime n’est parfait, il n’y a que les imbéciles qui prétendent agir sans risques. Il y a une part de risque dans toute action. ” Je m’en souviens presque mot pour mot... » L’agent plaça devant lui un petit verre de fine, qu’il but d’une traite. « Il y a deux jours, quand j’ai appris dans les journaux que votre femme s’était jetée par la fenêtre, je me suis souvenu de tout et je l’ai raconté au commissaire Ortoni, parce que... »

« Absurde », dit-il, se tournant vers le commissaire Ortoni, « vous avez accordé du crédit aux hallucinations alcooliques de cet homme, vous m’avez fait perdre un temps précieux pour l’hôpital et mes patients, pour écouter des fantaisies éthyliques ? Excusez-moi, mais je ne comprends pas. »

Le commissaire Ortoni ne s’offensa pas du ton glacial. « J’espère me tromper, j’espère vivement, pour vous, qu’il s’agit d’hallucinations alcooliques. Mais quelques détails me laissent perplexe. Premièrement : cet homme a vraiment été votre camarade d’université. Même si vous le niez ou ne le reconnaissez plus, les registres universitaires en font foi. Deuxièmement : cet homme est non seulement votre ex-camarade universitaire mais aussi notre informateur particulier, il nous fournit, depuis des années, d’excellentes informations sur le milieu milanais, elles se sont toujours révélées exactes, et c'est la raison pour laquelle j'ai confiance en lui, tout ivrogne qu'il soit. Troisièmement : mademoiselle Robertina Arquetti, que nous avons soigneusement interrogée hier, nous a dit que vous lui aviez promis le jour précédant la mort de votre femme de faire avec elle " un joli petit voyage ". Votre femme vivante, comment pouviez-vous promettre à cette jeune fille un petit voyage ? »

« Je ne comprends pas du tout le sens de cet interrogatoire », dit-il sèchement.

« Alors laissez-moi vous l'expliquer. Il y a un délit qui s'appelle instigation au suicide. Quand on pousse une personne à se tuer, on est aussi coupable que si on la tuait de ses propres mains. A présent, nous allons passer au véritable interrogatoire. » Il se tourna vers l'homme aux mains tremblantes. « Mon petit Lucien, fous le camp. » Il regarda de nouveau le professeur. « Je vous rappelle que cet interrogatoire a lieu dans un bureau de la Brigade Criminelle et je vous conseille de me dire toute la vérité. »

« Je dépose plainte contre les affirmations calomnieuses de cet homme », dit-il.

« Vous porterez plainte contre qui bon vous semble, mais répondez d'abord à mes questions », dit le commissaire Ortoni.

Deux jours plus tard, les journaux rapportèrent la nouvelle : A la suite d'un long interrogatoire, le professeur Ischelli a avoué avoir poussé sa femme au suicide. Il a été écroué. Le minimum de la peine prévue est de six ans, mais au vu des circonstances aggravantes et de la longue préméditation du crime, le professeur Ischelli risque une peine de dix ans.

LE VIEUX FRITZ CHERCHE MARIA

Trude et moi, nous traversons à pied le pont sur le fleuve. Trude est bavaroise, c'est la première fois qu'elle vient en Italie ; contrairement à beaucoup d'Allemandes, elle n'éprouve aucune fascination pour les pays latins et n'est venue ici que pour me faire plaisir. Elle ne se rend même pas compte que je ne l'ai pas encore emmenée à Rome, à Venise, à Naples, et qu'on tourne en rond depuis deux semaines dans les grasses plaines de l'Emilie et de la Romagne.

« C'est le château San Giorgio », lui dis-je.

Elle ouvre son guide, là où il y a un plan de Mantoue, ça aussi pour me faire plaisir, et demande : « Où est-ce ? »

Je lui indique le point où nous nous trouvons puis le château sur le plan. Elle ne quitte pas le plan des yeux et dit : « Très beau. »

Voilà, pour elle, elle a fait ce qu'elle devait faire. Elle préférerait être chez moi, à Berlin, allongée sur le canapé, à écouter des disques.

Après le pont, il y a une maison isolée, avec un bar. On m'a dit que j'y apprendrais peut-être quelque chose sur Maria, que les propriétaires du bar étaient plus ou moins apparentés à Maria.

J'entre dans le bar et m'adresse posément à l'homme

derrière le comptoir ; pour ce qui est de Trude, à l'exclusion de l'allemand et du bavarois, elle ne connaît pas d'autres langues. Je lui demande : « Excusez-moi, je voudrais une information. »

L'homme paraît étonné d'entendre quelqu'un qui a l'air tout à fait allemand, parler aussi bien sa langue, peut-être même mieux que lui. Il n'imagine pas que je parle aussi son patois ; Dieu sait comme il serait surpris si je lui disais « *Sorbole !* »

Je poursuis : « Je suis une connaissance de mademoiselle Maria Telari, nous nous sommes perdus de vue il y a quelques années. On m'a dit que je pourrais peut-être me renseigner ici parce que les propriétaires du bar sont des parents de Maria. »

« Maria Telari. » L'homme garde la bouche entrouverte. « Je suis le neveu du patron, mais je n'ai jamais entendu parler des Telari. Il vous faudrait grand-père. »

« Et où se trouve grand-père ? »

« A Lugo. »

Ça fait un moment qu'il regarde les hanches de Trude, des hanches bavaroises, pour connaisseur. Pas vraiment étroites, les hanches de Trude, elles ont pour effet de le rendre plus cordial, plus disposé à me donner l'adresse de ce grand-père qui, peut-être — tout est question de peut-être dans la vie — sait où se trouve Maria.

Maria devait être à l'extérieur de la grande cour, le soir où on m'a fusillé. Tout le village était massé derrière la grille, pour voir. J'avais entrevu une petite foule quand on m'avait emmené jusqu'à la chaise.

Je n'avais pas remarqué Maria, mais j'étais sûr qu'elle était là. Le village sentait le blé. Durant l'été, ce parfum sec avait fini par tout imprégner imperceptiblement. Même Maria la première fois où je la vis semblait avoir un goût de blé. Ce soir-là aussi, tout respirait le blé dans la cour, peut-être encore plus intensément ; ce parfum poussiéreux, calciné, me la rappelait à chaque instant, pendant qu'on me ligotait à la chaise, le dos tourné au peloton d'exécution. A mes côtés, le capitaine Krandt lut en allemand la brève sentence de la condamnation à mort pour haute trahison. Puis le sergent Wieckt, qui se piquait de connaître l'italien, lut en criant la traduction à tous ceux qui se tenaient, silencieux, derrière la grille, dans la lumière finissante du jour.

Dans le silence, on entendait le pas lourd du capitaine Krandt qui s'éloignait de moi et s'approchait du peloton d'exécution pour donner l'ordre de faire feu. Encore un instant de silence. Puis un premier cri du capitaine Krandt. Le bruit sec de douze fusils qui libèrent ensemble le cran de sécurité. Silence. Puis un autre cri du capitaine Krandt. Dans un seul bruissement, douze fusils sont posés avec leur crosse contre les épaules des tireurs. Un dernier silence et enfin le cri rauque du capitaine Krandt : « Feu ! » Je m'affaissai sur la chaise, sans tomber, vu qu'on m'avait étroitement ligoté. J'entendis le pas du capitaine Krandt qui se rapprochait, dans l'imposant silence du crépuscule, après les douze détonations. Son gros pistolet froufrouta en sortant de son étui, il y eut un bruit clair quand il retira le cran de sécurité. Tout de suite après, deux détonations très proches m'assourdirent. Ce devait être le coup de grâce. Derrière la grille, la foule était toujours silencieuse, comme si elle n'existait pas. Le sergent Wieckt se mit à leur crier dans un italien d'opérette : « Allez-fous-en ! Allez-fous-en ! »

Ils attendirent encore un peu et quand il n'y eut plus personne, ils me détachèrent, me couchèrent sur un brancard et m'emmenèrent dans la chambre du capitaine Krandt. Assis sur le lit, le capitaine avait tombé la veste à cause de la chaleur et se rongeait les ongles. Les deux soldats se mirent au garde-à-vous quand je me levai du brancard. Je leur fis signe de sortir.

« Je vous ai préparé du vin glacé », me dit Krandt. Je me versai à boire. L'albana glacé était délicieux.

« Qu'en pensez-vous ? » demandai-je.

« Il me semble que tout s'est bien passé », dit Krandt.

« Il me semble, moi aussi », dis-je. Mais je n'étais pas sûr. On n'est jamais sûr de rien. « Ecoutez, Krandt, vous êtes en Italie depuis plus d'un an, vous connaissez les gens de cette région, pensez-vous qu'ils y croiront ? »

Krandt vint se verser du vin. Il faisait noir maintenant ; j'allai allumer la lumière.

« Je crois que oui », murmura-t-il. Son gros visage flasque était blanc, sous la lumière artificielle. « Vous pouvez rentrer chez vous tranquille, ils ne feront pas de mal à cette jeune fille. »

« Je préfère attendre quelques jours. Je veux être sûr qu'il ne lui arrivera rien. » Je voulais être sûr que Maria n'allait pas être tuée par ses « amis ». Mais peut-on jamais être sûr de quoi que ce soit dans la vie ?

Alors seulement, le capitaine Krandt sembla se souvenir que, bien que je fusse plus jeune et en uniforme de simple soldat, j'étais son supérieur. Il se mit au garde-à-vous et me dit, avec son parler prussien sonore et ampoulé : « Je regrette, monsieur le major, mais j'ai reçu un ordre de Berlin : vous devez partir tout de suite. » Il m'indiqua du regard un coin de la pièce : mon uniforme de major, avec l'insigne des services secrets, était posé sur une chaise, et les bottes, à terre. « La voiture qui doit vous ramener à Bologne est prête. »

Pendant que je me rhabillais, l'odeur du blé devint presque insoutenable, comme lorsque j'étais allongé avec Maria sur les sacs de blé cachés dans la grande salle de la ferme.

J'entendis parler de Maria, pour la première fois, par le docteur Schemberg, du service de contre-espionnage à l'étranger.

Schemberg était très maigre, de petite taille, il parlait beaucoup, mais sans jamais dire un mot de trop.

« Regardez ce carré », me dit-il, devant une carte géographique. « Bologne, Ferrare, Argenta, Imola. Dans ce carré, dans chaque village, dans les campagnes, dans les fermes, peut se cacher tout un réseau de terroristes, soutenu par un détachement entier d'officiers anglais, parachutés il y a plusieurs mois. Nous savons qu'ils existent, mais nous ne savons pas exactement où, donc nous n'arrivons pas à les prendre. On ne combat pas les terroristes dans la plaine comme en montagne. Ils sont mélangés à la population, un peu partout, on ne peut ni les encercler ni les détruire. Les ratissages ne servent à rien, avant même qu'ils ne commencent, ils sont déjà prévenus et prennent la fuite. En trois mois, nous n'avons attrapé qu'un seul homme qui n'a rien pu nous dire, sauf qu'il avait entendu parler de ces Anglais. Je suis sûr qu'il n'en sait pas plus, mais il est temps d'en finir. Nous devons détruire cette organisation, sinon nous aurons des ennuis, vous comprenez, major. »

C'est alors que j'entendis, pour la première fois, le nom de Maria.

« Notre bureau a étudié un plan, et c'est à vous, le spécialiste du contre-espionnage en Italie, qu'il incombe de le réaliser. » Il sortit d'un dossier la photo d'un jeune homme, typique Italien aux yeux enfoncés, très noirs, petit et robuste. « Voilà le jeune homme en question, Alfredo Telari. Son père a été tué par les fascistes. Il habite dans une ferme, près de Molinella. Ici, regardez, il me montra l'endroit sur la carte, il vit avec sa mère, Teresa Telari, et sa sœur, Maria Telari. Notre plan commence ici, avec ces gens-là. Nous devons gagner leur confiance, à tout prix. Ecoutez-moi bien et vous me direz ce que vous en pensez. »

L'exposé dura presque une heure, le plan me semblait médiocre, compliqué, et je le lui dis.

« Mais vous, vous n'êtes pas médiocre », dit Schemberg. « Pendant la réunion, hier, quand il a été question de choisir celui qui devait l'exécuter, nous sommes tous tombés d'accord : le vieux Fritz, c'est-à-dire vous, mon cher ami. »

Je m'appelle Emil. A l'époque, j'avais vingt-huit ans, mais on m'appelait « le vieux Fritz », parce que j'avais fait une carrière rapide. C'est-à-dire un vieux malin, à qui tout réussit.

Trois jours plus tard, je passais le Brenner sur un train militaire allemand, et m'arrêtais à Vérone. Je portais un uniforme de simple soldat en tenue de combat, avec casque, mitraillette et grenade à la ceinture. J'étais accompagné d'un autre soldat, habillé de la même façon. Il s'appelait Tanner. Entre nous, menottes aux poings, il y avait le jeune homme aux yeux noirs, enfoncés, Alfredo Telari, le frère de Maria Telari.

Le jeune homme savait pourquoi nous le ramenions en Italie : on lui avait fait croire qu'on allait le confronter avec une dizaine de terroristes et d'Anglais arrêtés aux alentours de sa ferme. Il avait l'air d'y croire. Même s'il n'y croyait pas, il devait être content de revenir en Italie : il allait certainement tenter de s'enfuir. Il le tenta en effet. A Vérone, le commandement mit à notre disposition une vieille auto. Tanner conduisait, moi j'étais derrière avec le prisonnier, qui avait les menottes. Je n'avais jamais parlé au jeune homme : c'était Tanner qui, sans connaître un mot d'italien, lui donnait des ordres secs en allemand, ou en agitant sa mitraillette. Notre auto, comme prévu, était vieille : elle faisait au maximum du cinquante à l'heure et, de temps en temps, s'enrayait. Il pleuvait continuellement ces jours-là, Tanner faisait semblant de se tromper de route et au soir, nous n'étions pas encore à Modène. C'est une fois les lumières de Modène en vue, que l'auto s'arrêta. Tanner jura, sortit sous la pluie, ouvrit le capot et regarda dessous à la lueur d'une lampe de poche. Je restai assis à l'arrière, en silence, à côté du jeune homme. Au bout d'un moment, Tanner remonta en voiture. Rien à faire, dit-il. Il faut attendre qu'on nous remorque jusqu'en ville. La scène était prévue dans le plan, mais le jeune homme, qui ne se doutait de rien, risqua de tout faire capoter et de se faire descendre. Avant que j'aie le temps de me rendre compte de ce qui arrivait, le jeune homme, menottes aux poignets, ouvrit la portière et bondit dans le noir.

Tanner et moi, nous nous lançâmes à sa poursuite, il pleuvait, la nuit tombait, nous le vîmes courir dans un champ, s'enfoncer jusqu'aux chevilles dans la terre bourbeuse. Tanner tira en l'air avec sa mitraillette, en lui ordonnant de s'arrêter, mais il continuait de courir ; nous, avec nos bottes, courions mieux que lui dans la boue et une fois qu'il fut plus près de lui, Tanner tira une rafale de mitraillette si proche que le jeune homme prit peur, s'arrêta, haletant, levant les bras en signe de reddition.

On le ramena près de l'auto. Tanner se mit à le frapper, en proférant des jurons. S'il s'était fait tuer, le plan aurait été foutu. Je regardai en silence, jusqu'à ce que le jeune homme s'évanouît ; alors je le chargeai sur la voiture. Aucun véhicule ne passait et au bout d'un moment, suivant le plan, je demandai à Tanner de marcher jusqu'aux premières maisons et de ramener un mécanicien : nous ne pouvions pas rester là éternellement, dans le noir.

Quand le jeune homme revint à lui, nous étions seuls. Tanner ne revenait pas, il pleuvait toujours. « Comment vas-tu ? » lui demandai-je en italien. Je lui passai une bouteille de kirsch. Tuméfiés par les coups, ses yeux me fixèrent, d'un air hésitant. Du sang lui coulait encore du nez. « Il ne fallait pas fuir, tu as risqué ta peau. » Mon italien naturel le rassura petit à petit. J'humectai un mouchoir avec la liqueur et désinfectai les blessures de son visage. « Ma mère était italienne, lui dis-je, j'ai vécu en Italie jusqu'à l'âge de dix ans, au moins six mois par an, j'ai appris l'italien et l'allemand en même temps. » J'allumai une cigarette et la lui offris : « Tu veux fumer ? » Il dit oui. « Je suis plus italien qu'allemand. » Je lui tendis la cigarette. « Je regrette cette guerre, je la regrette vraiment. Ma mère est enterrée à Faenza, si je peux, j'irai voir sa tombe. Mais comment avoir une permission avec cette foutue guerre... On est plus mal traité que des bêtes et on nous oblige à agir comme des bêtes. » J'ôtai mon casque. « J'ai envie de déserter. Mais pour aller où ? On nous déteste de tous les côtés, on aiderait plutôt un lépreux qu'un Allemand. »

« Avec raison », dit le jeune homme. Il était plein de haine, mais il me regardait un peu différemment.

« Bien sûr avec raison, mais moi je ne suis pas un Allemand comme les autres. Tout le monde ne pense pas de la même façon, même chez nous. »

« Vous êtes tous pareils », dit-il. « Il suffit qu'on vous donne un ordre, et vous obéissez, vous êtes des machines. N'importe quel ordre, même celui de brûler un village avec tous ses habitants. » Je ne dis rien. Je regardai si Tanner arrivait, puis lentement je sortis de la poche de mon gilet les clefs des menottes. Elles brillèrent d'un léger éclat dans la faible lumière de l'auto. J'ouvris les menottes, les lui laissai aux poignets et remis les clefs dans ma poche. « Garde les menottes, lui dis-je, et jette-les dans le fleuve quand tu seras assez loin d'ici. Allez, descends. » Je le retins par un bras, parce que tout en ne comprenant pas bien ce qui se passait, il était sur le point de filer comme une flèche. « Ne fais pas l'imbécile, ne rentre pas chez toi, sinon ils te reprendront tout de suite. Et ne reste pas dans les parages. Cherche des amis loin de chez toi, compris ? »

Il resta encore un moment indécis, incrédule, comme un canari dans une cage soudainement ouverte. Puis, il s'enfuit précipitamment et disparut dans le noir comme s'il était tombé dans un puits.

Le jour suivant, Tanner et moi arrivâmes à Molinella, où stationnait le bataillon du capitaine Krandt. Il était prévu que Krandt nous inflige trois semaines de cachot avant de nous muter sur le front russe, en première ligne, parce que nous avions laissé s'échapper un prisonnier. Deux soldats répandirent la nouvelle dans le petit village, de sorte que, en peu de temps, toute la région serait au courant.

C'est ainsi que je connus Maria. Après les trois semaines de cachot, on me chargea, avec le sergent Maler, de sillonner la région pour réquisitionner du blé dans les fermes. Cela aussi avait été minutieusement étudié. On débarquait à l'improviste dans les fermes, à l'aube, l'heure où les paysans viennent à peine de se réveiller. Les soldats encerclaient la maison, qu'ils tenaient sous le feu de leurs mitraillettes.

Maler descendait du camion et moi qui savais l'italien, je parlais avec le chef de famille.

« Vous avez du blé ? »

« On n'a rien. »

Ils étaient toujours surpris de m'entendre parler si bien italien, parce que j'avais vraiment une tête d'Allemand, blond et tout. Puis, je me mettais à parler un peu leur patois.

« Il n'y a rien à faire, mes amis, inutile de rien cacher parce que maintenant ces brutes vont perquisitionner, ils sont même capables de déterrer les os de vos morts. Je peux vous aider d'une autre manière, je vais vous dire les fermes que nous fouillerons demain et après ; vous les préviendrez, comme ça ils pourront tout cacher ; dès qu'on aura fait la perquisition, ils pourront tout ramener. » Ils me regardaient, avec méfiance.

Un fermier me demanda, un matin : « Tu n'es pas allemand ? »

« A moitié. » Je fis un clin d'œil. « Aujourd'hui, nous irons à la Chiappella, demain matin à la Rivaghetta, demain après-midi chez les Telari, prévenez-les... Ma mère était italienne, de Faenza. »

Maler arriva, se mit à crier et les paysans lui donnèrent tout le blé qu'ils avaient caché, sans nous obliger à le chercher : ainsi, ils sauvaient celui de leurs voisins. L'après-midi, en effet, à la Chiappella ils avaient été prévenus et on ne trouva pas un grain de blé. Le lendemain matin de même, à la Rivaghetta. Le fermier de la Rivaghetta, profitant d'un moment d'inattention de Maler, s'approcha de moi.

« C'est toi qui as laissé s'enfuir un des nôtres ? »

« Pourquoi ? » répondis-je. Les nouvelles circulaient exactement comme nous le voulions.

« Rien », dit-il, avec un sourire dans les yeux, comme si une nouvelle amitié commençait.

J'avais sauvé un des leurs, je sauvais leur blé, leurs cochons et je parlais même leur dialecte. Ils n'avaient plus de raison de se méfier.

« Maintenant, je ne pourrai plus vous aider », dis-je. « On m'envoie en Russie la semaine prochaine, en première ligne, je n'attends plus que les papiers et puis salut. Préviens les autres qu'on passera chez les Telari, la Gambina, l'Argentaria, et ne faites pas trop de conneries parce que les Allemands ne rigolent pas. »

Dans l'après-midi, nous arrivâmes finalement à la ferme des Telari : c'était la plus éloignée, perdue en pleins champs, près d'un petit bois, aux arbres minces, le long du fleuve Reno.

Une vieille femme apparut, ce devait être la mère du jeune homme que j'avais laissé s'enfuir. Elle nous regarda descendre du camion tout excités, soulevant de la poussière et une odeur de blé sur le grand terrain brûlé par un soleil infernal.

Maler était à mes côtés, comme prévu, et alors je fis semblant d'être brutal.

« Allez, qu'on sorte le blé et les bêtes », me mis-je à hurler, en agitant ma mitraillette.

« Ça va, mon gamin, tu ne me fais pas peur », dit la vieille.

Je vis surgir de la maison un éclair rouge. C'était la robe rouge de Maria. Maria courait vers nous pieds nus.

« Maman, laisse tomber ! » cria-t-elle. « Je vais leur parler. »

« Mais oui, parle toi-même avec ces m... »

Maler se mit à hurler pour me dire de me dépêcher, sinon il allait s'occuper de tout sans avoir besoin de tant parler italien.

« Ecoutez, mademoiselle, dis-je à Maria, si vous avez

caché quelque chose, il vaut mieux nous le dire ; sinon on trouvera tout seul. »

« Mais on n'a rien à se mettre sous la dent », dit-elle, avec un sourire complice.

« Ils n'ont rien », dis-je à Maler.

Le sergent fit semblant de piquer une colère noire. Il repoussa Maria de sa mitraillette et nous fouillâmes la ferme, centimètre par centimètre, sans rien trouver qu'une demi-douzaine de miches noires. Alors Maler hurla : « Reste ici, de garde, on va voir s'ils n'ont rien caché aux environs. Dis à la fille que si on trouve quelque chose, on brûle sa bicoque et toutes ses babioles avec. » Il jouait bien la comédie.

Une fois le camion parti inspecter les environs, je dis à la jeune fille : « Où avez-vous caché les choses ? Ils sont partis les chercher. » « Ils peuvent toujours courir, Maria sourit, on a tout envoyé à la Chiappella, où vous avez déjà perquisitionné. »

Le soleil tapait très fort. Le camion de Maler était loin, près de la forêt, au bord du fleuve. « Je vais me mettre à l'ombre », dis-je.

J'entrai avec elle dans la grande cuisine fraîche de la ferme. « Vous voulez un verre de vin ? » me demanda Maria.

« Merci. »

La vieille était en train de nettoyer de gros couteaux de cuisine. « Méfie-toi, Maria, c'est quand même des Allemands. Et lui, il est sûrement pire que les autres, puisqu'il n'est même pas pour son pays. Il veut sûrement des sous. » Elle vint vers moi. « Alors, tu veux combien pour avoir aidé Alfredo à s'enfuir et pour nous avoir prévenus de la perquisition ? »

Je pris peur. Les vieux sont méfiants. Dans son patois, je répondis gentiment, mais avec amertume : « Qu'est-ce que vous voulez que je fasse des sous, là où je vais aller maintenant ! En Russie, j'en ai rien à foutre des sous. »

« T'entends ça, le voilà qui cause comme nous », dit la vieille. Elle était surprise et touchée. Mais elle ajouta quelque chose qui m'effraya : « Mon fils m'a fait savoir que ce n'était qu'un truc de l'avoir laissé filer, et de faire attention, c'est pour ça que je suis inquiète, avec les Allemands on ne peut jamais être tranquille. »

J'arrivai à me dominer et à sourire. « Moi non plus, je ne suis jamais tranquille avec les Allemands. »

« Tais-toi, maman ! » dit Maria. Elle me fit signe de la tête de l'accompagner. Nous retournâmes dehors, au soleil. On entendait au loin, sans le voir, le grondement du camion de Maler.

« C'est parce que vous avez laissé s'échapper mon frère qu'on vous envoie en Russie ? » me demanda-t-elle. Je fis signe que oui. « Pourquoi l'avez-vous laissé fuir ? »

« Comme ça. On ne sait pas toujours pourquoi on fait ce qu'on fait. Aujourd'hui, je ne le referais pas, non seulement pour ne pas aller en Russie, mais parce que ça n'en vaut pas la peine. »

« Vous saviez qu'on vous enverrait en Russie, si vous le laissiez s'enfuir ? »

« Non, je ne suis pas un héros. Avant, pour ce genre de choses, on faisait un peu de cachot, mais c'était tout. Maintenant, ils sont devenus plus durs. Le capitaine Krandt a même parlé de nous fusiller. »

Il me fallait conquérir son cœur et je sentais que je le pouvais. Le camion de Maler apparut à l'horizon, annoncé par un petit nuage de poussière. Quelle odeur de blé, ce jour-là, au soleil, près de Maria.

« Si vous avez besoin de quelque chose, avant de partir... » Elle avait l'air convaincue, apitoyée même.

« Priez pour moi », lui dis-je. « Rentrez maintenant, le camion de mon ami revient. » Je désignai le camion.

La première partie du plan avait marché. Le reste marcherait également, car le mécanisme était parfait : tout se déroula exactement comme prévu. Je revins seul à la ferme de Maria, deux jours après, au crépuscule. Elle était enfermée dans la maison, sa mère déjà au lit et elle prit peur quand j'ouvris la porte.

« Pardon, lui dis-je, je vous ai fait peur, je suis seul, ne craignez rien. » Elle me laissa entrer, mais tint la porte ouverte. « Je suis venu voir si vous aviez un peu de vin pour moi », dis-je. « Je voudrais en boire avant de partir. »

Elle était distante, mais aimable. Elle semblait lutter contre un sentiment qui la poussait vers moi. « Je vais vous en donner quelques fiasques. »

« Oh, non. Je ne pourrais pas l'emporter. Je suis sorti sans permission. Le garde a fermé un œil, mais si je reviens avec des fiasques, pour le coup on ne me ratera pas. Je préfère boire ici, si ça ne vous dérange pas. »

Sans un mot, elle apporta une fiasque d'albana et un verre. Debout, le casque sur la tête, je bus trois verres, coup sur coup. La longue table de la cuisine était éclairée par la lumière douce d'un vieil abat-jour rose. Maria était en décolleté, les bras nus à cause de la chaleur, debout elle aussi.

« Quand partez-vous ? »

Je me servis de nouveau à boire, je bus. « On attend l'ordre d'un moment à l'autre. »

Je me servis un cinquième verre, je savais que ce vin allait m'assommer, mais la cuite aussi était prévue, il fallait la séduire.

« Ce n'est pas bon de boire si vite. » Je décelai une première nuance de douceur indéniable dans sa voix. Je devais avoir l'air désespéré, debout comme ça, le casque sur la tête, en train de boire. L'image du pauvre soldat, victime de la guerre, de quelque camp qu'il soit. « Emmenez-le avec vous », poursuivit-elle. « Vous le boirez petit à petit... »

« Oui, je sais que vous n'aimez pas avoir un Allemand chez vous », dis-je.

Je pris la fiasque, et j'allais sortir. « Je ne le disais pas pour ça. Asseyez-vous. » Je m'assis. Je bus en vitesse un sixième et un septième verre de vin. Je commençais à ressentir des brûlures d'estomac. Je me mis à parler de ma mère, qui était italienne, dont la tombe était à Faenza, je citai le nom écrit sur la tombe. J'étais soûl, mais je me conformais au plan avec précision. Ils pouvaient se renseigner à Faenza, ils trouveraient effectivement la tombe d'une femme qui avait été mariée à un Allemand. Aucun doute ne serait plus possible.

« Arrêtez de boire », me dit-elle, pendant que je parlais, inventant une enfance en Italie, et une maman.

« Laisse-moi... » Je la repoussai et continuai à boire et à parler jusqu'à ce que je me lève brusquement. « Je ne veux pas me sentir mal ici, on te ferait des histoires. Je m'en vais, ciao, je vais en Russie. Volga, Volga. Comment t'appelles-tu ? »

« Maria... Faites attention à ne pas vous faire prendre », dit-elle, émue. Sur le seuil, dans le noir de la cour, elle murmura : « Revenez avant de partir, si vous pouvez... »

« Ciao, Maria, ciao... Personne ne revient de cette guerre. Aucun Allemand... »

Je revins deux jours plus tard, au matin. Il faisait une chaleur suffocante, déjà à huit heures. Elle et les paysans m'avaient vu arriver de loin. Elle vint à ma rencontre. Il y avait de l'anxiété dans son regard.

J'étais un joli garçon à l'époque, je n'avais pas le cou

épais ni le crâne rasé comme aujourd'hui. « Je pars dans quatre jours, lui dis-je, je suis venu vous dire au revoir. » On entendit tous les deux le bruit d'un camion. « S'ils me voient, je suis foutu, je devrais être de garde à cette heure-ci », dis-je. « Cachez-moi, s'il vous plaît. »

Elle m'emmena dans un grenier, une grande pièce, pleine de sacs de blé. Une odeur forte et saine. Le camion de Maler, venu exprès, s'arrêta à la ferme. Maria descendit voir ce qu'ils voulaient. Je me jetai à plat ventre sur les sacs de blé et quand je l'entendis revenir, je ne bougeai pas. Elle s'assit à côté de moi, et l'odeur du blé est restée en moi associée à elle dont je voyais la jambe nue, bronzée, solide.

« Ils voulaient juste acheter du vin, dit-elle, n'ayez pas peur. »

« Merci », dis-je. Je restai comme ça, à plat ventre. Puis, je murmurai : « Je ne veux pas aller en Russie, personne n'imagine ce que c'est que la Russie pour nous, les Allemands. Notre armée est encerclée, trois cent mille hommes, mais les journaux parlent de victoire... Je ne veux pas y aller, plutôt la mort ici. »

Peut-être étaient-ils allés voir à Faenza, au cimetière, et peut-être avaient-ils découvert la tombe d'une femme, mariée à un Allemand. Ou, peut-être, était-elle plus simplement tombée amoureuse de moi. Je sentis sa main sur ma tête. « Il ne faut pas vous tuer. »

« J'ai bien peur que je le ferai. » Je pris sa main et la lui baisai.

« Pourquoi ne vous enfuyez-vous pas ? »

« Où ça ? » Je parlais en pressant ma bouche sur sa main. « Qui me cachera ? Vous ? Mais c'est ici qu'ils viendront tout de suite me chercher et ils vous fusilleront, vous aussi. »

Elle se taisait. Puis lentement, elle s'allongea à mes

côtés. « Je pourrais peut-être trouver des amis », dit-elle, d'une voix anxieuse.

Doucement, craignant de l'effaroucher, je l'enlaçai. Elle m'enlaça, elle aussi. Je l'embrassai. Les poules gloussaient dans la cour, l'air était aussi chaud que de l'eau chaude. En mission, il ne faut pas se laisser avoir par les femmes, ça ne m'était jamais arrivé, mais cette fois-ci, je compris que ce serait le cas. Ma mère n'était pas italienne, mais mon père avait aimé l'Italie, tout gamin, il m'en avait fait étudier la langue, m'avait emmené des années durant sur les plages de la Romagne, m'avait appris à aimer ce pays et ses habitants. A présent, c'était elle que j'aimais.

Maria m'accompagna jusqu'au fleuve, dans la forêt, près de la levée. Je me couchai par terre, étourdi, mais pas par la chaleur. Elle s'assit près de moi. Sans le savoir, elle m'avait déjà tout dit. Elle avait des amis qui pouvaient me cacher, des étrangers se trouvaient parmi ses amis et si je travaillais pour eux, ils pourraient m'aider. Elle ne m'avait rien dit de précis, rien qu'un nom. Le nom d'une ferme où ses « amis » se rencontraient, près de Lavezzo. C'était plus qu'il n'en fallait pour surveiller la ferme et prendre les terroristes au piège. Ma mission était accomplie, c'était maintenant aux hommes du capitaine Krandt d'agir. Mais pendant que j'étais allongé auprès d'elle, qui se penchait de temps en temps pour me faire une caresse, je pensai avec effroi que Maria était maintenant en danger de mort. J'y avais déjà songé quelques heures auparavant, mais j'étais alors un autre homme. Je ne l'avais pas encore serrée dans mes bras, ce n'était pour moi qu'une ennemie. J'eus du mal à respirer ; j'étais en nage.

« Maintenant, il vaut mieux que tu partes », dit-elle. « Reviens ce soir. On ne te recherchera pas avant demain mais tu seras déjà loin. » Elle s'abandonnait comme une créature amoureuse, pleine de tendresse et d'un bonheur obscur.

Je me redressai, puis je m'agenouillai devant elle, avant de me relever et l'enlaçai. « J'ai tellement peur pour toi », lui dis-je, cette fois je ne jouais pas la comédie. Dès que j'aurais disparu, ses « amis » comprendraient qu'elle avait causé la mort de ses camarades en donnant des informations à un Allemand dont elle était tombée amoureuse. Ils la tueraient.

« Moi, je ne risque rien, je suis une femme », dit-elle.

La force qui, en quelques heures, nous unit était incroyable. Je n'aurais jamais cru qu'une telle force pût exister ; dans mon genre de travail, on ne s'embarrasse pas de certaines choses. Mais cette force, que j'appelais de l'amour, existait. Ce fut la dernière fois que je la vis, au matin, dans la forêt, près du fleuve, et aujourd'hui je porte encore en moi l'éclat de son regard, le son de sa voix, l'odeur intense et sèche du blé, qui l'enveloppait tout entière.

Je retournai en vitesse chez le capitaine Krandt, qui organisa la surveillance de la ferme, puis nous nous mîmes d'accord sur l'exécution de la dernière partie du plan.

Je sortis, à la tombée de la nuit. J'avais expliqué au capitaine Krandt que pour réussir à capturer le plus grand nombre de gens possible, il fallait que je sois au-dessus de tout soupçon aux yeux des Italiens, et qu'on m'arrête comme déserteur pendant que je tentais de fuir. Mais en vérité, c'était qu'en agissant ainsi, je pouvais peut-être sauver Maria. Je traversai le village, faisant semblant de me rendre à la ferme de Maria quand, comme convenu, j'entendis le pas de la patrouille. Près de moi, une porte était entrouverte, d'où filtrait un rai de lumière.

Je m'y précipitai. Une vieille et une gamine, qui

étaient à table, me regardèrent épouvantées. « Cachez-moi, dis-je, je suis poursuivi... »

Ils ne comprirent pas et n'eurent même pas le temps de me répondre. Les soldats firent irruption, défonçant presque la porte, et je ne pus rien faire d'autre que me laisser emmener. Le dernier acte s'était très bien passé aussi. Dans le village se répandit la nouvelle qu'on avait arrêté un Allemand qui voulait déserter, le petit blond qui avait déjà sauvé la vie du fils de la Telari et qui finirait probablement en Russie. Les jours qui suivirent, une autre nouvelle circula : le colonel avait signé ma condamnation à mort et je serais fusillé dans la cour de la maison abritant le commandement du capitaine Krandt. Puis, une autre terrible nouvelle se répandit : dans une ferme près de Lavezzo, on avait capturé deux officiers anglais et une dizaine d'Italiens, avec un poste émetteur.

Puis un soir, tout le village vint assister à mon exécution. C'était peut-être — tout est peut-être dans la vie — la seule façon de sauver la vie de Maria : si on me tuait, cela voulait dire que je n'étais pas un espion et qu'elle n'avait pas trahi en tombant amoureuse de moi. Sinon, ses camarades la tueraient.

Je ne sais pas si Maria assista à l'exécution. Peut-être. Je ne sais toujours pas si ses camarades crurent à la mise en scène ou découvrirent qu'elle s'était confiée à un espion et la punirent. Je ne sus rien. La guerre m'entraîna loin, puis un long emprisonnement, et d'autres péripéties encore, avant de pouvoir finalement revenir en Italie aujourd'hui. Mais elle a disparu sans laisser de traces. Dans sa ferme, les nouveaux propriétaires racontent qu'elle est partie depuis longtemps ; ils n'en savent pas plus. Dans le village, on dit qu'elle est partie avant la fin de la guerre. On ne sait pas où. Je suis un ex-espion, je sais organiser des recherches, mais elle s'est comme volatilisée. Tellement de gens ont disparu comme ça pendant la guerre.

Demain, j'irai à Lugo, où paraît-il un vieux grand-père saura peut-être me dire où elle est, si elle est en vie.

Justement, c'est ce que j'aimerais savoir, si elle est en vie. Je voudrais m'assurer qu'elle est en vie et que mes agissements d'alors ne lui ont pas coûté la vie. Et si elle est en vie, je voudrais juste la voir de loin, en espérant qu'elle ne saura jamais que je l'ai trompée ni à quel être méprisable elle a accordé, un jour, son amour, sa tendresse, ses illusions de femme : au vieux Fritz, au petit malin, qui savait comment faire carrière. Qu'elle ne le sache jamais.

UN TRAIN POUR MOURIR ET POUR AIMER

Le train s'arrêta à la petite gare au nom long et difficile, Schanhausetzer ; mais Rachele avait appris à le prononcer, aidée par cet aimable jeune homme italien, qui était dans le train avec elle. « Dites d'abord Channe et puis aosetzer. » Un garçon de Mantoue, qui était venu travailler en Suisse ; il allait à Zurich, ils avaient fait le voyage de Milan ensemble et quand sa valise lui avait échappé en montant dans le train, il l'avait ramassée, gentiment, sans l'importuner avec les galanteries de circonstance. Il connaissait bien la Suisse : il y travaillait chaque année une dizaine de mois, elle c'était la première fois qu'elle quittait son pays, elle n'avait jamais fait un aussi long voyage, elle ne connaissait pas un mot d'allemand ni de français, elle avait peur de ne pas descendre à la bonne gare. Elle avait peu parlé, absorbée par ses pensées, et lui non plus ne semblait pas très gai. Il avait regardé sa montre, puis il avait dit, se levant : « Voilà, le premier arrêt c'est Schanhausetzer. Tout de suite à la sortie de la gare, vous trouverez sûrement un taxi. Il est probable que le chauffeur connaisse quelques mots d'italien. Sinon, vous n'avez qu'à lui montrer votre billet. »

Elle avait, depuis Ferrare, un billet avec écrit dessus : Hôpital Evangéliste de Schanhausetzer, Zurich, Suisse.

Monsieur Giovanni Martello, service de chirurgie oto-rhino-laryngologique. C'était écrit en deux langues, italien et allemand, le curé de son village connaissait suffisamment l'allemand et avait une belle écriture : le billet était presque un petit tableau.

Le train ralentit si brusquement, à l'improviste, qu'elle s'accrocha instinctivement, pour éviter le contrecoup du freinage brutal, au bras du jeune homme, afin de ne pas tomber en arrière. Serrant fort la main sur la manche du paletot, elle sentit la rugosité de la laine et le renflement du muscle. « Excusez-moi », dit-elle rougissante.

Il ne sourit pas, mais ses yeux gris, très clairs, la regardèrent et elle se sentit comme enveloppée de tendresse. Il lui ouvrit la portière du wagon. « Descendez vite, dit-il, soulevant la valise, le train ne s'arrête ici qu'un instant. »

Elle descendit, la gorge soudainement nouée, parce que maintenant, elle était seule ; dans un brouillard très clair, mais dense, impénétrable. Il lui tendit la valise, elle eut juste le temps de la prendre, la portière se referma et, au même moment, le train se remit en marche.

Du haut de la fenêtre, alors que le train s'ébranlait, il lui fit un signe d'adieu. Elle resta seule : elle voyait à peine le bâtiment de la petite gare.

Rachele était originaire d'un petit village près de Ferrare, elle avait dix-neuf ans et se trouvait, pour la première fois, loin de son village, dans une obscure petite ville dont elle n'arrivait même pas à prononcer le nom correctement, parmi des gens qui ne parlaient pas sa langue. Elle entendait encore le gémissant fracas de ce train, qui était son dernier lien avec l'Italie.

« Mademoiselle, désirez-vous un taxi ? » Du brouillard, lui arrivèrent une voix et des mots italiens, un italien un peu rude, parlé à l'allemande, mais italien. Et la silhouette d'un homme plutôt gros, les cheveux blancs, surgit du brouillard. « Donnez-moi votre valise, venez. »

« Merci », dit-elle, étonnée et ragaillardie. Elle suivit l'homme sous les arcades du bâtiment, monta dans sa longue automobile confortable. Le chauffeur se mit au volant.

« Je reconnais tout de suite les Italiens, même avec ce sacré brouillard. » Elle tendit le billet, le vieil homme corpulent lut à haute voix, puis dit : « Ah oui, l'hôpital. » Il lui rendit le billet, qu'elle remit tout de suite scrupuleusement dans son sac. Il alluma le moteur. « Vous avez quelqu'un à l'hôpital ? » Malgré son italien dur, la voix avait de douces intonations paternelles. L'homme semblait comprendre parfaitement ce que cela signifiait d'être une fille si jeune, loin du pays, qui venait voir un parent à l'hôpital.

« Oui », dit-elle simplement. Elle avait envie de pleurer, et en même temps peur de pleurer, comme ça, en pays étranger, et honte aussi. Mais le vieux chauffeur ne lui dit plus rien, afin de ne pas la troubler.

« Voici l'hôpital », dit le chauffeur en s'arrêtant.

« Merci », répondit-elle, regardant par la vitre, sans rien voir.

« Attendez, je vais vous accompagner parce qu'avec ce brouillard, vous risquez de vous perdre ; le parc est aussi grand qu'une forêt. » La tenant par un bras, ils franchirent la grille et il la conduisit le long d'une allée de gravier dans la forêt nébuleuse. A la fin, elle vit surgir un grand bâtiment semi-circulaire presque entièrement caché par des arbres. Les trois grandes portes de l'entrée dégageaient une chaude lumière diffuse.

« Attendez, je vais vous accompagner à l'accueil ; en

tant que chauffeur j'amène beaucoup de monde ici, on me connaît », dit l'homme.

Ils entrèrent et le brouillard cessa brusquement. Le vieil homme la conduisit dans le vaste hall jusqu'à un comptoir derrière lequel se tenait une sœur évangéliste dans son nouvel uniforme.

« Ma sœur, mademoiselle vient d'Italie, dit l'homme, pour voir un parent, je ne crois pas qu'elle parle allemand. »

« Bonjour, mademoiselle, je parle un peu italien », lui dit la sœur.

« Alors je vous la confie, ma sœur », dit le chauffeur.

« Qui voulez-vous voir, mademoiselle ? »

Elle tendit à la sœur le billet que lui avait écrit le curé de son village. La sœur téléphona longuement, puis lui dit : « Maintenant, on va vous accompagner à une salle d'attente. »

Elle parla encore au téléphone et au bout d'un moment arriva une sœur âgée, la petite croix scintillante sur le revers de son tailleur. Cette sœur ne parlait pas italien, mais lui expliqua d'un regard et avec un sourire qu'elle pouvait laisser sa valise au bout du couloir, lui fit parcourir d'autres couloirs, puis elles entrèrent dans un ascenseur, sortirent au deuxième étage, parcoururent d'autres couloirs, enfin un grand hall avec de nombreuses portes. La sœur ouvrit une de ces portes et l'introduisit dans un salon aux fauteuils confortables, avec un divan, une grande table sur laquelle un jeune homme en blouse blanche était en train d'écrire.

Giovanni aurait dû se trouver dans un de ces fauteuils, près d'une des deux fenêtres. Sur le billet, le curé avait écrit le nom en entier : Giovanni Martello, mais pour elle, c'était Giovanni tout court.

La voiture quitta la route, dans un virage, au dix-huitième kilomètre, entre Schanhausetzer et Zurich, par un matin de plein soleil. Giovanni, qui était au volant de la belle Porsche, vit tout à coup en plein virage que la route s'en allait d'un côté et la voiture de l'autre, vers un ravin qui se terminait dans un torrent rapide et mousseux. Adelia était à ses côtés, avec ses longs cheveux très blonds ; dans cette auto qui se précipitait dans le torrent, elle hurla désespérément. Mais il n'y avait rien à faire, aucun hurlement ne pouvait arrêter une voiture qui tombe comme une bombe dans un torrent, entre des rochers que l'eau, qui descend rapide encercle de mousse ; elle s'écrasa presque contre ces gros cailloux avec un dernier rugissement du moteur aussitôt éteint par l'eau tourbillonnante. Une roue fut projetée au loin par le choc, les vitres s'émiettèrent créant un léger brouillard. Adelia avec ses cheveux blonds flottants fut projetée au-dehors et atterrit sur un gros buisson. Giovanni resta prisonnier de l'auto, la tête et le visage ensanglantés, mais continuellement lavés par l'eau du torrent qui s'écoulait dessus furieusement.

Un homme, qui passait à ce moment dans une Mercedes, vit le vol plané de la Porsche, la vit s'écraser au milieu du torrent. Il freina brusquement, terrifié, arrêta d'autres voitures qui arrivaient. Quelqu'un alla téléphoner dans la première maison, d'autres descendirent jusqu'au torrent, un homme âgé mais très costaud prit Adelia dans ses bras : il remonta le talus et quand il fut sur la grand-route, il s'aperçut avec stupeur que la jeune fille avait ouvert les yeux et le fixait. Puis elle se mit à pleurer. « Je suis gravement blessée, n'est-ce pas ? » dit-elle, au milieu de ses sanglots. L'homme, âgé, hocha la tête : « Je ne crois pas, je ne vois pas une goutte de sang. » Il la déposa délicatement dans son automobile. « Je vais vous amener à l'hôpital. »

A l'hôpital, deux infirmières l'allongèrent sur un petit lit roulant et l'emmenèrent dans la salle des urgences : là, les médecins ne trouvèrent rien, sauf quelques écorchures sans importance et une luxation du poignet gauche. L'état de choc fut tout de suite soigné avec une piqûre. Un quart d'heure après, elle demanda si elle pouvait rentrer chez elle. « Oui, mademoiselle, remplissez ce formulaire, lui dit un assistant souriant. Vous avez eu beaucoup de chance, mademoiselle. » Un vol de vingt mètres dans une auto, qui atterrit sur des pics rocheux affleurant d'un torrent, et rien que le poignet foulé et quelques égratignures.

La jeune fille remplit au crayon le formulaire que lui tendait une sœur. Elle écrivit son nom : Adelia Hammer.

« Vous êtes parente de Hammer, le producteur de bière ? » demanda la sœur, avec curiosité.

« C'est mon père », répondit-elle. Adelia Hammer monta à bord du taxi que la sœur avait appelé et donna son adresse. Ce ne fut que lorsque le taxi disparut dans le virage que la sœur sentit son sang se glacer, en pensant que la jeune fille n'avait même pas demandé des nouvelles de son compagnon de voyage, même pas s'il était mort ou vivant.

Son compagnon de voyage était, à ce moment même, extrait de l'auto par deux pompiers qui durent arracher la portière pour le sortir. Luttant péniblement contre le courant du torrent, ils le portèrent sur la rive. Un médecin de l'ambulance prit tout de suite son pouls : il battait.

Les pompiers remontèrent le talus, portant leur pitoyable fardeau jusque sur la grand-route, au-dessus d'eux, et deux infirmiers l'installèrent rapidement dans l'ambulance dont le moteur tournait : en quatre minutes, ils arrivèrent au grand hôpital de Schanhausetzer. La table d'opération était prête, l'aiguille d'une grande ampoule de plasma sanguin fut tout de suite piquée dans une veine du bras. Le chirurgien décela deux fractures de la boîte crânienne à la hauteur des oreilles, cinq côtes fracturées, le muscle de la cuisse droite déchiré.

Le chirurgien hocha la tête. « Très difficile », dit-il et il se mit, avec ses assistants, à rafistoler ce corps brisé.

Au même moment, la sœur de l'administration, sur la foi des papiers trouvés sur le blessé, put remplir le formulaire d'admission : « Giovanni Martello, de feu Giuseppe et de feu Paola Savona, vingt ans, nationalité italienne, émigrant, ouvrier à la Hammer Brau de Zurich. »

Le lendemain, les journaux publièrent la nouvelle :

« Epouvantable accident de voiture près de Schanhausetzer. Une Porsche conduite par un émigrant italien quitte la route et s'écrase, après un vol de vingt mètres, dans un torrent. Le conducteur est grièvement blessé, la femme qui était à ses côtés, miraculeusement indemne, a déjà quitté l'hôpital. »

Les journaux faisaient remarquer que l'homme au volant était un émigrant italien qui travaillait chez Hammer Brau, la célèbre fabrique de bière, et que la jeune fille qu'il conduisait en voiture était Adelia Hammer, la fille du patron de l'usine. Les journaux n'insinuaient rien, mais soulignaient que la puissante et luxueuse Porsche appartenait à mademoiselle Adelia Hammer. Un émigrant, c'était logique, ne pouvait certes pas se payer une Porsche. Le même jour, à Zurich, dans une des villas les plus luxueuses du lac, se tenait un conseil de famille. Dans un vaste salon de la villa, cinq personnes étaient réunies autour d'une table ronde : monsieur Otto Hammer, sa femme Eva, sa fille Adelia, l'avocat Felber et son assistant Andich. Il était six heures du soir mais le soleil entrait encore triomphalement dans le salon par les trois grandes fenêtres. L'avocat Felber était en train de parler.

« Les dangers et les conséquences de ce qui est arrivé sont doubles. D'abord, il y a le scandale. Tous les journaux ont publié la nouvelle de l'accident de l'émigrant italien, soulignant que sa compagne de voyage et propriétaire de la Porsche est la fille de son patron, et insinuant toutes sortes de choses. On ne peut éviter ce scandale. »

Le vieil Otto Hammer, le roi de la bière, regarda sa fille avec colère. « J'ai honte de toi. On sera la risée de tout le monde à cause de tes caprices. Les célibataires les plus recherchés d'Europe tournent autour de toi, non seulement parce que tu es belle mais aussi pour mes millions et toi, tu vas t'enticher d'un ouvrier et te mettre dans une situation impossible. Nom de Dieu ! » Le vieil Hammer était rouge de colère. Adelia au contraire était pâle de honte. « Je regrette beaucoup. »

« Tout cela, ce sont des bavardages inutiles », dit la voix âpre de madame Eva, la mère d'Adelia. « Il est arrivé un pépin, il faut y remédier et ne pas perdre de temps à se disputer entre nous. » Elle s'adressa à l'avocat Felber : « Quel est l'autre danger dont vous parliez, à part le scandale ? »

« Une demande de dommages », répondit promptement l'avocat. « L'ouvrier qui conduisait l'auto dépendait de la maison Hammer et l'auto appartenait à la fille du propriétaire de cette maison. Giovanni Martello ou ses héritiers, s'il ne survivait pas, pourraient soutenir que mademoiselle Adelia Hammer a chargé un employé de l'usine de son père d'être son chauffeur. Dans ce cas, l'ouvrier était en service et ses blessures ou sa mort devront recevoir les indemnités des assurances qui reviennent à tout travailleur victime d'un accident du travail. »

« Je n'en fais pas une question d'argent. S'il veut de l'argent, je lui en donnerai », dit rageusement le vieil Hammer.

« Cela simplifierait beaucoup de choses, commenta promptement l'avocat Felber, mais il y a encore des aspects moraux qu'il faut tenir en considération si on ne veut pas que le renom des Hammer en souffre. »

« Et quels sont ces aspects moraux ? hurla le vieil Hammer. Trêve de bavardages : je veux résoudre tout de suite cette histoire et ne plus y penser. »

« Je comprends, monsieur Hammer, dit l'avocat Felber, posément. Mais d'un point de vue moral la situation est la suivante : votre fille — je dois vous parler très franchement — s'est entichée d'un émigrant, s'est promenée avec lui, l'a laissé jouer avec sa voiture, avec les conséquences que nous savons. Qu'est-ce que vous croyez que diront les journaux de cette histoire ? Ils se demanderont tous : pourquoi mademoiselle Hammer laissait-elle conduire sa Porsche à un ouvrier de l'usine de son père ? Votre fille a avoué que ce matin elle a quitté l'hôpital sans même demander des nouvelles de ce qui était arrivé à son compagnon de voyage. C'est moi qui ai dû téléphoner à l'hôpital pour apprendre qu'il est dans un état critique et qu'il n'y a presque aucun espoir de le sauver. Votre fille en ce moment devrait être au chevet de ce garçon, sinon les journaux parleront d'indifférence et d'immoralité. »

« Les journaux peuvent dire ce qu'ils veulent, ma fille n'ira plus jamais voir cet homme, siffla le vieil Hammer. Il s'agit de n'importe qui à qui ma fille a permis de conduire sa Porsche et dont l'incapacité a précipité l'auto dans un fossé et pour un peu, ma fille y laissait sa peau. Voilà : ils n'étaient ni fiancés ni amis, ni rien et Adelia n'est pas en devoir de se rendre au chevet de ce monsieur. Dites cela aux journalistes et donnez à ce jeune homme tout l'argent qu'il veut, mais je ne veux plus en entendre parler. »

La voix dure et les mots impitoyables n'admettaient pas de réplique : comme toujours, le vieil Otto Hammer imposait sa volonté.

« Tu as raison », dit madame Eva.

« Bien », dit l'avocat Felber. « Je vais m'en occuper et je vous tiendrai au courant. »

Giovanni Martello ouvrit les yeux dans un lit d'hôpital. Les incessantes piqûres de morphine l'empêchaient de sentir la douleur, et le rendaient même heureux, dans un bien-être total et doux. Il ouvrit les yeux et vit l'infirmière. Il ne savait pas encore, à cause de ses bandages et ne se souvenant de rien, qu'il s'agissait d'une infirmière ni qu'il était à l'hôpital ni qu'il avait eu un accident de voiture. Il ne savait rien, c'était comme s'il venait de naître et il regarda l'infirmière en souriant.

Il s'écoula presque une journée avant qu'il ne se réveille à nouveau. Une longue aiguille était piquée dans une veine de son bras gauche, une canule en plastique allait de la seringue à une grosse ampoule accrochée à un crochet qui pendait du plafond. De l'ampoule coulait, goutte à goutte, dans ses veines le liquide vital qui tentait de l'arracher à la mort. Il rouvrit de nouveau les yeux, revit l'infirmière mais ne sourit pas. Cette fois, il comprit où il se trouvait : dans un hôpital. Et il comprit pourquoi : parce que la voiture avait quitté la route et s'était abîmée dans le torrent. Alors, malgré la torpeur provoquée par la morphine, il se rappela qu'Adelia était près de lui, pendant qu'il conduisait.

« Adelia, dit-il alors, Adelia, Adelia... »

L'infirmière qui était nouvelle et jeune, à qui on avait dit de surveiller le malade en permanence, sans lui dire de qui il s'agissait, ni ce qui s'était passé, ne sachant rien de lui, ne parlant que l'allemand, ne comprit pas le nom qu'il continuait de répéter.

« *Ja, ja* », lui dit-elle, lui caressant la joue comme un enfant.

« Adelia, Adelia est vivante ? disait-il. Est vivante ? Est vivante ? »

L'infirmière, qui ne comprenait pas, devina qu'il demandait quelque chose d'important, de très important, alors lui tenant la main elle dit : « *Bitte, einen Moment* », je vous en prie, un moment, et elle sonna. Au bout de quelques minutes, une sœur plus âgée apparut.

« Adelia est vivante ? » lui demanda-t-il tout de suite.

La sœur comprenait et parlait italien. « Oui, elle est vivante, elle va bien, elle n'a rien, elle est déjà rentrée chez elle. »

Giovanni Martello, le visage complètement bandé, fixa la sœur. « Je n'entends pas, je n'entends rien. » D'une poche de sa veste, la sœur sortit un petit cahier et un crayon, et écrivit en italien : Adelia Hammer est vivante, elle va bien, elle n'a rien, elle est déjà rentrée chez elle. Il lut le billet et regarda la sœur avec méfiance. Il savait que, dans les hôpitaux, quand il y a un accident de voiture, on dit toujours ça : à l'épouse on assure que son mari est vivant, à la mère que son fils n'a rien, puis en fait, ils sont morts tous les deux. « C'est vrai ? » demanda-t-il. La sœur acquiesça. Il continua de la regarder avec méfiance. « Eh bien, si c'est vrai, je veux la voir. »

La sœur âgée écrivit sur une feuille de son carnet : Je vais essayer de lui téléphoner et voir si elle peut venir ici ; elle lui fit lire le billet.

« Oui, oui, oui », dit-il.

La sœur appela le domicile des Hammer, à Zurich. Ce fut d'abord une bonne qui répondit et dit : « Attendez », puis une voix d'homme, celle du secrétaire, précisa : « Mademoiselle Hammer est absente, essayez de joindre l'avocat Felber » et il lui donna le numéro. Quoique surprise, la sœur composa le numéro de l'avocat Felber. « Ici l'hôpital de Schanhausetzer. »

« Oui, ma sœur, je suis l'avocat Felber, dit la grosse voix de l'avocat. Vous m'appelez de la part de monsieur Giovanni Martello, l'ouvrier italien de monsieur Hammer ? »

« Précisément », dit la sœur, souriant à l'homme couché, anxieux, dans son petit lit, « monsieur Martello voudrait voir mademoiselle Hammer, il veut être sûr qu'elle est vivante, qu'elle est sortie indemne de l'accident, vous comprenez ? Sinon, il ne croit pas à ce que je dis, il pense que la demoiselle est morte et que je le trompe pour ne pas le faire souffrir. »

« Bien sûr, je comprends, dit l'avocat Felber. Bien sûr, mademoiselle Hammer viendra très bientôt voir monsieur Martello, rassurez-le, en attendant c'est moi qui viendrai. »

La sœur écrivit sur un billet : Mademoiselle Adelia viendra très bientôt, mais avant, ce sera l'avocat des Hammer qui viendra, l'avocat Felber. Soyez tranquille, la demoiselle est vivante et va bien.

Il lut le billet. Il voulait voir Adelia tout de suite, il n'avait nullement besoin de cet avocat. Il reprenait de plus en plus conscience, il sentait que quelque chose ne tournait pas rond. Pourquoi Adelia, si elle allait bien, si elle n'avait rien comme on le lui disait, n'était-elle pas avec lui ? Ou on lui mentait, Adelia était morte, et on ne lui disait rien pour ne pas aggraver son état, ou il y avait une obscure raison qui l'empêchait de venir. La sœur lui souriait toujours. L'infirmière souleva la couverture, elle avait une petite seringue à la main et lui fit une autre injection de morphine. Avant de se rendormir, il eut le temps de lire le billet que la sœur lui mettait sous les yeux : Mademoiselle Hammer viendra très bientôt, maintenant il faut vous reposer un peu.

Quand il se réveilla de nouveau, il y avait trois personnes autour de son lit : la jeune infirmière blonde, la sœur âgée et un monsieur petit et gras : c'était l'avocat Felber. Adelia n'était pas là. L'homme prit le carnet des mains de la sœur et se mit à écrire, lentement parce qu'il ne connaissait pas bien l'italien. Giovanni lut le billet quand l'avocat eut fini : Mademoiselle Hammer va bien, elle n'est pas blessée, elle viendra vite vous voir et vous envoie tous ses vœux.

Il lut le billet. Il pensait toujours la même chose : pourquoi Adelia n'était-elle pas là. Il dit : « Je veux voir Adelia. »

Le gros avocat dit oui, de la voix et de la tête, puis écrivit : Elle viendra demain matin.

Il ferma les yeux : il allait revoir Adelia demain matin. Il ne désirait rien d'autre. Il les rouvrit un moment après et vit le billet que l'avocat tenait de ses mains grassouillettes devant son visage. Je suis venu pour vous remettre un chèque de trois mille francs : l'avocat tenait aussi le chèque entre ses mains et le lui montrait.

« Pourquoi cet argent ? » demanda-t-il.

Le dialogue se poursuivit péniblement car l'avocat devait continuer à écrire des billets dans une langue étrangère qu'il maîtrisait mal :

C'est un acompte que vous donne la maison Hammer.

Quoique tout à fait sourd, le corps aussi brisé que l'esprit, Giovanni Martello, obligé de dialoguer par l'entremise des billets, voulait tout de même savoir.

« Acompte pour quoi ? »

Des dommages que vous a causés l'accident, écrivit l'avocat.

« Mais c'est moi le responsable de l'accident, c'est moi qui ai envoyé la voiture dans la fossé. Je ne comprends pas », dit-il, regardant le chèque et le billet que l'avocat tenait devant son visage.

Puis tout d'un coup, il comprit. On voulait le liquider. C'était trop compromettant que la fille du patron soit publiquement citée dans tous les journaux, aux côtés d'un ouvrier.

La maison Hammer désire vous prouver sa reconnaissance pour le travail que vous avez accompli et vous aider dans ce moment difficile, écrivit l'avocat Felber. C'était clair, pensa-t-il. Il devait disparaître, empochant ses trois mille francs. « Bien, répondit-il à l'avocat. Merci, mais dites à mademoiselle Hammer que je veux la revoir, au moins une fois. Je veux être sûr qu'elle est vraiment saine et sauve. »

Je le lui dirai, écrivit l'avocat.

Le lendemain matin, Adelia ne vint pas. Giovanni Martello continuait de penser à elle. La fille de l'industriel et lui avaient coulé des heures si douces. Il se souvenait d'un premier rendez-vous, quand elle lui avait dit : « Il doit y avoir quelque chose de prédestiné entre nous deux. Moi je m'appelle Hammer, ce qui en allemand veut dire marteau. Et toi tu t'appelles Martello. Je crois au destin... Nos noms sont liés. »

Adelia ne vint pas le jour suivant non plus.

Mais le troisième jour, un autre avocat se présenta et montra sa carte de visite, avec un nom très compliqué ; il écrivit sur un billet qu'il faisait partie d'une association pour la protection des travailleurs étrangers immigrés en Suisse, puis il écrivit encore : Vous avez droit à un dédommagement pour les suites de l'accident, vu que vous étiez en service en tant que chauffeur de mademoiselle Adelia Hammer, n'est-il pas vrai ?

« Non, ce n'est pas vrai, répondit-il. Je n'étais pas du tout en service, nous sommes sortis simplement faire une promenade, je ne suis pas chauffeur. J'ai demandé à mademoiselle de me prêter la Porsche et elle m'a laissé conduire un moment : ensuite j'ai bousillé son auto et Adelia aurait pu mourir, elle est sauve par miracle, et vous voudriez que je demande un dédommagement ? Ils ont été trop bons pour moi, ils m'ont donné trois mille francs en plus de l'indemnité de départ à laquelle j'avais droit. Partez, s'il vous plaît, partez. »

Ne dites pas de bêtises, écrivit l'avocat sur le billet du carnet, trois mille francs c'est ridicule, vous avez écopé d'une surdité totale en service, qui va vous rendre infirme pour toute la vie. Ils vous doivent au moins quarante mille francs, signez ce papier et dans une semaine je vous apporterai quarante mille francs, je ne retiendrai que deux pour cent pour les frais.

Malgré ses nombreux pansements et son extrême fatigue, due aux incessantes piqûres de morphine, il se leva soudain pour s'asseoir sur son lit et hurla de toutes ses forces : « Allez-vous-en, allez-vous-en, allez-vous-en. »

L'infirmière accourut aussitôt : elle le calma doucement, le serra maternellement sur sa poitrine, le recoucha sur le lit, pendant que dans un allemand rude elle criait à l'avocat : « C'est un grand malade, vous n'avez pas honte de l'agiter comme ça. »

Après une autre injection, il s'endormit, défait. Puis, il se réveilla dès que l'effet de la morphine cessa, les douleurs aux oreilles devenant violentes, puis il se rendormit : sa volonté de vivre se concentrait toute dans l'attente d'Adelia. Il ne voulait rien d'elle, même pas lui parler, il voulait juste la voir de ses yeux. Le doute que dans l'accident, Adelia avait trouvé la mort — donc que c'était lui qui l'avait tuée — s'affaiblissait de plus en plus, mais demeurait. Il continuait à se demander si Adelia était morte, si on le lui cachait, parce qu'il ne pouvait croire qu'Adelia vivante ne vînt pas le voir, même pas un moment, juste un moment.

Elle ne vint pas. Les jours se succédèrent, on continuait à changer ses bandages, toutes les deux semaines on l'emmenait en salle d'opération, deux chirurgiens s'occupaient attentivement de ses oreilles. Ils furent excellents : il n'avait plus de maux de tête violents, mais ils lui expliquèrent que pour l'ouïe il n'y avait plus rien à faire : c'était définitif.

Mais il ne faut pas désespérer, lui écrivirent-ils sur un billet, il y a des appareils aujourd'hui qui vous permettront d'entendre normalement. Dès que nous aurons enlevé les bandages, vous pourrez entendre comme tout le monde.

Il était seul dans une luxueuse chambre d'un grand hôpital, seul même si les médecins et les sœurs venaient le voir continuellement, seul, même si l'infirmière de service entrait dans sa chambre toutes les cinq minutes pour le soigner.

Seul, en attendant Adelia.

Il l'attendit pendant des semaines et des semaines, tandis que les médecins le rafistolaient, le soignaient, jusqu'à ce que lentement il comprît qu'il ne la verrait plus jamais, qu'Adelia n'apparaîtrait plus jamais sur son chemin. Il n'avait été qu'un compagnon momentané pour le temps libre de la fille si jeune du grand industriel. En tout cas, maintenant, il était sûr qu'elle était vivante. Après tout ce temps, de si nombreuses semaines, on lui aurait dit qu'elle était morte. Et la certitude qu'elle était vivante le rendait heureux.

Un jour, le médecin-chef de l'hôpital vint, suivi de deux assistants, de deux sœurs et de deux infirmières. Tout le monde lui souriait et lui, isolé dans sa surdité, ne voyait que ces sourires et ne s'en expliquait pas le motif. Puis, un des assistants se mit à écrire sur un feuillet, écrivit longuement sous la dictée du médecin-chef, puis lui tendit le billet. Il lut.

Vous êtes guéri. Dans deux semaines vous pourrez rentrer en Italie. Vous devrez garder les bandages aux oreilles encore pendant deux mois, mais nous avons préparé un long rapport pour votre médecin, qui pourra vous soigner, en Italie, exactement comme nous le faisons ici. Dans cette petite boîte, vous trouverez trois appareils accoustiques que vous placerez dans vos oreilles quand on vous aura enlevé le bandage et qui vous permettront d'entendre tout à fait normalement. Ce sont les meilleurs appareils existant aujourd'hui : monsieur Otto Hammer vous prie de les accepter, comme un hommage personnel. Si vous le désirez, un de nos infirmiers vous accompagnera en Italie parce que dans votre état il ne vous est pas possible de voyager, mais si vous préférez appeler un parent ou un ami d'Italie pour qu'on vienne vous chercher et vous raccompagner dans votre pays, vous pouvez le faire. Bien entendu, tous les frais de voyage pour vous et votre accompagnateur seront à la charge de la brasserie Hammer où vous étiez employé.

Il était évident, pensa-t-il avec beaucoup d'amertume, que la brasserie Hammer était prête à dépenser des millions pour se débarrasser de lui, pour le renvoyer dans son pays, pour étouffer le scandale d'un ouvrier qui avait été le petit ami de la jeune patronne.

Ainsi, Giovanni Martello prit la boîte avec les trois appareils acoustiques et la mit dans sa poche, murmurant : « Merci. »

Il pensa avec amertume à Adelia : elle non plus ne voulait rien d'autre que se défaire de lui, qu'il s'en aille, qu'il s'en aille, qu'il s'en aille et que son engouement pour un émigrant soit oublié pour toujours. Maintenant, il ne l'attendait plus, depuis longtemps il ne l'attendait plus. Il était sûr qu'elle s'était tirée saine et sauve de l'accident et cela diminuait sa souffrance, au moins il n'avait pas de remords. Mais il souffrait tout de même beaucoup. Il s'adressa au médecin-chef de l'hôpital et lui dit : « Je ne veux pas qu'un infirmier m'accompagne en Italie. Je ferai venir quelqu'un de mon village. Je peux rester ici encore quelques jours ? »

Le chirurgien lui dit : Vous pouvez rester ici aussi longtemps que vous le voulez.

Il dit merci et retourna à son fauteuil près de la fenêtre. Il regarda les arbres qui avaient déjà perdu toutes leurs feuilles, les regarda à travers ce brouillard qui s'épaississait de jour en jour. Dans le silence total qui l'enveloppait, qui était en lui, il eut de nouveau envie de pleurer. Durant tous ces mois passés à l'hôpital, il avait souvent été sur le point de pleurer mais il était toujours arrivé à se dominer. Il se domina ce jour-là aussi, mais il dut serrer bien fort les lèvres. Il ne voulait pas rentrer en Italie accompagné par un infirmier. D'ailleurs, rentrer où ? En Italie, il avait des grands-parents maternels, deux petits vieux, qui cultivaient encore un misérable lopin de terre autour d'une ferme en ruine : c'était cela chez lui, il ne possédait rien d'autre. C'est là qu'il allait devoir trouver refuge, avec sa surdité, son invalidité permanente et quelques milliers de francs qui allaient lui permettre de tenir quelques années. La maison Hammer avait été généreuse avec lui. Ses parents étaient morts, il n'avait plus de famille, personne.

Si, il y avait peut-être encore quelqu'un : Rachele.

Rachele était la fille des paysans qui avaient la ferme, en ruine elle aussi, à côté de celle de ses grands-parents, dans cette terre solitaire, isolée, de la province de Ferrare. Enfants, ils avaient joué ensemble sur ces terres désolées près du fleuve, ils avaient pratiquement grandi ensemble dans cette plaine démesurée et pauvre, où la ferme de Rachele et la sienne étaient les seules, loin du village, la ville de Ferrare encore plus loin, hors de portée. Ils avaient un peu plus de treize ans quand ils se fiancèrent secrètement. Ils continuèrent de s'aimer au cours des années, jusqu'à son retour du service militaire. Ses parents étaient morts, ses grands-parents étaient très vieux, la terre peu étendue, avare, ne rendait presque rien. Alors il décida d'émigrer et trouva du travail en Suisse. A son départ, Rachele avait pleuré, et lui aussi, un peu. Rachele avait écrit au début de nombreuses lettres, très longues ; elle lui disait qu'elle l'attendait, qu'elle l'aimait et il répondait, mais pas toujours, et avec des lettres de plus en plus courtes. Le pays étranger dans lequel il vivait, le travail, les nouvelles choses qu'il voyait, si différentes de celles de son petit village, le distrayaient, l'éloignaient de Rachele, lentement, mais inévitablement. Puis, il avait connu Adelia, la fille du patron de la brasserie Hammer. Le chauffeur d'Adelia était tombé malade et il n'y avait que lui de disponible à ce moment, comme ça il avait conduit la puissante Porsche jusqu'à Zurich, avec elle à ses côtés, si blonde, si douce, et pourtant si allemande dans ses gestes rapides, dans cette façon de parler d'une voix basse et gutturale. Assise à ses côtés, elle n'arrêtait pas de poser des questions. Cela avait commencé ainsi. Et ainsi, petit à petit, se tenant auprès d'Adelia, il avait oublié Rachele. Il avait commencé par ne pas répondre à quelques lettres, alors Rachele avait écrit moins fréquemment et il avait répondu de moins en moins, jusqu'à ce qu'elle cesse d'écrire, chagrinée, déçue, comprenant qu'on l'avait oubliée. Le temps avait passé, des semaines, des mois. Rachele avait disparu de son esprit.

Aujourd'hui, dans la solitude démesurée de la surdité, dans cet hôpital en terre étrangère, Rachele, la petite paysanne qui aidait ses parents à travailler la maigre terre et qui étudiait le soir, toute seule, allant une fois par semaine au village pour faire corriger ses devoirs par le curé, resurgit dans son esprit. Rachele, petite, brune, le visage avec de très grands yeux, lui revint à l'esprit dans cet hôpital, ce jour-là, dans le brouillard d'automne. Il ne voulait pas rentrer en Italie accompagné par un infirmier, par un étranger, il voulait quelqu'un de connu, qui le comprendrait, un des siens, quelqu'un de sa terre.

Ces derniers mois, il avait beaucoup souffert, pas seulement physiquement, pas seulement à cause des blessures que l'accident de voiture lui avait causées, pas seulement à cause de sa surdité irrémédiable, mais surtout à cause de l'abandon d'Adelia. Ils s'étaient profondément, sincèrement aimés, il en était sûr et il n'avait jamais imaginé qu'elle l'abandonnerait comme ça. Mais elle l'avait fait. Et cela l'avait brisé ; seule le consolait la pensée de Rachele, le souvenir de Rachele, le souvenir de deux enfants qui jouaient dans la terre poussiéreuse autour de la ferme, le souvenir des premiers baisers, le souvenir de son abandon ingénu et passionné dans ses bras, le souvenir de ses larmes quand il était parti travailler en Suisse. Il voulait qu'elle le raccompagne en Italie, pas un infirmier. Il voulait la revoir, afin de retrouver le courage de vivre.

Il lui écrivit une lettre : Chère Rachele, je suis ici, à l'hôpital de Schanhausetzer, j'ai eu un grave accident de voiture, je suis vivant par miracle, maintenant je vais bien, je suis guéri et je dois quitter l'hôpital, pour rentrer en Italie. A cause de l'accident, je suis complètement sourd et je le resterai pour toujours. Chère Rachele, cela fait longtemps que je ne t'ai pas écrit, je t'ai abandonnée, je n'ai pas répondu à tes lettres : je t'ai oubliée, mais maintenant j'ai besoin de toi, je me souviens. J'ai été cruel et maintenant je suis égoïste : si tu veux, ne lis pas cette lettre jusqu'au bout. Je dois rentrer en Italie, je ne peux pas voyager seul parce que je suis invalide, un homme fini : j'ai besoin de quelqu'un qui m'accompagne pendant le voyage de cet hôpital jusqu'à la ferme. Je ne veux pas rentrer en Italie, au village, accompagné par un infirmier, un étranger. Si tu veux venir ici me chercher et me ramener à la maison, tu me sauves la vie, parce que j'ai si souvent pensé à la mort ces jours-ci. Mais j'ai honte de te demander ça, parce que tu ne sais pas que je t'ai abandonnée et oubliée pour...

Il le lui écrivit avec une sincérité brutale : il l'avait abandonnée et oubliée pour une autre femme. Il lui raconta tout, avec une sincérité cruelle : il ne pouvait pas lui demander de l'aide et du réconfort en lui mentant ou lui cachant quelque chose. Il lui dit tout. Il était tombé amoureux de la fille de son patron, Adelia, et elle était tombée amoureuse de lui, puis il y avait eu l'accident de voiture et la fille du patron l'avait oublié. Le père d'Adelia, après l'accident, l'avait couvert d'argent pour qu'il se tînt tranquille : tout l'argent qu'il voulait, pour qu'il se tînt tranquille. Mais il n'avait plus rien, rien qu'un peu d'argent, il n'avait plus la santé et il n'y avait personne au monde qui pouvait l'aider, à part elle, Rachele.

Si tu ne veux pas ou ne peux pas venir, si tu ne peux pas venir ici me chercher ou ne veux pas, si tu ne me réponds même pas, tu auras parfaitement raison. Je te remercie seulement d'avoir lu cette lettre. Je n'ai plus personne au monde, rien que mes deux vieux grands-parents que tu connais, rien que ton souvenir. J'ai honte de demander ton aide après t'avoir si vilainement ignorée. Pardonne-moi, pardonne-moi, Rachele.

A la fin de la lettre, après sa signature, il ajouta deux mots lui disant qu'il y joignait un chèque, pour les frais de voyage, au cas où elle aurait décidé de venir le chercher.

La lettre arriva à la ferme isolée et plongée dans le brouillard, portée par le vieux facteur : Rachele était en train de jeter de la pâtée aux poules ; elle lut la lettre sur l'aire, dans le brouillard et le froid, la lut une, deux, trois fois, avec les poules qui voletaient alentour demandant encore de la pâtée et soudain elle se mit à pleurer, la lettre à la main. Puis elle courut à la maison, lut la lettre à sa mère dans la grande cuisine éclairée seulement par la lueur rougeâtre des cendres dans l'âtre et lui dit qu'elle voulait partir tout de suite, elle le dit à son père, plus tard, à ses frères, et tous lui dirent non.

« J'y vais quand même, répéta-t-elle. Même à pied. » Alors ils finirent par dire oui. Un de ses deux frères commenta : « Tu es stupide, il ne se souvient de toi que maintenant qu'il est invalide ; pendant tout ce temps, il ne savait même plus que tu existais. » Mais ils la laissèrent faire. Le jour même elle se rendit à vélo au village, chez le curé, afin qu'il la renseignât sur le voyage : le curé s'informa, lui fournit toutes les explications et lui écrivit ce billet avec son nom et l'adresse du lieu où elle devait se rendre : Rachele Caselli, Maretta di Ferrara (Italia), se rend à l'hôpital de Schanhausetzer (Zurich, Suisse) pour voir Giovanni Martello. « Comme ça, tu ne crains pas de te perdre : tu montres ce billet, c'est écrit aussi en allemand, et on te dira où aller. » Puis, à la petite banque locale il lui avait fait toucher le chèque que Giovanni lui avait envoyé de Suisse, dans sa lettre, et enfin il l'avait accompagnée au bureau de poste où il l'avait aidée à rédiger le télégramme : Je pars ce soir, je serai chez toi demain à onze heures. Rachele. Elle remercia le curé et repartit à vélo dans le brouillard et le froid piquant, tout heureuse, parce qu'elle allait faire sa valise, dire au revoir à ses proches et ce soir même, elle partirait : le car l'amènerait à Ferrare, de Ferrare le train la conduirait à Milan et de là à Schanhausetzer, près de Zurich, où se trouvait Giovanni. Elle pédalait, heureuse : le lendemain matin, elle allait revoir Giovanni.

Le télégramme arriva dans l'après-midi : Giovanni Martello regarda l'infirmière qui le lui remettait, regarda sa main. Puis il le lut. Il était assis près de la fenêtre et au-delà des vitres il ne voyait que le grand parc nébuleux. Il réussit cette fois encore à retenir le sanglot qui le secouait intérieurement. Il ne pleura pas, mais le souvenir de Rachele, de leurs baisers innocents, de toutes ces années d'enfance vécues ensemble, lui donna comme de la fièvre toute la journée, l'empêcha de dormir et avec cette fièvre onze heures du matin arrivèrent, et puis midi, puis une heure : il demanda anxieusement à l'infirmière si le train de Milan était bien arrivé à l'heure, l'infirmière s'informa et lui dit que le train était arrivé à onze heures, il y en avait un autre à quatre heures et puis encore un à dix heures du soir, lui expliqua-t-elle.

Alors il attendit quatre heures : peut-être Rachele avait-elle raté le train, mais à quatre heures non plus Rachele n'arriva pas, puis il attendit le train de dix heures du soir ; et le lendemain de nouveau et ainsi de suite pendant trois, quatre, cinq jours. Alors seulement, il se convainquit que Rachele ne viendrait plus le chercher. Peut-être lui avait-elle envoyé le télégramme dans un moment d'enthousiasme, puis elle avait dû y repenser, ou bien ses parents l'avaient convaincue de rester à la maison. Pour quelque raison que ce fût, il sentait que Rachele ne viendrait plus jamais. Du reste, que pouvait-il prétendre, lui, de Rachele ? Pendant presque deux ans, il avait disparu, n'avait pas répondu à ses lettres et il était tombé amoureux de la fille du brasseur, son patron. Devenu un pauvre invalide, il l'avait envoyé chercher. Trop facile, Rachele désormais n'arrivera plus, telle était sa sensation.

C'était une sensation erronée. Ce jour-là, Rachele, après avoir été au village chez le curé, pour envoyer le télégramme, rentrait chez elle à vélo, pédalant heureuse dans le brouillard à la pensée que ce soir même elle allait partir en Suisse et que le matin suivant elle reverrait Giovanni. Elle avait tout juste le temps de revenir à la ferme, de faire sa valise, de s'arranger un peu : elle avait déjà pensé se décolorer un peu les cheveux, être une blonde. Giovanni aimait les cheveux blonds et fort heureusement elle avait déjà chez elle un petit sachet de shampoing décolorant. Comme elle était heureuse, en pédalant dans le brouillard, dans la campagne de Ferrare plate et fertile ; arrivée à la ferme, elle jeta presque la bicyclette contre le mur, haletante et heureuse : se précipita dans la cuisine où elle faillit entrer en collision avec son frère, qui lui dit, agité : « Maman se sent mal, elle a eu un infarctus, viens tout de suite. »

Effrayée, bouleversée, elle grimpa en courant l'escalier de bois grinçant derrière son frère, et à l'étage trouva sa mère au lit, le visage violet, et tout près du lit, un jeune médecin brusque, le nouveau médecin municipal qui était précisément en train de dire : « Ça ne vaut pas la peine de l'amener à l'hôpital, gardez-la ici, la tête appuyée à de nombreux coussins et donnez-lui ces comprimés. » Il avait griffonné l'ordonnance en vitesse, puis il était parti.

Sa maman ne mourut pas, mais fut sans cesse sur le point de mourir et elle voulait toujours Rachele près d'elle, sa fille préférée, elle la voulait près d'elle morbidement, la main dans la main ; elle ne pouvait pas s'éloigner du lit une seconde, sauf quand sa mère dormait. Le jeune médecin, qui venait tous les jours, dans sa cinq-cents déglinguée, laissait entendre que de toute façon il n'y avait pas d'espoir ; elle demeura huit jours, presque sans interruption, près du lit de sa mère. Mais sa maman ne mourut pas, le sixième jour, le médecin dit : « Je ne l'aurais pas cru, mais elle a surmonté la crise, maintenant on peut la conduire à l'hôpital, elle va s'en sortir. » L'ambulance vint chercher sa maman et l'emmena à l'hôpital de Ferrare.

Rachele resta à l'hôpital avec sa maman, pensant à Giovanni, y pensant souvent durant ces terribles journées, pensant à Giovanni qui l'attendait ; mais sa mère était en train de mourir et elle avait brusquement cessé de penser à Giovanni.

Après quelques jours à l'hôpital, ce fut sa mère elle-même qui lui dit : « Tu devrais aller chez Giovanni. »

Elle ne répondit rien, elle appuya son visage sur la poitrine de sa mère, les yeux pleins de larmes silencieuses. « Maintenant, tu peux y aller, poursuivit sa mère, maintenant, il n'y a plus de danger, je vais beaucoup mieux. »

Elle resta encore un jour, voulut parler au vieux médecin-chef de l'hôpital pour savoir si elle pouvait partir, sûre qu'il n'arriverait rien à sa mère et il lui répondit oui, en la rassurant.

Alors seulement, elle partit, prit le train pour Milan le soir même, à Milan elle attendit quatre heures, à la gare, le train pour Zurich. Au moment de monter dans le train, la valise lui échappa des mains, tomba ; un jeune homme, l'air comme il faut, aux yeux gris très clairs, la lui ramassa ; ils s'étaient mis à bavarder, c'était un Italien de Mantoue, il allait en Suisse lui aussi, il lui avait appris à bien prononcer le nom de la gare où elle devait descendre ; elle, pendant que le train filait, elle pensait à Giovanni, rien qu'à lui : elle allait bientôt le revoir.

Au bout de six jours, il ne l'attendit plus. Il était évident que Rachele ne viendrait plus jamais le chercher : même s'il y avait eu un contretemps, elle aurait eu tout le temps de télégraphier, d'écrire, ou même de téléphoner. Si elle ne l'avait pas fait, cela signifiait qu'elle ne voulait pas le faire, que dans un premier temps, elle avait voulu partir, puis qu'elle y avait réfléchi ou qu'on le lui avait interdit. Il ne pouvait imaginer que Rachele était restée pendant tout ce temps, la main dans la main, près de sa mère, dans l'impossibilité de bouger, même une minute. Il ne pouvait le savoir et alors, après avoir attendu sept jours, il appela la sœur.

« Ma sœur, je voudrais rentrer en Italie. Je n'ai

personne qui m'accompagne, le professeur m'a dit que je pouvais être accompagné en Italie par un infirmier. »

La sœur fit signe que oui de la tête et revint peu après dans la chambre, et écrivit sur le feuillet d'un carnet : Demain matin à dix heures l'infirmier viendra vous chercher et vous accompagnera en Italie.

« Merci », dit Giovanni Martello après avoir lu le billet : « Je serai prêt à dix heures. »

Déjà depuis quelques semaines il ne restait plus au lit, ne portait plus de pyjama, s'habillait de la tête aux pieds avec son plus beau costume : un bel Italien, disaient les infirmières, quel dommage que le gros bandage, autour de la tête, lui couvre les deux oreilles. Il passait ses journées à arpenter sa chambre, comme un tigre en cage, ou il descendait fumer dans le parc. Le matin suivant, il fut prêt bien avant dix heures. A dix heures pile, l'infirmier qui devait l'accompagner en Italie arriva. Ils descendirent au rez-de-chaussée, sortirent dans le parc, dans le brouillard. Une auto les attendait sur la petite place en gravier, devant l'entrée de l'hôpital, l'auto qui allait les accompagner à la gare où ils prendraient le train. Il était sur le point de monter en voiture quand devant l'entrée de l'hôpital, une Porsche brillante s'arrêta brusquement. Et la jeune femme qui conduisait bondit hors de la voiture.

« Giovanni ! »

Evidemment, il n'entendit pas le cri, mais vit la femme ; c'était Adelia.

Il se raidit, enfermé dans sa totale surdité, dans ce silence absolu ; mais ses yeux voyaient cette femme qu'il avait attendue pendant des mois, dont le souvenir l'avait tourmenté pendant des mois. A peine descendue de son auto, Adelia s'élança vers lui, sembla vouloir se jeter dans ses bras mais s'arrêta face à lui, se raidissant. « Giovanni », dit-elle de nouveau.

« Monsieur n'entend pas », déclara l'infirmier.

« Je sais, je sais », répondit-elle et elle se mit à pleurer convulsivement ; elle pleurait à visage découvert, nimbée par cet épais brouillard qui ne cachait pas les larmes cependant.

Il restait immobile, le sang glacé dans ses veines, serrant les lèvres. Pendant tous ces mois, il n'avait fait que penser à Adelia, mais il n'avait jamais imaginé la revoir, comme ça, à l'improviste, pleurant de cette façon.

« Il vaut peut-être mieux que nous rentrions pour que vous puissiez parler », dit l'infirmier. Il les entraîna tous les deux, elle qui sanglotait convulsivement, lui rigide comme du bois, à l'intérieur de l'hôpital, dans une petite salle. Il donna à Adelia le petit carnet qu'il avait dans sa mallette et un stylo à bille.

« Ecrivez tout ce que vous voulez à monsieur Martello. Il n'entend absolument rien », lui dit-il, souriant gentiment. « Je reviens tout de suite. »

Ainsi, ils restèrent seuls dans la petite salle. Elle, le carnet et le stylo dans une main, le sac et un mouchoir dans l'autre, essayant de sécher ses larmes. Lui, pétrifié, mais l'air bouleversé par sa présence, par ses larmes, par tous les souvenirs qu'il avait d'elle. Adelia posa son sac, sécha son visage mouillé de larmes, s'assit sur un petit fauteuil, écrivit : Pardonne-moi.

Debout, d'en haut, il lut le mot pendant qu'elle l'écrivait. Il ne dit rien. Il s'assit, vaincu par l'émotion, les souvenirs et par la vision qu'il avait d'elle, sur le petit fauteuil, tout près de lui.

Pardonne-moi. J'ai honte à en mourir rien qu'en te regardant, j'ai eu honte à en mourir pendant tous ces derniers mois, honte de t'avoir laissé seul... Du dos de la main, elle sécha une larme tombée sur le feuillet. J'ai été lâche et méprisable, j'ai eu peur du scandale, j'ai eu peur de mon père, de mes frères. Tout de suite après l'accident on m'a envoyée au Canada et j'ai obéi, même si je savais que c'était lâche et cruel envers toi.

Il lisait pendant qu'elle écrivait. Il voyait sa main remuer nerveusement : Pardonne-moi, pardonne-moi, pardonne-moi. Il vit les larmes qui continuaient à tomber sur les petits feuillets du carnet, alors il arrêta sa main pour l'empêcher d'écrire.

Mais essuyant ses yeux du dos de la main, elle se remit à écrire : Puis, je me suis révoltée, je pensais toujours à toi, à la façon barbare dont je t'avais quitté et j'ai dit à mon père que s'il ne me laissait pas venir chez toi je me tuerais, et mon père a dit qu'il n'en était pas question et alors je...

Alors, écrivit-elle pendant qu'il lisait mot à mot, elle avait tenté le suicide. La dose de somnifères qu'elle avait prise était insuffisante et on l'avait sauvée. Son père, Hammer le grand industriel, alors, avait eu peur. Il aimait sa fille, ne voulait que son bonheur. « Si tu veux, va rejoindre ce garçon », avait-il dit. Et ainsi, elle était venue. Voilà : elle était là avec lui. Elle continuait d'écrire, elle ne pleurait plus mais sa main tremblait un peu, il était difficile d'écrire certains mots, certaines phrases. Si tu veux encore de moi, je suis là, mon père fera n'importe quoi pour nous. Moi, je t'ai toujours aimé, j'ai toujours pensé à toi, même quand j'étais loin de toi et j'ai toujours voulu vivre avec toi.

Elle arrêta d'écrire, parce qu'il s'était couvert le visage de ses mains et ne lisait plus ce qu'elle écrivait. Ils restèrent ainsi en silence, longuement, lui le visage couvert de ses mains, elle la tête baissée, toute vibrante, le petit carnet sur les genoux, le stylo à bille à la main, jusqu'à ce qu'il découvrît son visage et quoiqu'il ne pleurât pas, ses yeux étaient comme illuminés par les larmes et il la regarda. Alors, elle lui jeta les bras au cou et l'étreignit de toutes ses forces, répétant, même s'il ne pouvait pas entendre : « Pardonne-moi, je t'aime. »

En effet, il n'entendit pas, mais ce fut comme s'il entendait, grâce à son souffle sur son visage. Elle lui dit encore, en l'étreignant : « Allons-nous-en, viens avec moi, viens chez moi », et tout en n'entendant pas les mots, ce fut comme s'il les entendait, comme s'il en comprenait le sens grâce à l'expression de son visage. Il la serrait fort lui aussi et quand elle se leva, il la suivit. Elle le tenait par la main, presque comme un enfant.

Rachele était arrivée, se tenait dans la grande salle d'attente, la sœur lui avait dit d'attendre, et elle attendait. Oui, elle était fatiguée à cause du voyage mais si heureuse d'être finalement rendue, d'être près de Giovanni : bientôt elle allait le revoir. Elle attendit : beaucoup de monde passait dans le salon, des sœurs, des infirmières, des gens qui venaient rendre visite à des amis ou à des parents malades. Elle attendit peut-être un bon quart d'heure, toujours heureuse d'être là, là où se trouvait aussi Giovanni. Puis la sœur revint et elle se leva du canapé sur lequel elle était assise.

« Monsieur Giovanni Martello a quitté l'hôpital il y a quelques jours », dit la sœur.

Pendant quelques instants, elle ne comprit pas, puis elle dit : « Il est parti ? » La sœur, faisant ondoyer son long voile bleu, acquiesça, oui, il était parti. Rachele la regardait stupéfaite, comme incrédule. Puis, elle comprit : Giovanni avait quitté l'hôpital. Bien sûr, il l'avait attendue, attendue, attendue, et puis après si longtemps, ne la voyant pas arriver, il était parti.

« Où est-il parti ? » demanda-t-elle, rougissant, tandis que son cœur sembla se briser, s'émietter dans sa poitrine.

« Je ne sais pas, mademoiselle, répondit la sœur,

mais je peux me renseigner, venez. » Elle lui fit traverser le salon, puis un couloir, ils entrèrent dans un petit bureau ; la sœur parla en allemand avec une autre sœur qui était derrière un bureau et qui consulta un registre dans un tiroir. Chaque malade qui quittait l'hôpital devait laisser l'adresse de son domicile ou du lieu où il se rendait, ce qu'avait dû faire également Giovanni Martello, avant de s'en aller avec Adelia. La sœur lut la fiche du registre et dit : « Monsieur Giovanni Martello est allé à Zurich, dans la villa Hammer. Mademoiselle Adelia Hammer est venue le chercher. » Tout fut dit, avec une précision méticuleuse.

Encore une fois, elle ne comprit pas tout de suite, il lui fallut quelques secondes, puis elle comprit. L'autre femme aimait toujours Giovanni et elle était venue le chercher et il était parti avec elle parce qu'il avait attendu en vain, jour après jour, son arrivée à elle, Rachele. Cela s'était passé comme ça : l'intuition féminine lui fit instinctivement découvrir la vérité.

La douleur dérangea légèrement son visage, elle aurait volontiers pleuré, mais se retint. « Merci », dit-elle.

« A votre disposition, dit la sœur. Puis-je faire quelque chose pour vous ? »

« Oui, je voudrais un taxi pour aller à la gare », répondit-elle.

Maintenant, elle ne désirait rien d'autre que rentrer chez elle, elle n'avait plus rien à faire ici.

Dans le train qui la ramenait en Italie, elle pensa que c'était mieux ainsi : elle n'était qu'une pauvre paysanne, fille de paysans pauvres, elle n'aurait pas pu donner grand-chose à un invalide comme Giovanni, tandis que la fille de l'industriel Hammer avait tous les moyens nécessaires pour le faire soigner et le guérir. Mieux comme ça, mieux comme ça, mieux vaut qu'il soit avec l'autre, continuait-elle à se dire dans le train, le visage baissé, à demi caché par une écharpe, pour que ses voisins ne pussent la voir pleurer.

Le printemps arrive parfois à l'improviste dans le pays ferrarais. Hier soir, Rachele avait traversé l'aire pour jeter le contenu de la poubelle près de la mue : il y avait encore du brouillard et de l'air froid. Le lendemain matin, quand elle se leva et ouvrit les volets, le soleil qui se levait l'aveugla presque : l'air était tout à fait pur, on voyait jusqu'au fil de l'horizon. Sa mère, rentrée de l'hôpital depuis longtemps, était déjà levée et lui dit : « Tu as vu quelle belle journée ? » Puis, elle ajouta : « Qu'est-ce que c'est, cette voiture ? »

Sur la petite route de campagne, devant la ferme, était arrêtée une petite auto à bord de laquelle se tenait un homme sans paletot et sans chapeau. Il fumait une cigarette. Dans cette campagne isolée, il était rare que des voitures s'arrêtassent : ce n'était pas un paysage qui valait le détour, spécialement si tôt le matin.

« Je ne sais pas, dit Rachele. Je vais voir. » Elle sortit et traversa l'aire, ralentit le pas près de la petite route et s'arrêta soudainement, devenant toute rouge.

Le jeune homme, près de la six-cents, la regarda, jeta sa cigarette à terre, fit un pas vers Rachele. « C'est vraiment vous, fit-il, souriant légèrement. Donc, c'était la bonne adresse. »

Le visage tout rouge, elle ne dit rien. Elle le reconnaissait fort bien : c'était le jeune homme qui, il y a quatre mois, avait ramassé sa valise pendant qu'elle montait dans le train qui allait l'emmener non loin de Zurich, à l'hôpital de Schanhausetzer, et qui lui avait appris à prononcer : Channe d'abord, puis aosetser.

« Cela a été facile de vous retrouver, dit-il, sur le billet écrit par le curé, il y avait votre nom, Rachele

Caselli et votre adresse, Maretta di Ferrara, je ne l'ai lue qu'une seule fois, cette adresse, mais j'ai une bonne mémoire, alors je suis venu ici, je suis arrivé un peu tôt, j'ai voyagé toute la nuit, de Zurich jusqu'ici, et j'attendais un peu avant de venir vous dire bonjour. J'ai quinze jours de vacances, que je voudrais passer en Italie. »

Tout en parlant, il la fixait de ses yeux clairs et elle baissa les siens, le rouge de son visage se transformant petit à petit en pâleur.

« Je suis venu ici pour vous revoir », poursuivit-il de sa voix grave et virile. « J'espère que votre voyage à l'hôpital de Schanhausetzer s'est bien passé, le billet du curé était très détaillé. »

Elle ne répondit pas. Son visage et sa voix lui rappelaient cette lointaine journée de brouillard et de chagrin, quand elle s'était rendue chez Giovanni, qui n'était plus là.

« Excusez-moi, j'ai sûrement été indiscret », dit-il, faisant encore un pas vers elle. « Vous ne savez rien de moi, mais moi j'ai souvent pensé à vous, et maintenant j'ai profité de mon congé pour venir ici... et vous revoir. Mais je crains de vous déranger. »

En l'écoutant, en regardant, en fixant de temps en temps ses yeux gris, elle comprit que cet homme l'aimait, elle sentit sa tendresse comme une onde qui la fit vaciller, la submergeant presque. Il s'était rappelé son adresse, il était venu pour la voir. Ça la bouleversa. Elle se mit soudain à pleurer, stupidement, devant lui, dans le scintillement du soleil matinal printanier, et elle pleura encore plus fort quand il la prit par un bras.

« Pourquoi pleurez-vous ? »

Pourquoi pleurait-elle ? Elle ne savait pas le lui expliquer, ce ne sont pas des choses qu'on explique comme ça, tout d'un coup. Mais ses larmes étaient des larmes de joie, comme si ce premier rayon de soleil arrivait jusqu'à son cœur enveloppé de brouillard.

Instinctivement, elle appuya la tête sur sa poitrine, même si ce n'était qu'un inconnu, un homme qu'elle voyait pour la deuxième fois de sa vie, instinctivement, il lui semblait le connaître depuis si longtemps.

« Ne pleure pas, il ne faut pas pleurer », la consola-t-il en la serrant fort, avec tendresse. Il ignorait les raisons précises de ses pleurs, mais la réconfortait, comme s'il la connaissait depuis toujours. Il était sûr d'une chose : il l'aimait. « Il ne faut pas pleurer », lui répéta-t-il, et il sentit à la manière dont elle se serra contre lui que Rachele avait tellement besoin de lui. Comme il avait besoin d'elle.

« On ne pleure plus », lui dit-il encore.

DEUX FRÈRES, UNE FILLE, UN VOL

Mon père a une station-service à mi-chemin entre Milan et Crema, et moi je lui donne un coup de main. Maman est morte il y a deux ans, nous sommes seuls, papa et moi, j'ai une salopette avec écrit au dos le nom de l'essence que nous vendons, et les hommes qui viennent prendre de l'essence me regardent, il y en a qui me font des compliments, parfois ils me disent des choses drôles et j'ai envie de rire mais je me retiens, sinon papa se fâche. Un jour, il y en a un qui m'a dit : « Pourquoi es-tu pompiste ? Tu pourrais être la femme d'Onassis. » Notre station-service est ouverte jour et nuit. La nuit il y a mon père, le jour c'est moi. C'est un endroit plutôt isolé, si vous connaissez la route de Milan à Crema. Mon père a un peu peur de me laisser seule, même si c'est le jour, mais il ne m'est jamais rien arrivé. Nous avons une petite maison de quelques pièces, près de Crema. Quand ma mère était en vie, bien entendu, c'était plus en ordre, maintenant papa et moi sommes occupés nuit et jour avec les pompes à essence et nous n'avons pas le temps de la tenir comme il faut. Mais elle est si belle, que le jeudi quand on ferme la station-service pour notre congé hebdomadaire et qu'on reste à la maison, mon papa et moi, on est très heureux de la nettoyer et de la ranger et puis d'en jouir assis dans des fauteuils devant la télévision. Je n'ai pas de petit ami, je ne suis pas fiancée ; mon papa, ma maison, mon travail, c'est ma vie.

Jusqu'à ce jour-là. C'est-à-dire vers le soir, qui en novembre tombe vite. Il n'était que cinq heures de l'après-midi, mais on avait déjà allumé toutes les lumières de la station-service et papa, dans sa grosse sacoche de cuir, était en train de faire les comptes de la journée, quand arriva cette automobile, une banale huit-cent-cinquante. Deux jeunes gens en descendirent, très blonds tous les deux, d'un blond si clair qu'on les aurait dis oxygénés. Ils descendirent si vite et tout se passa si rapidement que même maintenant quand je m'en souviens, je me sens mal. Un des deux blonds — on aurait dit, d'ailleurs ils l'étaient, des frères jumeaux — m'immobilisa d'un bras, tandis que de l'autre main il me fermait la bouche pour m'empêcher de crier.

« Reste tranquille, petite, on ne te fera rien. »

Au même moment l'autre garçon blond, qui semblait être la copie du premier, alla vers mon père en braquant son pistolet : « Donne-moi tout, grand-père », et il lui prit la sacoche.

Qu'est-ce qu'on pouvait faire ? Rien. Nous étions sur une grand-route déserte entre Milan et Crema, il pleuvinait, on aurait dit de la neige. Dans la sacoche il n'y avait même pas cinquante mille lires. Il ne passait aucune voiture. Et une seconde après que le deuxième blond eut pris la sacoche de mon père, le premier me libérait et encore une seconde après, les deux remontaient à bord de leur huit-cent-cinquante avant de disparaître.

Mon papa courut vers moi et me prit dans ses bras. « Ils t'ont fait mal ? »

J'éclatai en sanglots, entre ses bras. « Non, papa, mais j'ai eu si peur. »

«Salauds, fumiers, je vais téléphoner à la police. »

Nous étions raccordés par le téléphone à Crema et quelques minutes après une « Pantera » arriva et les policiers se mirent à nous interroger sur le vol. Ils transmirent tout de suite par radio des ordres pour des barrages sur les routes.

« C'étaient deux jeunes très, très blonds », dis-je à un des policiers.

« Ils se sont maquillés comme ça pour brouiller les pistes, dit le policier, une fois enfuis, ils auront enlevé leurs perruques et sans doute sont-ils tout bruns. »

Ce soir-là j'eus du mal à m'endormir, l'émotion causée par le vol (tout s'était déroulé en moins d'une minute, mais je m'en souviendrai toute ma vie) me tenait éveillée ; mais aussi, surtout, l'image du jeune voleur qui m'avait mis une main sur la bouche et m'avait immobilisée, m'empêchant de crier et de fuir pendant que l'autre, son frère jumeau, j'étais prête à jurer que c'étaient des jumeaux, arrachait la sacoche avec l'argent des mains de mon père. L'image de ce jeune homme si blond, aux yeux très clairs, me poursuivit toute la nuit et même les jours suivants. Je n'arrivais pas à le haïr, même s'il nous avait volés en se servant de la force. Maintenant, je peux l'avouer : j'éprouvais pour lui quelque chose de très différent de la haine.

Des mois passèrent. La police n'avait pu retrouver les jeunes voleurs. Papa tenait un pistolet pour se défendre d'éventuelles attaques. Je travaillais comme toujours à la station-service, dans ma salopette bleu ciel avec écrite au dos la marque d'essence que nous vendions. Des clients qui venaient faire le plein me faisaient des compliments, les uns osés, les autres amusants. Et de temps en temps, je me rappelais ce jeune homme qui m'avait tenue serrée pour m'empêcher de fuir, avec sa main sur ma bouche pour que je ne crie pas. Je n'arrivais vraiment pas à le haïr.

Un jour, c'était un jeudi, alors que nous fermions la station-service, mon père resta à la maison pour mettre un peu d'ordre. Moi, par contre, j'allai à Crema dans notre cinq-cents, au supermarché pour faire des courses.

C'était presque le printemps, je me rappelle, même si on n'était qu'au début mars. Dans les rayons du supermarché je cherchais du corned-beef et aussi des veloutés de légumes que mon papa aimait. Dehors, par une grande fenêtre, je vis même voler un papillon en ce printemps précoce. Et tout à coup, je le vis. Il n'était pas blond platiné, comme quand il m'avait empoignée, serrée et mis la main sur ma bouche pour m'empêcher de crier, mais c'était lui. Ils avaient raison, les policiers : ils avaient mis une perruque blonde quand ils nous avaient volés, pour se masquer. C'était un des deux jumeaux, celui qui m'avait bloquée, je le reconnaissais à la couleur de ses yeux gris, très clairs, et aux lèvres minces, viriles, et douces.

En me voyant là, au milieu des rayons du supermarché et des braves ménagères qui poussaient leur caddie avec leurs achats, le jeune homme sursauta parce qu'il comprit que je l'avais reconnu.

Ses cheveux étaient très noirs, contrastant étrangement avec ses yeux si clairs. Il était très mal habillé, un halo de barbe entourait son visage, il était maigre et effrayé.

Il me saisit par un bras.

« Ne crie pas, n'appelle pas la police, ou je t'étrangle », dit-il d'une voix dure mais sourde pour que les femmes tout autour, choisissant des boîtes de sardines, des bouteilles d'huile et de petits bocaux de pickles, ne l'entendent pas. Il était dur, violent, il faisait peur, pourtant je sentais dans sa voix un son chaud et douloureux, où il y avait de la peur et même de la honte.

« Je suis là juste pour voler quelque chose à manger, j'ai faim », me chuchota-t-il à l'oreille, de façon que je ne pusse m'enfuir, « ça fait une semaine que je suis à Milan sans un rond. Ils ont arrêté mon frère mais ils ne sont pas arrivés à me prendre, ils ne me prendront jamais, je préfère me tuer... Rien qu'un cri et je te démolis, fais gaffe... »

Il me serrait très fort le poignet, si fort que j'étais sur le point de hurler, au milieu de tous ces gens qui allaient et venaient dans les rayons. Alors je lui dis : « Je ne crierai pas, je n'appellerai pas la police, mais ne me serrez pas si fort le poignet, ça me fait mal... »

Il relâcha tout de suite son étreinte, puis libéra ma main et me dit avec une gentillesse imprévue : « Excusez-moi, je ne voulais pas vous faire de mal. » Il se passa une main sur le visage, puis murmura, toujours pour ne pas se faire entendre des clients en train de choisir autour de moi des boîtes de pâtes aux œufs, des petits bidons d'huile et des atomiseurs désodorisants : « J'ai faim, ça fait presque deux jours que je ne mange rien, j'essaie d'échapper aux flics, ils ont arrêté mon frère et ils finiront par m'avoir moi aussi... Je suis venu ici au supermarché pour voler quelque chose à bouffer. Aidez-moi... »

Il parla de façon si sincère, chaude, passionnée, que je fus sur le point de pleurer. Je ne pensais plus que c'était le voleur qui avait pris la sacoche avec l'argent de mon père : ce n'était qu'un pauvre jeune homme malheureux, mal habillé, livide de faim, qui demandait mon aide.

« Sortons », dis-je.

Près du supermarché il y avait une petite trattoria. Je l'emmenai là et nous mangeâmes ensemble. Il ne parla pratiquement pas jusqu'à la fin du repas, et moi non plus, je n'en avais pas le courage. Je défaillais rien qu'à l'idée d'être attablée avec le voleur de mon père, mais je me sentais instinctivement si proche de lui, sans comprendre pourquoi, que la peur disparaissait. Après un moment, il se mit à parler.

« Je m'appelle Giorgio, mon frère jumeau s'appelle Gianni. On est orphelins depuis tout petits. On est passé par tous les orphelinats de l'Italie du Nord, au dernier on s'est enfui et on a fait des tas de choses. De vilaines choses, tu comprends, parce qu'on ne trouvait pas un boulot honnête, même si on avait envie de travailler honnêtement. Et parmi ces vilaines choses qu'on a faites, il y a aussi le vol de la station-service de ton père. Bien sûr, c'est ridicule de te demander pardon pour ce vol. Mais je le fais quand même. »

Je le laissai parler. J'aimais aussi sa voix, je la sentais sur ma peau. Il me dit encore : « Aide-moi à fuir. Mon frère, ils l'ont pris, il est en taule et il n'y a plus rien à faire, mais moi je peux encore m'enfuir, j'ai des amis en Suisse, aide-moi à aller en Suisse, j'ai un passeport, et peut-être qu'avec ton aide j'y arriverai... »

Cela peut sembler fou, mais je l'ai aidé. C'était plus fort que moi. J'ai une tante à Côme et alors j'ai dit à papa que j'allais voir ma tante, c'est-à-dire sa sœur, il a été très heureux, et avec la cinq-cents j'ai emmené Giorgio à Côme. Près de Côme, il y a Chiasso, à la frontière avec la Suisse. Pendant une petite heure je suis allée voir ma tante, la sœur de papa, de façon à pouvoir justifier le voyage, puis j'ai emmené Giorgio jusqu'à Chiasso, pour le faire passer en Suisse. Giorgio avait une carte d'identité et un passeport, mais après l'arrestation de son frère jumeau, toutes les frontières avaient son signalement. Il fallait quand même tenter le coup. Peut-être qu'un carabinier distrait regarderait le passeport de Giorgio sans se rendre compte que c'était celui d'une personne recherchée. Nous nous sommes arrêtés à un petit hôtel de Chiasso, juste à côté de la frontière. Nous avons dîné. Nous avons décidé de passer la frontière vers minuit. Nous sommes restés presque dans le noir dans la petite salle vide avec la télévision. Il m'a embrassée, avec une tendresse douloureuse.

« Sauve-moi, m'a-t-il dit, par pitié, sauve-moi. »

Il m'étreignait fort. « Si tu arrives à me faire passer en Suisse, je suis sauvé. » Un peu avant minuit, avec la petite cinq-cents nous étions à la frontière entre Chiasso et la Suisse.

Il y avait très peu de voitures. D'habitude à cette heure-là les carabiniers font signe de passer librement, sans même regarder les passeports. C'est ce qu'ils firent avec les deux voitures devant nous, mais à notre tour, par contre, ils nous firent signe d'arrêter.

J'étais au volant et Giorgio à côté de moi. Les carabiniers me demandèrent les passeports. Je les leur donnai. Je sentais Giorgio près de moi frémir de peur. Les carabiniers examinèrent nos deux passeports, puis l'un d'eux passa la tête par la portière et regarda Giorgio. « Allumez la lumière », me dit le carabinier, pour pouvoir mieux examiner le visage de Giorgio. et dès que j'eus allumé la lumière (je ne pouvais pas faire autrement) le carabinier reconnut Giorgio comme une des personnes recherchées sur la liste du poste frontière, il sortit son pistolet de l'étui et le pointa sur Giorgio.

« Descendez. Vous êtes recherché pour de nombreux vols. »

Puis il le tutoya tout de suite et moi aussi. « Ne fais pas le malin sinon je tire, tu es signalé comme un type dangereux. Et toi aussi, ma petite, tiens-toi tranquille. »

Nous n'avions pas le choix, sous la menace de son arme. D'ailleurs d'autres carabiniers accouraient, appelés du geste par celui qui nous tenait en joue.

A peine descendus de la cinq-cents, Giorgio et moi avons été saisis par les bras et immobilisés. Pendant que la sirène d'une « Pantera » de la police hululait vers nous, faisant au moins du cent vingt à l'heure avant de freiner brutalement. « C'est le second des voleurs jumeaux, on l'a eu finalement, dit un policier, fièrement, il voulait s'enfuir en Suisse, le pauvre innocent. »

Les policiers m'immobilisaient moi aussi, la sirène de la « Pantera » continuait à hululer et, tout d'un coup, Giorgio se libéra de l'étreinte des deux policiers et courut vers la frontière qui n'était qu'à trois cents mètres, au-delà de laquelle il était sauf.

Mais un policier tira, tous les six coups de son pistolet, j'ai vu Giorgio tomber à un demi-mètre de la ligne de démarcation et j'ai compris qu'ils l'avaient tué. Alors, je me suis évanouie. Je suis un peu revenue à moi dans l'ambulance qui m'emmenait à l'hôpital de Côme, puis réveillée dans une petite chambre de l'hôpital. « Giorgio... Giorgio... » continuais-je à dire mais ce ne fut qu'au bout de trois jours qu'on me dit que Giorgio était mort.

Je ne sais pas si j'étais amoureuse de Giorgio : il peut sembler difficile de tomber aussi profondément amoureuse de quelqu'un en un seul jour, pourtant quand on m'a dit que Giorgio était mort j'ai versé les larmes les plus amères de ma vie.

Puis il y eut la triste suite de l'histoire : la police m'a retenue pendant des jours : j'avais aidé un voleur qui tentait de fuir en Suisse, j'aurais dû faire des années de prison, mais papa a dépensé toutes ses économies pour engager un bon avocat qui a obtenu pour moi la liberté provisoire, puis l'acquittement pour manque de preuves.

Je repris mon travail à la station-service. Je remis la salopette avec écrit dans le dos le nom de l'essence que je vendais. De temps en temps, Giorgio courant vers la frontière me revenait à l'esprit, le policier qui tirait, vidant les six coups de son chargeur et Giorgio qui tombait, foudroyé ; alors mes yeux se gonflaient de larmes et j'allais dans un coin où papa ne pouvait pas me voir pleurer.

Puis, un matin, papa et moi avons vu, à l'improviste, un garçon, immobile derrière la cabine de notre station-service.

Papa le regarda, puis me regarda et me dit : « Mais il n'est pas mort ? Ils ne l'ont pas descendu à Chiasso, à la douane ? » Il était bouleversé, lui aussi. On aurait dit Giorgio, vraiment Giorgio, celui que j'avais vu abattu par la police de la frontière de Chiasso. Puis je compris soudainement. Ce n'était pas Giorgio, mais son frère jumeau, un des deux jeunes gens qui nous avaient volés en ce lointain mois de novembre.

J'allai vers lui et le regardai. Il était identique à Giorgio, les cheveux aussi bruns (pas blonds à cause des perruques, comme le jour du vol) et les yeux aussi clairs et passionnés. Tellement identique à Giorgio que je me mordis les lèvres au sang pour ne pas pleurer.

Le frère jumeau de Giorgio me fixait. Je savais qu'il s'appelait Gianni, il était mal habillé, maigre. « Je suis le frère de Giorgio », dit-il. Ce n'était pas la peine de le dire. Pour moi, c'était Giorgio, comme si Giorgio était ressuscité. « Je suis sorti hier de prison », dit le jeune homme, dans son pauvre costume qui l'habillait misérablement, « ...j'ai su ce que vous avez fait pour mon frère Giorgio... Même si vous n'avez pas réussi à le sauver, vous avez fait beaucoup et je suis venu vous dire merci... Rien que vous dire merci... J'ai lu dans les journaux que vous avez aussi fait de la prison pour avoir aidé mon frère... Vous avez vraiment été généreuse... »

Le jeune homme traversa l'espace où se trouvent les pompes à essence, s'engagea sur la grand-route, dans une lumière crépusculaire, pour poursuivre son chemin à pied, les chaussures en mauvais état, vêtu pauvrement, comme quelqu'un qui sort de prison. Alors, je criai impulsivement : « Giorgio ! »

Il s'est retourné d'un coup. « Non, je suis Gianni, son frère jumeau, Giorgio est mort. » Un dernier rayon de soleil rougeâtre lui éclaira le visage, pendant qu'il me disait d'un air mélancolique qu'il était Gianni et pas Giorgio.

Alors j'ai couru derrière lui et je me suis arrêtée haletante devant lui. « Gianni ! » lui ai-je dit. Il était identique à Giorgio, absolument identique. J'aurais voulu lui dire beaucoup de choses, que j'avais aimé son frère, que sa mort m'avait brisée et que le revoir, lui, était une expérience bouleversante, parce que c'était comme revoir Giorgio. Mais il comprit tout cela sans que j'eusse à le dire.

« Je sais que pour vous je suis Giorgio, c'est justement pour ça que je suis venu vous remercier, comme si c'était Giorgio qui était venu ici. »

Il me salua du bras et s'éloigna sur la grand-route qui était toute rose à cause de la lumière rosâtre du crépuscule.

J'aurais voulu m'élancer derrière lui, mais je n'en eus pas le courage, car mon père nous observait. Quand je le vis disparaître au bout de la grand-route, mon cœur se serra, je me dis que je ne le reverrais jamais plus. Pour moi, c'était Giorgio, Giorgio et Gianni.

Je souffris beaucoup, pendant de longs mois, mon

père disait que j'étais folle, mais je n'avais rien d'autre en tête que Giorgio-Gianni. L'automne passa, l'hiver vint, le printemps revint.

« Le plein, s'il vous plaît, ordinaire, pas du super. »

C'était vraiment une merveilleuse journée de printemps, la petite cylindrée s'était arrêtée à notre station-service avec au volant le frère de Giorgio, Gianni, qui demandait un plein d'essence ordinaire. Je me sentis défaillir de bonheur en le revoyant. J'étais en salopette bleu ciel, comme toujours, et au dos de la salopette il y avait écrit le nom de l'essence que nous vendions.

« Oui, voilà », dis-je, avec des larmes dans la voix.

« J'ai trouvé un bon boulot, je suis devenu un garçon honnête, on peut se revoir de temps en temps ? » Il souriait avec tendresse, ému lui aussi.

« Oui, Giorgio », dis-je impulsivement, sur le point de pleurer.

« Non, Gianni. Je ne suis pas Giorgio, je suis Gianni », dit-il avec douceur. Alors j'éclatai en sanglots. De bonheur.

C'est curieux : les journaux ont su la chose et ils ont titré : Elle épouse son cambrioleur. C'est la vérité.

ACHEVÉ D'IMPRIMER SUR LES PRESSES
DE COX & WYMAN LTD. (ANGLETERRE)

Dépôt légal : février 1992
N° d'éditeur : 2150
Imprimé en Angleterre